돼지들

바람청소년문고 11

돼지들 아침독서신문 선정, 어린이도서연구회 추천

초판 1쇄 2020년 8월 28일 │ 초판 3쇄 2022년 4월 25일
글쓴이 클레망틴 보베 │ 옮긴이 손윤지
편집 박종진 │ 디자인 남철우 │ 홍보마케팅 배현석 송수현 이상원 │ 관리 최지은
펴낸이 최진 │ 펴낸곳 천개의바람 │ 등록 제406-2011-000013호
주소 서울시 영등포구 양평로 157, 1406호
전화 02-6953-5243(영업), 070-4837-0995(편집) │ 팩스 031-622-9413
ISBN 979-11-6573-077-2 43860

돼지들

클레망틴 보베 글 | 손윤지 옮김

천개의바람

이 책에 등장하는 나의 사랑스러운
부르캉브레스 주민들에게

차례

사운드 트랙

- ELEPHANZ, Time For A Change
- STROMAE, Papaoutai
- JAEN BIRKIN, Être ou ne pas naître
- INDOCHINE, 3 nuits par semaine
- JONI MIRCHELL, All I Want
- FRANÇOISE HARDY, Soleil
- LISA LEBLANC, Y fait chaud
- WE WERE EVERGREEN, Penguins And Moonboots
- M, Les Triplettes de Belleville
- INDOCHINE, L'aventurier
- MUSE, Invincible
- THE TURTLES, Happy Together
- NANCY SINATRA, These Boots Are Made For Walking
- LOUIS ARMSTRONG, What A Wonderful World

PART 1
부르캉브레스

1

페이스북 투표 결과가 나왔다. 동메달이다. 동메달?

어떻게 된 거지? 2년 전, '올해의 돼지' 선발 대회에서 금메달을 목에 건 뒤부터 왕좌는 늘 내 것이겠다 생각했는데, 틀렸다.

올해 최고의 돼지가 누구란 말이야? 고등부 1학년 B반의 신입생, 모르는 여자애다. 이름은 아스트리드 브롬발, 금발머리, 여드름 가득한 얼굴, 왼쪽 눈의 동공이 가운데로 쏠려 절반밖에 안 보이는 심각한 사팔뜨기, 내 금메달 자리를 넘볼 수 있는 외모다.

은메달은 중등부 2학년 하키마 이드리스가 차지했다. 인중에는 거뭇한 콧수염 자국이 있고, 턱은 겹겹이 접혀 삼중. 못생긴 물고기 블롭피쉬가 떠오르는 외모다.

'올해의 돼지' 후보에 오른 열여덟 명의 여학생들 사진 아래에는 댓글이 적혀 있었다. 너무 귀여워서 깨물어 죽여 버리고 싶은 내 친구 말로가 적어 놓은 것이다. 말로는 나를 향한 심심한 위로의 말도 잊지 않았다.

치열한 접전이 펼쳐졌습니다. 하지만 제게 있어서 최고의 돼지는 언제나, 오직, 미레유 라플랑슈, 그녀뿐입니다. 질펀한 엉덩이, 축 처져 늘어진 가슴, 밀가루 반죽처럼 덕지덕지 붙은 턱살, 얼굴 살에 묻힌 단추 구멍 같은 눈. 미레유의 뛰어난 외모는 우리의 기억 속에 영원히 남아 있을 것입니다.

오, '좋아요'가 꽤 됐다. (78)

나도 눌렀다. (79)

부엌에 내려가 엄마에게도 소식을 알렸다.

"올해는 내가 동메달이래요!"

"아, 그러니? 왜, 엄마가 축하라도 해 주리?"

"음, 글쎄요. 엄마는 내가 금메달이 아니라서 아쉽나?"

"전혀! 아예 뽑히지 않았으면 얼마나 좋아!"

"그러게, 누가 못생긴 남자랑 자래요?"

"네 아빠에 대해서 함부로 말하지 마."

"지금 여기 있었으면 엄청 자랑스러워했을지도 몰라요."

"하, 그럴 리가!"

"가서 편지에 써야겠어요."

"그거 하지 말라고 했지!"

"사랑하는 아빠, 아빠의 귀여운 딸내미가 부르캉브레스 마리-다리외세크 중고등학교 '올해의 돼지' 선발 대회에서 아쉽게도 동메달을 차지했답니다! 1등을 못했는데 왜 기분은 좋은 걸까요? 참, 작년에는 1등이었어요."

"미레유, 자꾸 엄마 신경 긁을 거야?"

엄마가 한숨을 쉬었다.

"휴, 이래서 사춘기는 질색이라니까!"

내 친아빠는 독일계 프랑스인이다. 그의 익명성을 지켜주기 위해서 '클라우스 폰 슈트루델'이라고 하겠다. 클라우스는 파리 소르본 대학의 교수이자 철학책을 여러 권 쓴 철학자다. 아빠는 대학 시절 엄마의 논문을 봐 주던 지도 교수였다는데, 지도를 해도 너무 열정적으로 했나 보다. 엄마가 나를 임신하게 되었으니 말이다. 둘의 관계는 은밀하고 비밀스러웠다고 한다. 당시 클라우스가 (지금도 마찬가지지만) 엄청난 권력을 가진 사람의 남편이었기 때문이다. 그게 누군가 하면, 바로 2년 전부터 우리나라 프랑스의 대통령 자리를 지키고 있는 사람이다. 편의상 '버락 오바메트'라고 하겠다.

버락 오바메트와 클라우스 폰 슈트루델. 이 두 사람 사이에는 세 명의 아들이 있다. 그러니까 내 이복형제들이다. 웬 구질구질한 그리스 영웅들의 이름을 따서 지었다고 했는데, 도무지 생각이 나질 않는다. 그냥 부르기 편하게 '조엘, 노엘, 시트로엥'이라고 하겠다.

정확히는 모르겠지만 엄마는 나를 임신한 사실을 알게 되었을 때 파리를 떠나 앵 주의 주도 부르캉브레스의 고등학교에서 철학 선생님이 되었다고 했다. 그 뒤 엄마는 필립 뒤몽이라는 아저씨와 결혼했는데 이름처럼 고리타분한 성격의 아저씨다.

우리 세 사람은 정원이 딸린 꽤 근사한 집에서 강아지 샤투네, 고양이 뭉치와 함께 살고 있다.

클라우스와 왕래가 있냐고? 그건 아니다. 몇 차례 편지를 보내긴 했었지만 단 한 번도 답장을 받지 못했다. 철학 잡지 인터뷰는 꼬박꼬박 해도, 숨겨 놓은 딸이 보낸 편지에 답장할 시간은 없는 것 같다. 아, 3년에 한 번 꼴로 형이상학인가 뭔가 하는 이론서도 출판했다. 엄마가 그 책들을 사서 읽기에 나도 따라 읽었다. 엄마가 "미레유, 넌 하나도 이해하지 못할 거야. 아주 복잡한 내용이거든."이라고 말했지만, 아무튼 나도 다 읽었다. 가끔 이해가 되는 부분도 있었다.

클라우스는 책에 이런 말을 썼다.

"사변적 실재론은 명확한 형이상학으로의 길로 열어 주는 '매끈한 윤활제'다."

"퀑탱 메이야수의 사상은 현대 형이상학을 뒤집고 '유쾌한 흔들림'을 이야기한다."

"그러나 나는 플라톤과 데카르트를 '거세시킨' 철학의 출현은 거부하는 바이다."

나는 책을 읽다가 소리쳤다.

"오! 위대한 철학자 클라우스 님, 거세라니! 표현이 너무 저질스러운 것 아닌가요?"

엄마가 다그쳤다.

"관둬, 이제 그만해! 클라우스라고 부르지도 말고! 너는 이해 못 할 거라고 했잖아. 네 아빠는 아주 영특한 사람이라서 네가 이해하기엔 역부족이야, 불가능해!"

"아니 엄마, 지금 플라톤하고 데카르트를 불알에 비유한 거예요?"

엄마가 소리쳤다.

"이놈의 사춘기 정말! 사춘기가 온 애들은 다 너 같다니?!"

"사춘기라니요, 곧 있으면 열여섯 살이거든요!"

여덟 살 때, 나는 클라우스에게 처음 편지를 보냈다.

안녕하세요, 아저씨.

우리 엄마(파트리시아 라플랑슈)가 말해 줬는데 아저씨가 내 아빠래요.
파리로 가서 아저씨를 만나고 싶어요. 조엘이랑 노엘도(이때는 시트로엥
이 아직 태어나지 않았다.) 만나고 싶고요. 저는 로랑-제라 초등학교에 다
니고 있어요. 공부도 잘해요. 네 살 때부터 글을 읽을 줄 알았대요.

안녕히 계세요.

미레유 라플랑슈.

두 번째 편지는 열두 살 때 보냈다.

안녕하세요, 아저씨.

지난번 편지에 답장을 안 주셨더라고요. 그래도 괜찮아요. 저는 지금
마리-다리외세크 중등부 2학년에 다니고 있어요. 여전히 반에서 1등이
에요. 아저씨를 만나고 싶어요. 파리에서든 어디에서든 다 좋아요. 제
전화번호는······.

안녕히 계세요.

미레유.

세 번째 편지는 삼 개월 전에 보냈다.

클라우스,

당신이 내 아빠예요. 내가 보낸 두 통의 편지를 분명 받아 보셨을 테

니 알고 있으시겠죠. 텔레비전에 버락 오바메트랑 조엘, 노엘, 시트로엥이랑 같이 나온 거 봤어요. 나한테는 답장도 안 하는 거 보니 뭔가 찔리는 게 있으신가 보네요. 저 이제 열다섯 살이에요. 더 이상 어린애가 아니라고요. 엄마가 뒤에서 편지 쓰는 걸 쳐다보고 있을까 봐 피하는 거라면 걱정하지 않으셔도 돼요. 아저씨 책도 다 읽었어요. 연락 주세요.

미레유.

전부 다 거짓말이다. 엄마는 내가 최근 보낸 편지까지 전부다 알고 있다. 편지를 부치기 전에 항상 편지 봉투에 쓴 주소가다 보이도록 일부러 식탁 위에 올려놨기 때문이다.

[클라우스 폰 슈트루델]
엘리제 궁
파리

우체부 아저씨, 서둘러 주세요, 아빠가 도망가기 전에!

엄마는 편지를 보고 헛웃음을 터뜨렸다.

"정말 황당하구나. 어이가 없어. 진짜 웃기네, 우리 딸!"

필립 뒤몽 아저씨는 걱정스러운 말투로 엄마에게 물었다.

"그냥 내버려둘 거야? 진짜로 편지를 보내게 할 작정이야?"

"애가 하고 싶은 대로 놔둬야지. 성질을 돋우겠다고 나름 머

13

리 쓴 것 같은데 뭐. 어차피 답장 안 올 테니 심각하게 생각할 필요 없어."

필립 뒤몽 아저씨는 클라우스 폰 슈트루델이 내 인생에 남겨 놓은 빈자리를 자신이 채우지 못해 늘 속상해한다. 영화관, 박물관, 볼링장에도 데려가고, 밤잼을 병째 숟가락으로 퍼먹게 해주는데 말이다. 아저씨는 나에게 항상 "미레유, 날 아빠라고 생각하렴. 내가 네 아빠가 될게!"라고 말한다. 그러면 나는 입에다 손을 갖다 대고 킥킥 웃으며 "내가 네 아빠다!" 하고 소리치며 흉내 낸다. 결국 아저씨는 크게 화낸다.

"여긴 내 집이야 미레유! 내 소파라고! 넌 내 집에 살고 있는 거야."

사실 절반은 틀린 소리다. 대출을 아직 다 갚은 것은 아니지만(철학 선생님의 월급은 진짜 짜다.) 어쨌든 이 집 소유권의 반은 엄마에게 있다. 필립 뒤몽 아저씨의 직업은 법무사고 로터리 클럽 회원이다.

"엄마 로터리 클럽이 뭐예요?"

"필립 같은 성향의 사람들이 모인 동호회야. 다양한 직업을 가진 사람들이 모여서 이야기 나누고, 자기 아이들과 가족도 소개하는 그런 사교 모임 같은 거지."

실제로 아저씨는 나를 모임에 데리고 간 적이 있다.

"여러분들에게 소개합니다. 제 아내 파트리시아의 딸 미레유입니다."

로터리 클럽 회원들은 콰지모도*처럼 허리를 숙여 연어와 삶은 계란을 올린 카나페가 놓여 있는 크리스마스 파티 테이블 위로 악수를 건네며 나를 환영했다. 내가 아홉 살이 되던 날에는 로터리 클럽의 눈썰미 좋은 아저씨가 이런 말을 했다.

"근데, 이 아이 철학자를 닮은 것 같지 않아? 누구더라?"

그 순간, 희망의 불꽃이 타올랐다. 수염이 없는 매끈한 얼굴에 붉은 점이 박힌 아저씨를 뚫어져라 바라보며 속으로 외치고 또 외쳤다. '어서 생각해 내요! 내가 클라우스 폰 슈트루델과 닮았다고 말해요! 사람들이 의심하도록, 궁금해 하도록 말이에요! 그래서 만약 부르캉브레스 사람들이 클라우스에게 탄원서를 보낸다면, 그 사람도 내가 딸이라는 사실을 인정할 수밖에 없을 거예요!'

하지만 웬걸, 옆에 있던 아줌마가 엉뚱한 이름을 말했다.

"장 폴 사르트르**?"

웬걸, 붉은 점 아저씨는 또 고개를 끄덕였다.

---

* 빅토르 위고가 1831년에 발표한 소설 〈파리의 노트르담〉의 등장인물. 태어날 때부터 등이 굽은 흉측한 꼽추
** 프랑스 실존주의 철학과 문학을 대표하는 사상가

"그래, 맞아! 장 폴 사르트르!"

아줌마가 깔깔거리며 말했다.

"에이, 그 사람이 얼마나 못생겼는데요!"

"그런가."

구글에 장 폴 사르트르를 검색했다. 못생기고 고약스러울 것 같은 노인네 사진이 나왔다. 클라우스보다 훨씬 심했다.

다음 날 아침, 엄마에게 말했다.

"엄마, 내가 장담하는데 만약 엄마가 장 폴 사르트르를 만났 더라면 분명 그 사람이랑 먼저 잤을 거예요."

"얘가 엄마한테 못하는 소리가 없어!"

"그 사람 외모가 딱 엄마 스타일이던데요? 철학자라 똑똑하 지, 혁신적인 철학 이론도 만들었지, 부족한 게 딱히 없네요 뭐. 칭찬하는 거라니까요 엄마? 왜 맘대로 오해하고 그래요."

"이제 엄마 그만 놀려. 나도 양옆에 철학자들을 끼고 잠자리 에 들고 싶지는 않으니까."

"아무튼, 장 폴 사르트르는 진즉에 죽었더라고요. 1980년에 요. 나는 한참 뒤에 태어났으니까 내 아빠일 가능성은 전혀 없 겠어요."

"너, 엄마가 그만하라고 했어."

엄마는 이를 꽉 깨물며 말했다.

하지만 나는 옆에서 장 폴 사르트르의 명복을 기리기 위해 아주 오랫동안 장송곡을 불렀다. 어허야, 어허야. 결국 엄마가 폭발했다.

"미레유, 조용히 해! 정신 사나워 죽겠어!"

여기서 나는 넘지 말아야 할 선을 넘어버렸다.

"엄마, 지리역사학 시간에 내가 뭘 배웠는지 알아요? 제2차 세계대전이 끝나고 나서 독일군한테 몸을 판 프랑스 여자들의 머리를 바리캉으로 박박 밀어버렸대요. 상상이 돼요? 그것도 몇 년 동안이나요······."

엄마가 고개를 돌려 나를 쳐다봤다. 무슨 말을 하고 싶은 거냐고 묻는 얼굴이었다. 차가운 표정의 엄마가 왠지 무서웠지만 괜한 허세를 부리듯 한마디 보탰다.

"헉! 혹시 엄마 머리도 박박!"

찰싹. 뺨을 맞았다.

"네 방으로 올라가. 꼴도 보기 싫으니까."

나는 왜 이렇게 엄마를 지치게 하는지 모르겠다. 필립 아저씨가 생일 때 선물로 사 준 플라워바이겐조 향수를 변기에 쏟아버린 이유도 모르겠다. 뭐, 필립 아저씨한테 생일 선물로 향수를 사 주셔서 감사하다고 말이라도 했으면 됐지. 54유로짜리 향수가 하수구에 버려졌다는 걸 보여주려고 일부러 물도 안 내렸다.

왜 그랬는지는 모르겠지만 아무튼 그랬다.

2

눈곱. 눈곱이 끼다.

눈곱 낀 눈.

눈곱 낀 눈이란 눈에서 나오는 희뿌연 진득진득한 액, 또는 그것이 말라붙어 눈에 껴 있다는 소리다. 눈물샘이 배출한 물똥이 덕지덕지 끼어 있는 모양새다.

눈곱 낀 눈이 부엌의 밤색 유리창 밖에서 나를 가만히 쳐다보고 있었다.

"헉, 저게 뭐야!"

그런 눈을 한 '저게' 부엌 창문을 두드리고 있었다. 깜짝 놀라는 바람에 키친타월을 떨어뜨리고 말았다. 부엌 바닥을 데굴데굴 구르며 롤이 풀리더니, 창문까지 휴지 카펫이 깔렸다. 그 위로 사뿐히 걸어가 창문을 열었다.

'올해의 돼지' 선발 대회의 금메달 수상자, 아스트리드 브롬발이었다. 어둑어둑한 우리 집 정원에서 눈곱이 잔뜩 낀 눈으로 (특히 왼쪽 눈이 유독 심했다.) 나를 바라보고 있었다. 터질 것 같은 짙은 색 청바지, 'INDOCHINE'라고 써진 글씨 아래 괴팍한 인상의 남자들 얼굴이 담긴 검정색 티셔츠, 소시지 같은 분홍빛 피부, 튀어나온 뱃살, 티셔츠에 꽉 조여 숨 막혀 보이는 팔뚝, 홍조 띤 달덩이 같은 얼굴, 정육점에서 고기를 꽁꽁 묶을 때 쓰는 노란색 노끈 같은 금발머리, 그나마 축 늘어진 왼쪽 뺨에 신이 주신 한 줄기 구원과도 같은 푹 파인 보조개. 아스트리드 브롬발이 나를 향해 미소 짓는 그 순간 쏙 들어가는 보조개에 빠져버릴 것만 같았다.

아스트리드는 날 보고 웃다가 곧 교정기가 달라붙은 치아를 보인 것이 민망했는지 꽉 조인 찍찍이 샌들 밖으로 튀어나와 있는 발가락으로 시선을 돌렸다. 그리고 웅얼거리며 말했다.

"안녕? 있잖아, 네가 미레유 라플랑슈 맞지? 귀찮게 했다면 미안해. 시간이 조금 늦었지만, 인터넷 주소록에서 네 집 주소를 찾아봤어."

"그래, 아스트리드. 이참에 확실하게 말할게."

휴지 카펫 위로 아스트리드를 에스코트하며 내가 말했다.

"전혀 미안해 할 필요 없어. 하물며 내 금메달을 빼앗아 간 것

도 말이지! 너한테는 어떤 감정도 없어. 살다보면 약간의 경쟁
은 필요하다고 생각해. 누구든지 이길 수 있는 기회가 오면 당
연히 잡아야지."

아스트리드의 두 눈이 나를 향했다. 아니, 한 쪽은 나를, 다른
한 쪽은 눈꺼풀에 가려져 있었다.

음. 보아하니 내 하이클래스의 유머를 이해하지 못한 얼굴이
었다. 종종 아스트리드처럼 못 알아듣는 사람들이 있긴 하다.

헐, 아스트리드가 울음이 터졌다. 삐용삐용! 홍수 경보 발령!
어서 모래주머니를 꺼내라! 강둑 위로 대피하라!

"아스트리드, 울지 마. 응? 내 말 들리지? 그만 울어! 안 그럼
이따가 탈수 증세 온다! 자, 자, 코 풀고."

허리를 굽혀 바닥에 깔린 휴지 카펫에서 휴지를 몇 칸 떼어
내 청혼 반지처럼 로맨틱하게 건넸다. 아스트리드가 우렁차게
코를 풀었다. 이케아에서 사 온 등받이 없는 의자에 앉혔더니
아스트리드의 무게에 짓눌린 의자가 힘겹게 삐걱거렸다. 고양
이 뭉치는 내가 의자에 앉은 줄 알고(평소에는 내가 앉을 때만 의
자가 삐걱거렸으니) 부엌으로 냅다 달려와 아스트리드의 무릎에
올라가 앉았다. 멍하니 앉아 있던 아스트리드가 등을 살살 긁어
주자 뭉치는 엉덩이를 들어 꼬리를 치켜세웠다. 밝은 밤색의 털
로 가려진 조그만 똥구멍을 그녀의 얼굴에 들이밀었다. 그러고

는 머리를 돌려 아스트리드의 뺨을 타고 흘러내리는 눈물을 핥아주었다. 뭉치는 나름 위로하는 것이었지만, 조금 따가울 수도 있었다. 고양이 혀는 벨크로 테이프처럼 까끌까끌하니 말이다.

나는 뭉치와 아스트리드를 인사시켰다.

"아스트리드, 얘는 내가 키우는 뭉치야. 뭉치야, 여긴 아스트리드 브롬발. 왜 울고 있냐옹- 아스트리드?"

아스트리드가 흐느끼며 대답했다.

"올해의 1등 돼지로 뽑혔어. 눈물 날 만 하지 않아? 프랑스로 온 지 겨우 일년인데, 이제 막 부르캉브레스로 이사 온 건데, 벌써부터 제일 뚱뚱하고 못생긴 돼지라고 알려지다니!"

"프랑스에 오기 전에는 어디 살았는데?"

"스위스에 있는 자매님들 기숙사에 있었어."

"자매님들?"

"그래, 자매님들. 가톨릭학교 수녀원 기숙사 있잖아."

"헐!"

순간 나도 모르게 얼굴이 찌푸려졌다.

"잠깐만, 부모님이 무슨 일 하시는데?"

"엄마는 도자기 만들고, 아빠는 스웨덴 사람이야."

"스웨덴 사람이 무슨 직업이야?"

"아니 그러니까 내 말은, 아빠는 스웨덴에 있어. 뭐 이것저것

하시는 것 같기는 한데 나도 정확히는 잘 몰라."

"여기 지금 네가 앉아 있는 이케아 의자를 만든 사람이 설마 네 아빠는 아니겠지?"

힘겹게 버티고 있는 의자를 가리키며 말했다.

"이 의자는 너무 작아서 내가 한쪽 엉덩이만 겨우 걸칠 수 있다는 걸 깨닫게 해 주거든."

"근데 미레유, 너 되게 재밌는 애구나."

머리가 복잡해 보이던 아스트리드가 차분한 목소리로 말했다.

물론이다. 나는 재밌는 사람일 뿐만 아니라 배려심도 넘쳐서, 아스트리드에게 특별히 환타를 따라 줬다. 먹다 남은 햄 요리도 선뜻 내줬다. 그런 다음, 곱디고운 나의 작은 손으로 직접 만든 티라미수 한 조각도 맛보라고 했다. 아스트리드는 나를 보며 요리에 재주가 있는 것 같다고 했다.

"우리 할머니랑 할아버지가 식당하시거든. 어렸을 때부터 식당 주방을 들락날락했어. 아마 그때부터였을걸? 내 BMI* 지수가 이렇게 된 게."

"난 요리는 완전 꽝이야. 그래도 사과 퓨레는 좀 만들 줄 알

---

* 키와 몸무게를 이용하여 지방의 양을 추정하는 비만 측정법

아."

아스트리드가 훌쩍이며 말했다. 그러더니 갑자기 진지한 목소리로 물었다.

"근데 있잖아, 너는 어떻게 버텼어? 마리-다리외세크 학교에서 올해의 돼지로 금메달 딴 다음에 말이야. 난 견디기 너무 어렵더라고. 정말 힘들어."

"나에게는 말이야, 모든 일을 사사건건 진지하게 받아들이지 않는 아주 놀라운 능력이 있거든. 난 내가 스물다섯 살이 되었을 때 내 인생이 활짝 필 거라고 생각해. 그러니까 그때를 기다리고 있는 거야. 내가 한 인내심 하거든."

"활짝 필 때까지 그렇게나 오래 버텨야 하다니……. 너무 슬프다."

나는 아스트리드에게 "처음 삼 년만 힘들지, 그 뒤부턴 다 내려놓게 될걸." 하고 말해 주고 싶었다. 하지만 분명한 건, 가엾은 우리 아스트리드는 천사 같은 수녀님들과 지내느라 이런 비극적인 상황에 나만큼 익숙하지 못하다는 것이다. 뚱뚱하고 못생겼다는 소리를 자주 못 들어본 게 틀림없다. 나는 하도 많이 들었더니 이제는 그러려니 하고 피식 웃어넘기는 경지에 올랐다. 연꽃잎 위에 떨어진 물이 또르르 미끄러져 흐르듯, 아주 자연스러운 일이다.

뭐, 몸이 조금 피곤하거나 생리 중이거나 감기에 걸렸거나 그럴 때에는 구멍 난 틈새로 물이 좀 새어 들어오기도 한다. 하지만 오늘 밤은 아니다. 오늘만큼은 괜찮다. 금메달 뚱보가 내게 도움을 청하고 있으니 말이다.

아스트리드는 티셔츠 끝자락을 만지작거렸다. 셔츠 속의 이상하게 생긴 남자들 얼굴이 더 일그러졌다.

아스트리드에게 말했다.

"이렇게 말하면 기분 나쁠지도 모르겠는데, 그 티셔츠 말이야, 너무 낡아서 갖다 버려야 되는 거 아니야?"

"이거? 매일 입는 건데!"

뭐지, 저 느닷없이 씩씩한 목소리는? 밀가루 반죽 같은 살집이 덕지덕지 붙은 얼굴에 핀으로 콕 찌른 것 같이 쏙 들어가는 저 보조개는 또 뭐람.

"왜 매일 입어?"

"왜냐하면 엥도신은 내 삶이거든. 내 인생의 전부야. 아까 너 만나러 오기 전에도 들었어! 그래서 이렇게 용기 내서 네 집까지 찾아올 수 있었는걸!"

"아 그래? 내가 엥도신을 모를 거라고는 생각 안 해 봤어?"

나를 쳐다보는 아스트리드의 표정은 마치 프랑스 사람이 버락 오바메트가 누구냐고 물어봤을 때 지을 법한 표정이었다. 눈

빛이 심상치 않아 보여서, 아스트리드의 눈치를 살피며 조심스
레 물었다.

"아이돌인가?"

"아니! 록 밴드거든! 뭐야, 정말 모르는 거야? 그, 왜, 이 시대
최고의 밴드 있잖아!"

그리고 아스트리드는 노래를 부르기 시작했다.

"일주일에 세 번, 밤에, 오 그녀는 예뻤다……. 몰라?"

"응, 미안. 우리 엄마가 노래를 잘 안 들으셔. 필립 뒤몽 아저
씨도 마찬가지고. 나는 자주 듣는 편인데…… 뭐, 그게 중요한
건 아니지."

난 음악을 잘 모른다. 작고 못생긴 귀가 꽤 까다로운 편이라
서 멜로디를 잘 캐치하지 못한다. 내 생각엔, 음악을 좋아하려
면 왠지 바람에 펄럭이는 두꺼운 구레나룻이 필요할 것 같다.
동굴 같은 귓구멍에 음이 잘 전달되도록 말이다.

"필립 뒤몽이 누구야?"

"임시 아빠야. 엄마가 만든 남편, 반백 살의 꽤 잘생기고 동네
에서 조금 유명한 중산층 아저씨지. 베네치아 여행을 좋아하는
데 무라노섬에서 토사물 반죽으로 만든 것 같은 꽃병을 잔뜩
사 왔어."

창틀에 놓여 있는 것 중 하나를 가리켰다. 고개를 축 늘어뜨

린 백합이 꽂혀 있었다.

"음, 예쁘네."

아스트리드가 별로 관심 없다는 듯 대답했다.

"근데 있잖아 미레유, 맨 처음 금메달 땄을 때 어떻게 했었어? 페이스북 계정 닫았어?"

"미쳤냐? 그냥 하와이안 피자 한 판 배달시켜 먹으면서 카프카의 〈변신〉을 읽었지. 이틀 뒤에 시험이 있었거든."

완전 거짓말이다. 나는 시험 전날 미리 책을 읽고 공부하는 그런 짓은 안 하니까 말이다. 하지만 불쌍한 우리의 아스트리드에게 사실대로 말할 수는 없었다. 3년 전 그날 밤, 내가 최고의 뚱보 돼지라는 것을 사람들에게 인정받았던 그날, 내 눈물과 콧물을 토핑으로 올린 하와이안 피자를 먹었다. 로봇 청소기 위에 올라가 놀고 있는 고양이를 찍어 올린 유튜브 영상을 세 시간 동안이나 보면서.

"말로인지 뭔지 하는 갠 도대체 어떤 애야?"

"멍청한 새끼 하나 있어. 지 혼자 인생 재밌게 사는 놈."

"아니 근데, 왜……."

"왜 그렇게 재수 없냐고?"

"응. 뭐가 문제래?"

"당연히 멍청해서 그렇지! 갠 태어날 때부터 그랬어. 그거 알아? 걔랑 나랑 부르캉브레스의 같은 병원에서 같은 날 태어났어. 내 생각엔, 그날 간호사들이 나를 보고는 세상에서 제일 못생긴 애기가 태어났다고 여기저기 알리고 다니느라 정신이 없어서, 내 옆에 누워 있던 말로가 산소가 부족한지, 아니면 뭐더라? 똑똑하고 착한 사람으로 만들어 주는 그런 특별 가스가 부족했는지 알아차리지 못한 것 같아."

사실 이것도 거짓말이다. 유치원 때, 말로는 내 베스트프렌드였다. 어렸을 때의 말로는 지금처럼 심술궂지도, 못되지도 않았었다. 우리는 정말 행복했다. 코딱지를 찰흙처럼 뭉쳐서 갖고 놀고 그랬다. 서로의 집에 놀러 가는 건 일도 아니었다. 벌거벗고 같이 목욕도 하고, 물싸움도 하고, 젖은 샤워타월로 치고받고 놀기도 했다. 그 후엔 같은 초등학교에 입학했고, 서로의 집에 놀러가 마리오-카트도 했다. 우리 둘의 사이가 멀어진 건 초등학교 3학년 때부터다. 말로의 주위에 "헐, 말로, 미레유 쟤 진짜 큰 넙치같이 생기지 않았냐? 짱 못생겼어."라고 말하는 친구들이 늘어났다. 그러다 보니 말로도 서서히 나를 놀리기 시작했다. "헐, 그래, 저 못생긴 돼지랑 내가 목욕도 같이 했다니까? 저 뚱땡이 얼굴을 샤워타월로 한 대 갈겨 줬지!" 하면서 말이다. 중학교에 들어갔을 때 우리 둘의 관계는 완전히 정리되었다. 입학식 날, 나는 말로에게 다가가 먼저 인사를 건넸다.

"안녕, 말로!"

말로는 싸구려 샤워 젤 냄새가 진동하는 남자애들과 함께 있었다.

"어, 뭐?"

말로가 대답했다.

"그냥 인사한 거야! 방학 잘 보냈어? 이번 여름에는 네 엽서를 못 받았네. 영국에 안 갔었어?"

"뭔 소리야, 이 뚱보 젖소야!"

"음매애!"

젖소 울음소리를 흉내 내며 냅다 혀를 내밀어 말로를 놀리고 도망쳤다.

물론 이것도 거짓말이다.

"음매애!"라고 받아치지도 않았고, 그렇게 당당하고 재치 있게 돌아서지도 않았다. 말로의 말에 그 자리에 얼어붙었다. 두 눈이 커진 나머지 두개골 안으로 눈알이 파고 들어간 것 같은 상태로 멀뚱멀뚱 쳐다만 보았다. 눈알이 당구공처럼 이리저리 데굴데굴 굴러가는 소리가 들렸고, 세 시간 후 양호 선생님이 에스카르고 집게로 빠진 눈알을 집어 제자리에 끼워 준 후에야, 내가 뚱보 젖소가 된 세계에서 다시 시력을 되찾을 수 있었다.

뚱보 젖소는 꽉 끼는 티셔츠, 터질 것 같은 청바지를 입고, 발가락이 숨 쉴 틈이 없는 타이트한 신발을 신은 채 주위 사람들에게 둘러싸여 있었다.

아무튼, 나는 아스트리드에게 이 모든 이야기를 하지 않았다. 너무 무겁다고 삐걱거리며 소리치는 이케아 의자 위에 한쪽 엉덩이만 겨우 걸치고 앉아, 정신없이 울고 있는 이 가엾은 소녀에게 말이다. 무엇보다 아스트리드도 그걸 원하고 있는 것 같았다. 나도 그때는 한 열두 방울 정도 눈물을 흘렸던 것 같다. 그때는 그랬다! 하지만 지금은 아니다. 모두 옛날이야기일 뿐이다. 그땐 내가 너무 어렸다.

"으악, 뭉치야! 아스트리드한테 토하면 안 돼!"

아슬아슬한 순간, 스웨덴 혼혈 소녀의 무릎에서 게우려고 갈비뼈가 위아래로 꿀렁거리는 뭉치를 가까스로 밀어냈다. 내 손에 밀려 바닥에 거의 떨어지다시피 한 뭉치는 삼킨 털과 소화된 사료들, 풀떼기가 한데 엉긴 토사물을 속 시원하게 토하더니, 자기가 뱉어 낸 것이 비위가 상했는지 재빠르게 도망쳤다.

"미안."

휴지 카펫에 남은 휴지를 뜯어 뭉치가 게워 낸 것을 닦으며 아스트리드에게 말했다.

"너무 기분 나빠 하지 마. 뭉치가 네 얼굴을 핥다가 토한 건 맞는데, 네 얼굴 때문에 그런 건 전혀 아니니까. 별일 아니야.

대자연은 뭉치를 육식 동물로 만들었는데 그걸 못 알아들은 뭉치가 정원에 난 풀을 막 뜯어 먹어서 그래."

"누구랑 말하는 거니, 미레유?"

엄마가 부엌에 들어왔다. 아스트리드의 눈이 엄마와 나를 번갈아 보느라 빠르게 움직였다. 아스트리드는 아마도 다른 모든 사람들이 생각하는 것처럼, 대체 어떤 끔찍한 유전학적 오류가 있었기에 카트린 드뇌브*와 똑 닮은 아름다운 우리 엄마에게서 나 같은 딸이 나온 것일까 의아해했을 것이다.

"아, 안녕하세요, 아줌마."

아스트리드가 말을 더듬으며 인사했다.

"엄마, 아스트리드. 아스트리드, 우리 엄마. 엄마, 아스트리드가 올해의 돼지 금메달을 땄어요. 내 타이틀을 뺏은 장본인이죠. 수녀원에서 컸고, 엥도신 광팬이래. 엄마도 엥도신이라고 알아요?"

"당연하지."

엄마는 한숨을 쉬며 말했다.

"유감이구나 아스트리드. 세상에, 그런 몹쓸 대회가 있다니. 당장 멈추게 하라고 아줌마가 말했는데도 학교에서는 아무것

---

* 프랑스 출신 미모의 여배우

도 할 수 없다더구나. 학교가 아니라 인터넷에서 벌어진 일이라나 뭐라나. 정말 말도 안 되는 일이지. 너무 충격 받지 않았으면 좋겠구나."

"감사합니다."

아스트리드가 중얼거렸다.

"근데 솔직히 충격적이긴 해요. 여기 온 지 1년도 안됐거든요. 이 동네도, 여기 사람들도 거의 몰라요. 그래서 다들 좋은 사람들일 줄로만 알았는데……."

아스트리드의 말에 엄마가 말했다.

"동네에 좋은 사람들도 물론 있지! 미레유 같이 착한 사람들이 많아. 아스트리드, 미레유와 잘 지내렴. 씩씩하고 착한 아이거든."

내가 끼어들며 말했다.

"듣지 마 아스트리드. 다 거짓말이야. 엄마는 나를 임신한 날 밤부터 불행이 시작됐다고, 그날 머리가 아픈 척이라도 했어야 했는데 타이밍을 놓쳤다고 하루 종일 투덜거린다니까!"

"아침이었거든?"

엄마가 눈을 흘기며 내 농담을 맞받아쳤다. 그리고 부엌을 나섰다. 고집 센 엄마에게서는 좀처럼 볼 수 없었던 반응에 조금 당황했다. 하지만 아무렇지 않은 척 했다. 그래서인지는 모르겠지만, 갑자기 기가 막힌 생각이 떠올라 소리를 질렀다.

"나한테 좋은 아이디어가 있어! 우리 나머지 돼지 한 마리를 찾아가는 건 어때? 내가 장담하는데, 분명 걔도 질질 짜고 있을 거야. 그리고 걘 아직 중2라 세상 물정도 모르고 '비판적 거리 두기'도 할 줄 모를 거야."

"시간이 너무 늦은 것 같은데?"

아스트리드가 말했다.

"글쎄? 투표 결과를 보고도 두 다리 뻗고 푹 잔다면 그것도 충격인데."

구글에 그 애의 이름을 검색했다. 이드리스. 부르캉브레스에 사는 이드리스라는 이름을 가진 사람의 주소는 딱 한 곳뿐이었다. 도시 반대쪽 동네 레벤느에 살고 있었다. 엄마와 필립 뒤몽 아저씨한테 시간이 조금 늦기는 했지만, 그래도 우리와 함께 올해의 돼지상을 받은 동지의 안녕을 확인하기 위해서 가 보는 게 좋겠다고 말했다. 아스트리드도 전화로 부모님의 허락을 받았다.

"태워다 줄까?"

친절한 필립 뒤몽 아저씨가 내게 물었다.

"아니요. 사랑하는 아저씨, 이 세상 최고의 아빠가 되려는 아저씨, 진정한 부성애를 몸소 실천하시는 아저씨, 아직 우리들

옷에서 뭉치가 토한 냄새가 진동해요. BMW도 우리를 태우고 가기는 싫을 거예요."

어쨌거나, 우리는 늦은 밤에 산책하는 게 더 좋았다. 부르캉브레스의 어두운 밤길을 따라 걸어가다 보면 서로에 대해서 더 잘 알 수도 있을 것 같았다.

3

오늘은 작고 푸른 피스타치오 열매처럼 단단한 달이 뜬 밤이었다. 짙은 밤색의 하늘 아래 놓인 부르캉브레스의 풍경이 그렇게 아름답지는 않아서 조금 아쉬웠다.

여러분은 부르캉브레스를 들어본 적 있는가? '부르강브레스' 가 아니라 '부르캉브레스'라고 발음해야 정확하다. 줄여서 '부르크'라고 부르기도 한다.

꽤 예쁜 도시다. 지방 소도시라도 있어야 할 것들은 전부 다 있다. 서점 두 개, 홀로그램 책갈피가 잔뜩 꽂힌 회전식 진열대가 있는 신문사 한 개, 카페, 레스토랑, 보석 가게, 엄청 큰 브래

지어를 쇼윈도에 진열해 둔 작은 가게들, 막 잘려 나간 머리카락들이 만든 검은 구름을(윽, 더러워) 빗자루로 쓸어 인도에 내다 버리는 미용실들, 오래된 나무 들보로 세워진 아름다운 고택들과 '매매'라고 적힌 대형 광고판이 걸린 건물들……. 건물을 사려는 사람들은 거의 없다. 리옹이나 파리로 떠나기도 하고, 아니면 도심에서 벗어나 단독주택에서 살기 때문이다. 나머지 건물들은 다 비어 있고, 문을 닫은 가게들의 창문에는 '임대 문의'라고 적힌 큰 나무판자가 걸려 있다. 부르캉브레스의 작은 공원들은 지긋하게 나이 먹은 어른들이 모래밭 위로 발을 끌며 걸어 다니고, 아이들은 철봉에 매달려 놀고, 고등학생들은 담배를 피우며 휴대폰을 들여다본다.

나의 동네 부르캉브레스. 푸드 코트처럼 골라 먹을 게 아주 많은 아름다운 이 동네가 정말 좋다. 부르캉브레스는 동네 사람들을 절대 굶기지 않는다. 로즈 프랄린*이 촘촘히 박힌 자전거 바퀴만 한 대형 설탕 타르트가 있는 빵집들이 있다. '르 프랑세'는 벽이 온통 거울과 금으로 장식된 어마어마하게 큰 식당이다. 거기서 파는 쿠션처럼 폭신한 생소고기 덩어리는 엄청 큰 딸기처럼 생겼다. 포크로도 부드럽게 잘리는 필레피에르를 먹고 있

---

* 견과류에 캐러멜화한 설탕을 입혀 만든 것

노라면 감동의 눈물이 흐른다.

우리 할머니 할아버지가 하는 레스토랑도 있다. 미슐랭 가이드 투 스타에 빛나는 식당으로, 최근 리모델링한 브루 성당 맞은편에 있다. 녹인 버터에 파슬리를 곁들이고 그 위에 개구리를 통째로 올린 요리, 주물 팬에 움츠리고 있는 훈제 달팽이 요리, 오븐에서 갓 나와 한껏 부풀어 오른 대왕 고기완자 요리, 투명한 젤리 위에 올린 파테 앙 크루트*까지 맛볼 수 있다.

여기에 치즈도 빠질 수 없다! 곰팡이가 얼룩덜룩 피어 있는 브레스 산 블루치즈, 숯에 그을린 줄 자국이 선명한 모르비에 치즈, 오랜 시간 숙성되어 벽돌처럼 붉은 색을 띠는 미몰레트 치즈, 차이브 가루를 뿌리고 크림으로 두껍게 덮어 여기저기 덩어리 진 생치즈…….

잔에 반쯤 담긴 와인과, 디저트 타임이 오면 끊임없이 초콜릿을 내뱉는 상자…….

푸가스**, 브리오슈***, 파이. 녹색 올리브, 파프리카, 무화과, 양파, 호두, 소시지 등이 들어간 온갖 형태와 크기의 빵들, 따뜻하고 폭신해서 이빨에 달라붙고 버터와 푸아그라의 황색 밀랍

* 파이크러스트에 고기나 생선, 채소 등을 갈아 만든 소를 채워 오븐에 구운 요리
** 빵 반죽에 올리브유, 허브 등을 첨가해서 구워낸 나뭇잎 모양의 납작한 빵
*** 이스트를 넣은 빵 반죽에 버터와 달걀을 넣은 약간의 단맛이 있는 프랑스 전통 빵

을 머금은 빵⋯⋯.

이렇게 먹을 게 많으니, 샌디 미용실의 쇼윈도에 걸려 있는 빨간 머리 모델보다 내가 더 토실토실한 게 당연할 수 있다. 학교 식당에서 나오는 '0칼로리 샌드위치(통밀 빵 두 쪽, 100% 유기농 닭고기, 지방 0%, 설탕 1.2% 함유)' 따위는 거들떠보지 않는 것도 다 설명이 된다. 설탕과 치즈의 도시에서 하루 온종일 단물다 빠진 껌만 씹어대는 말로 녀석이 삐쩍 마르고 성격이 까탈스러운 것도 다 이유가 있다!

부르캉브레스의 밤거리를 계속 걸었다. 아스트리드 브롬발과둘이서 함께 걸었다. 왠지 앞으로 걸어갈수록 아스트리드는 마음의 안정을 되찾는 것 같았다. 올해의 돼지 중 1등으로 뽑힌게 그렇게 극적인 사건은 아니라는 걸, 적어도 인생을 살면서무언가에 뜨거운 열정을 갖고 있을 때만큼은 이겨 낼 수 있다는 걸 벌써 깨닫기 시작한 것처럼 보였다. 더군다나, 아스트리드는 이미 엥도신 말고도 푹 빠져있는 게 있는 것 같았다.

"나 휴대폰 게임하는 거 있어."

"그래? 무슨 게임인데?"

"대부분 경영, 전략, 전술 게임이야."

"그게 뭔데?"

"에어포트 매니저 같은 거! 에어포트 매니저 알지? 헐, 몰라?"

이때부터 아스트리드의 눈에 불이 붙었다. 본인의 전공 분야인 게 분명했다.

"에어포트 매니저가 뭐냐면, 네가 공항의 경영자가 되는 게임이야. 엄청 큰 공항들 있잖아, 국제공항 같은 거! 거기 경영자가 돼서 전부 다 네 마음대로 할 수 있어. 항공편 관리며, 승객들 불만 처리며, 면세점이며 전부 다! 활주로에 비행기가 추락할 때도 있고, 음, 맞아, 승객들 중에 말라리아에 걸린 환자가 있어서 방역 처리를 해야 될 때도 있고, 갑자기 테러리스트가 나타날 때도 있어!"

"듣기만 해도 스트레스 받네. 그런 걸 대체 왜 해?"

"뭐, 가끔 스트레스 받기는 하는데, 그래도 재밌어! 예산도 잘 짜야 해. 돈을 많이 버는 것도 중요하지만 그만큼 영리하게 지출할 줄도 알아야 하거든. 만약에 네가 어떤 승객의 수하물을 중간에 잃어버린다거나, 아니면 연예인이 전용기를 탔는데 거기에 파파라치가 같이 탔다거나 하면 완전 게임 오버야! 손해 배상 다 해 주다 보면 파산할 수도 있거든."

"그거 진짜 머리를 엄청 굴려야 되겠네."

"그래도 키친러쉬만큼은 아니야! 키친러쉬에서는 네가 패스트푸드 체인점 사장이 되거나, 아니면 엄청 비싼 고급 레스토랑의 사장이 되거나, 선택할 수 있어. 그리고 전부 다 네 맘대로 하는 거야! 만약에 주방이 더러워서 음식에서 살모넬라균이라 도 나오잖아? 그럼 영업 정지, 완전 끝장이야. 근데 또 식당 관 리를 잘 했는데도 홈페이지에 악플을 다는 사람들이 나타나기 도 해. 직원들 월급 제대로 안 주면 노동청에서 감찰도 나오고 홀 서빙 직원이 손님 머리 위로 음식이라도 엎는 날에는……."

"그래그래, 그만 말해도 돼. 어떻게 하는 건지는 알겠어. 좀 귀 찮은 게임 같기는 한데, 충분히 이해했어."

"너는? 학교 안 가는 날 뭐 해?"

"음, 나는 말이지……."

빈도순으로 정렬한 솔직한 대답 :

1) 뭉치 쓰다듬기

2) 마인 파터(mein Vater)*가 쓴 철학책이나 다른 철학자가 쓴 책 읽기

3) 인터넷에서 레시피 검색하기

4) 인터넷에서 찾은 레시피 따라 하기

5) 글쓰기(아주 사적인 거니까 못 들은 걸로 하는 게 좋을 거다. 자,

---

* 독일어로 '나의 아버지'라는 뜻

잊어버려!)

"뭐, 이것저것 해."

그냥 자세히 얘기 안 하기로 했다.

보았는가? 나는 그렇게 쉬운 여자가 아니란 말씀이다. 아무한테나 다 떠벌리고 다닐지도 모르는 눈곱 낀 낯선 여자애에게 내 비밀을 말할 수는 없지.

(사실 예전에 그런 적이 있었다. 오드라는 여자애가 있었는데, 나는 그 애와 노는 것을 정말 좋아했고, 함께 찍은 사진들을 SNS에 올리곤 했었다. 오드는 나에게 무척 상냥했다. 그래서 걔 숙제도 다 해 주고, 시험 시간에 내 답안지를 베껴 쓰는 것도 모른 척 내버려 뒀다. 말로를 향한 나의 배신감도 구구절절 다 털어 놨었다. 그때의 나는 너무 어렸고, 말로에게 받은 상처를 털고 일어날 만큼 성숙하지도 못했다. 하지만 불행하게도 오드와 나의 우정은……, '오드와 뚱땡이'로 끝이 났다. 맨 처음 진실을 알게 된 것은 오드가 함께 찍은 사진 중에서 내가 영락없는 돼지처럼 나온 사진을 자기 프로필 사진에 올렸을 때였다. 솔직히 기분이 이상할 수밖에 없었던 게, 내 옆에 서 있으면 오드는 슈퍼모델 같아 보였다. 어느 날 자습실에서 오드 대신 숙제를 해 주고 있었는데, 그 사이에 오드에게만 털어놨던 말로와의 이야기를 자신의 '진짜' 친구들에게 빠짐없이 다 떠벌렸다.)

(그때부터 나는 아무도 믿지 않기로 했다.)

레벤느에 도착했다. 낮고 각진 건물 벽으로 사각형의 노란색 구멍이 송송 뚫려 있고, 그 사이로 어둠이 드리워졌다.

"음, 모르는 사람의 집 현관문을 두드리기에 시간이 너무 늦은 거 아닐까?"

아스트리드가 물었다.

밤 10시 10분이었다. 하지만 이드리스 가족이 사는 아파트는 대부분 불이 켜져 있었다. 현관 인터폰에서 이름을 찾았다. 4층에 사나보다. 고개를 들어 바라보니 노란 불빛의 창문들이 커넥트포*처럼 일렬로 불이 들어와 있었다.

띵동!

"누구세요?"

따뜻한 중저음의 목소리가 인터폰 스피커에서 흘러나왔다.

"안녕하세요, 저희는 하키마의 친구들인데요, 하키마 있나요?"

"친구들?"

왠지 엄청 잘생겼을 것 같은 남자의 목소리였다. 깜짝 놀랐는지 잠깐 동안 아무 말이 없었다. 곧 목소리가 다시 들려왔다.

---

* 가로 7칸, 세로 6칸인 직사각형판을 위로 세워 말을 떨어트려 가로, 세로 또는 대각선 4개를 만들면 이기는 보드게임

"하키마, 친구들이라는데!"

(사실상 물음표 같은 느낌표였다.)

조금 먼 곳에서 하이톤의 목소리가 들렸다.

"엥?"

"네 친구들이 왔대."

"그게 누군데?"

"너희들 누구냐는데?"

달콤하고 따뜻한 중저음의 목소리가 물었다.

나는 우리들만이 알아들을 수 있는 암호를 말했다.

"돼지 두 마린데요."

그가 하키마에게 그대로 전달했다.

정적이 흘렀다.

철컹. 문이 열렸다.

"4층 왼쪽 집이야."

우리는 엘리베이터를 지나쳐 어두운 계단을 올랐다. 1층에서는 그라탕 도피누아*, 2층에서는 피자, 3층에서는 닭고기 카레, 마지막 4층에서는 초콜릿 케이크 냄새가 났다.

땡동!

---

* 감자와 생크림을 기본으로 만든 프랑스 남동부 도피네 지방의 전통 요리

'이드리스'라고 적힌 이름표가 꽂혀 있는 동그랗고 작은 플라스틱 버튼을 눌렀다.

문이 열렸다. 처음에는 아무도 없는 줄 알았다. 하지만 아래를 내려다보니 문을 열어 준 '신'이 그곳에 있었다.

4

내가 '신'이라고 말했다고 해서 희고 긴 수염의 마법사 할아버지를 떠올리지는 않기를 바란다. 그렇다고 성경에 나오는 신을 말하는 것도 아니다. 관심도 없다. 그러니까 내 말은, 자연의 신, 바람의 신, 곰의 신, 고양이의 신, 체리나무의 신 같은 그런 신을 말하는 거다. 손가락을 탁 튕겨 높은 산들을 만들고, 하이힐 같은 거대한 신발 굽으로 땅을 밟아 푹 파인 협곡을 만드는 그런 신 말이다. 그래, 태양의 신! 아침이 오면 하늘에 떠 있던 별들을 그의 휘황찬란한 빛으로 덮어버리고, 이 땅 위의 모든 풀들이 쑥쑥 자랄 수 있게 해 주는 태양의 신!

아니다. 태양의 신이라고 할 것도 없다. 그는 그냥 태양, 그 자체였다.

눈부신 햇살로 모두의 눈을 멀게 만드는 미스터 선샤인.

현관 문지방에 멀뚱히 서서 선샤인을 내려다보고 있으니 뜨거운 태양열에 두 다리가 녹아내릴 것 같았다. 아, 실수다!

왜냐고? 왜냐하면…… 현관문을 열어 준 그 남자, 선샤인은 두 다리가 없었기 때문이다.

이제 처음 봤으니, 어쩌다 그렇게 된 건지는 알 턱이 없었다.

아무튼, 선샤인은 묵직한 그 목소리로 우리에게 인사를 건넸다. 태양신의 마차를 끌며, 그러니까 손바닥으로 그가 타고 있는 휠체어 바퀴를 돌리며 안으로 들어오라고 했다.

아스트리드가 나를 살짝 미는 바람에 넘어질 듯이 안으로 따라 들어갔다. 크게 심호흡했다. 생각해 보면 태양계 최고의 별, 선샤인에게 첫눈에 반한 순간이었다.

이드리스 가족의 집은 깨끗하고 따뜻한 색감의 벽지로 도배되어 있었다. 하키마가 우리에게 김이 모락모락 나는 초콜릿 케이크를 갖다 주었다. 우리가 초인종을 눌렀을 때 오븐에서 막 꺼냈나보다. 냄새가 정말 기가 막혔다.

마침내, 막내 돼지까지 모두 한 자리에 모였다. 하키마는 내가 생각했던 것보다 더 귀엽고 참새처럼 수줍어했다. 거실 탁자 옆에 앉아서 같이 먹자며 우리에게 손짓했다. 아스트리드와는 다르게 하키마의 눈은 그리 충혈되어 있지 않았다. 오히려 눈 밑이 쾡했다.

울지는 않았나보네? 근데 왜 저렇게 피곤해 보이지?

"안 먹어?"

하키마가 오물거리며 물었다.

"아, 그럼 맛만 볼게."

예의상 그렇게 대답했다.

"아, 늦은 시간에 먹으면 안 되는데."

다이어트라도 할 생각이었는지 아스트리드가 한숨을 쉬며 케이크에 포크를 가져갔다.

"뭐, 괜찮겠지!"

어쨌거나 아스트리드는 그리 오래 버티지 못했다. 거실 탁자 주위에는 램프 빛에 반사되어 노랗게 보이는 갈색의 작은 가죽 쿠션들이 있었다. 하키마와 부모님이 소파에 앉았다. 하키마의 오빠 미스터 선샤인이 잠깐 아파트 지하실에 다녀오느라 자리를 비운 그 순간은 개기일식이 따로 없었다. 음소거된 TV는 뉴스 채널에 맞춰져 있었다.

어색하지만 우리를 소개하기로 했다.

여긴 아스트리드 브롬발, 나는 미레유 라플랑슈.

"너희도 중학교 2학년이니?"

이드리스 부인이 의아하다는 듯 물었다.

"아니에요."

아스트리드가 대답했다.

"그런데 우리 하키마를 어떻게 아니?"

내가 나설 차례였다.

"가혹한 운명이 우리들을 이곳에서 만나게 해 주었죠."

여기서 입을 그만 '놀려야' 했는데(우리 엄마가 늘 하는 말이다.) 타이밍을 놓쳤다.

"올해의 돼지, 뭐 그런 게 있어요."

"돼지라니?"

하키마의 부모님은 그게 무슨 소리냐며 딸의 얼굴을 쳐다봤다.

하키마가 부모님에게 아랍어로 전부 설명하는 것 같았다. 대충 내 맘대로 해석하면 이렇다. 아니에요 아빠. 맹세컨대, 돼지고기 안 먹었어요. 그냥 학교에서 못된 애들이 나를 돼지로 뽑았다는 말이에요. 못생겼다고요. 모욕적이죠!

하키마가 말을 끝내고 나니 두 분의 얼굴이 너무나 슬퍼보였다. 아스트리드는 한껏 용기를 낸 듯 하키마의 어깨를 다독였다.

하키마가 우리에게 말했다.

"솔직히 말해서, 돼지로 뽑힌 게 아무렇지 않은 건 아니야. 근데, 오늘 그것보다 더 최악인 일이 있었거든! 사실 오늘은 카데르의 생일이야.(선샤인의 이름이 카데르구나! 선샤인의 이름이 카데르였어!) 스물여섯 번째 생일이라서 초콜릿 케이크도 만들었고 말이야. 초에 막 불을 붙이려고 하는데 뉴스가 나왔어. 그걸 보고나니까 더 이상 촛불을 켜고 싶지도, 생일 파티를 하고 싶지도 않은 거야."

"왜? 무슨 뉴스였는데?"

"쉿. 저기 봐."

하키마가 내 말을 얼른 자르고는 리모컨을 눌러 소리를 컸다.

밤 10시 30분, 뉴스 프로그램의 시그널 음악이 거실에 울려 퍼졌다. 다 같이 뉴스를 시청했다.

로렌에서 홍수가 일어났다. 어떤 남자가 물에 빠진 할머니를 구했다. 독점 인터뷰 영상 배경에는 홍수가 난 강물이 비쳤는데, 둥둥 떠다니는 여행 가방 위에서 야옹거리며 우는 새끼고양이의 모습이 나왔다.

몽토방*에서는 오늘 팔이 세 개 달린 아이가 태어났고, 하나를 절단하여 이제는 두 개가 되었다고 했다. 행복해하는 아이 부모의 모습이 나왔다.

그리고 마침내, 이드리스 가족을 우울하게 만들고 카데르의

---

* 프랑스에서 여섯 번째로 큰 도시

생일 파티를 망친 뉴스 헤드라인이 떴다.

"7월 14일, 프랑스 혁명 기념일을 맞아 엘리제 궁에서 열릴 가든파티의 식순이 오늘 저녁 발표되었습니다. 프랑스 대통령이 수여하는 레지옹도뇌르 훈장 수상자의 명단도 공개되었는데요, 수상자 명단에는 캐나다 출신 프랑스 가수 바닐라 존스, 디자이너 쟈크 파콤, 전쟁 영웅 장군……."

편의상, 우리는 그를 '사신' 장군이라고 부르기로 하자. 그의 이름은 오귀스트로, 풀네임은 오귀스트 사신, 그와 친한 주변인들은 A.사신이라고 부른다. 사막에서 전쟁이 벌어졌다. 그때 세운 업적으로 프랑스 국민들 사이에 이름을 알렸고, 사람들은 그를 '해결사'라고 불렀다. 전쟁 영웅이라며 사신 장군의 이름이 뉴스에 나오자 하키마의 부모님은 소리 없이 눈물을 흘렸다. 하키마는 케이크를 입에 욱여넣더니 마치 사신 장군이라 생각하고 씹는 것 같았다. 뉴스 화면에는 훈장 수상자로 언급된 인물들의 사진과 함께 엘리제 궁에서 버락 오바메트, 나에게 뼈와 살을 만들어 준 클라우스 폰 슈트루델, 조엘, 노엘, 시트로엥이 사람들에게 인사를 건네는 영상이 나왔다.

"엘리제 궁에서 매년 열리는 가든파티에서는 프랑스 최고의 록 밴드 엥도신이 몇 년 만에 최초로 심야 콘서트를 개최할 계획입니다!"

맙소사, 엥도신이라니! 엥도신이라는 말에 우리의 아스트리드는 차마 눈물을 흘리고 있는 하키마의 부모님 앞에서 신이 난 내색은 못하고 엉덩이만 들썩들썩했다.

몇 분 후, 아스트리드의 소리 없는 기쁨의 외침과 하키마 부모님의 눈물이 모두 멈추었고, 하키마는 우리에게 이 뉴스를 보고 왜 이렇게 속상할 수밖에 없었는지 이야기를 시작했다. 그것은 나만의 선샤인, 카데르가 두 다리를 잃게 된 이유와 연관되어 있었다.

선샤인은 다리가 없다. 사막에서 두 다리를 잃었기 때문이다.

그는 사신 장군이 이끄는 '해결사' 부대 소속의 군인이었고, 전쟁이 일어났던 그 사막에 있었다. 버락 오바메트 대통령의 전임자는 적군들이 뱃속에 폭탄을 숨긴 채 가짜 임산부로 변장하여 에펠탑에 오르는 것을 막기 위해, 사막으로 군대를 파견하여 적군들을 전부 모래 속에 파묻어 버리라는 작전을 지시했다.

이 임무를 성공적으로 수행하기 위해서, 선샤인은 부대 하나를 이끄는 우두머리로 선출되었다고 한다. 그날은 선샤인의 부대가 사막에 있는 광장의 주민들을 찾아가 냄비와 프라이팬 속에 무기를 숨기고 있는 것은 아닌지 살펴보는 날이었다. 그리고 부하들을 이끌고 가파른 산길을 지나, 베이스캠프로 합류하기 위해 서둘러 이동하고 있었다.

그날은 무수한 빛의 알갱이들이 팡팡 터지기라도 하듯 하늘이 유독 맑았다. 선샤인은 눌러 쓴 헬멧 위로 가늘게 눈을 치켜떴다. 그런데 갑자기 작은 돌멩이가 빨리 달리던 자동차 앞 유리창에 튄 것처럼 '핑' 하는 소리가 들렸다. 그 순간에는 무슨 일인지 몰랐다. 하지만 그의 바로 옆에 있던 동료 로랑이 옆으로 쓰러지는 것을 보고, 선샤인은 심각한 사태가 벌어졌다는 것을 알아차렸다.

또 다시 '핑' 소리가 들렸고, 이어서 한 번 더 들렸다. 그다음에는 고막이 터질 듯한 굉음의 사격 소리가 들렸다. 선샤인은 정신이 아득해지는 것을 느꼈다. 선샤인의 다리는 선샤인의 정신을 짊어지고 빠르게 움직이기 시작했다.

마구 내달리는 다리에 몸을 맡기고 도망치던 선샤인은 문득, 적군들이 대체 어떻게 그의 부대가 이곳을 지나간다는 것을 알게 된 것일까 의문이 들기 시작했다. 이 임무를 직접 지시한 사신 장군이 분명 이 길은 안전할 거라고, 위험이라고는 찌는 더위와 계곡에서 부서져 떨어지는 돌 조각뿐이라고 했는데 말이다.

겨우 베이스캠프로 도망쳤지만 사신 장군은 그곳에 없었다. 장군은 다른 베이스캠프로 가 있었고, 그것은 선샤인의 부대가 바로 전날 밤까지 머물렀다 떠난 곳이었다.

선샤인은 총알이 그의 주위로 날아오는 그때, 사신 장군을 원망하는 것 말고는 아무것도 할 수 없다는 생각에 슬퍼졌다. 결국 두세 발의 총알이 그의 다리로 날아와 박혔고, 모래 위로 쓰러졌다. 정신을 잃어가던 찰나의 순간에 부모님과 여동생의 모습이 떠올랐다.

결론부터 말하자면 그것이 선샤인의 마지막 순간은 아니었다. 지금 가족들과 함께 있으니 말이다. 하지만 그의 다리는 아니었다.

이제와 다시 생각해보니, 그래, 본 적 있다. '해결사부대', 매복 작전 중 대원 10명 사망, 기적의 생존자 1인이라는 뉴스 헤드라인이 떠올랐다. 정치나 전쟁은 필립 뒤몽 아저씨의 첫 번째 BMW 자동차만큼이나 나에게는 전혀 관심 없는 분야였다. 하지만 그때 조금이라도 유심히 뉴스를 봤더라면 단 한 명의 기적의 생존자가 부르캉브레스 레벤느에 휠체어 위에서 슬픔에 젖어 살아가고 있으며, 따뜻한 중저음의 목소리와 잘생긴 얼굴을 갖고 있고, 내년에도 열릴 '올해의 돼지' 선발 대회에서 나와 순위를 다툴 돼지 여동생이 있다는 것쯤은 금방 알 수 있었을 것이다.

하키마의 어머니가 소리쳤다.

"이제 저 버러지만도 못한 사신 놈이 엘리제 궁 복도를 으스대며 다니겠지! 그렇게 많은 사람들을 죽음으로 내몰아 놓고, 내부 조사도 아직 안 끝났는데, 계속 공로를 인정해 주다니!"

하키마의 아버지도 옆에서 함께 분노했다.

"그러는 동안 불쌍한 우리 카데르는 모두에게서 잊혀 가는구나. 이보다 더 큰 수모가 어디 있겠느냐!"

가만히 고개를 끄덕이던 하키마가 우리를 돌아봤다.

"이제 알겠지? 난 내가 돼지로 뽑히든 말든 그런 건 관심 없어. 하지만 이건 아니야. 이건 그냥 지나칠 수 없어."

그러다 갑자기 눈앞이 환하게 밝아졌다. 선샤인이 다시 나타난 것이다. 선샤인은 우리 옆으로 오더니 자리를 잡고 별 생각 없다는 듯 케이크를 입에 넣었다. 넓고 반들반들한 이마, 바다처럼 깊은 눈, 구릿빛의 입술을 천천히 살펴봤다. 내 생에 이렇게 품위 있고 잘생기고 반짝이는 남자를 본 적이 있던가? 뚫어져라 쳐다보는 내 시선을 느꼈는지 선샤인이 고개를 돌려 물었다.

"이름이 뭐야?"

"미레유요."

'울긋불긋 산딸기처럼 귀여운 미레유요.'

"미레유, 정말 귀엽게 생겼구나. 돼지라니, 그렇지 않아. 내 동생도, 그리고 너도 그렇고."

맞은편에 앉아 있는 아스트리드를 바라보며 말했다.

"고…… 고마워요. 카데르도 머… 멋있네요."

나도 모르게 말을 조금 더듬었다.

선샤인은 남은 초콜릿 케이크를 다 먹었다. 나는 용기를 내서 말을 꺼냈다.

"슬픈 소식인 건 맞지만, 그렇다고 생일 파티를 망칠 필요는 없다고 생각해요."

카데르의 어머니도 나지막한 목소리로 거들었다.

"그래, 맞아. 우리 아들, 생일 축하한다."

"생일 축하해요, 카데르!"

우리는 축하하면서 포옹을 나누었다. 나는 선샤인을 안아 주고 싶어서 자리에서 일어났다. 선샤인이 내 볼에 입을 맞췄고, 나도 그의 볼에 입을 맞췄다. 그러고 나서 다시 자리에 앉는데 누가 망치로 내 머릿속에 있는 종을 한 대 친 것처럼 머리가 댕댕 울렸다.

하키마가 한숨을 내쉬었다.

"가든파티에 갈 수 있다면, 거기서 사신 장군의 본모습을 밝힐 수 있다면, 기자들 앞에 서서 진실을 파헤쳐 달라고 소리칠 수 있을 텐데……."

"하키마!"

선샤인이 다그쳤다. 동시에 아스트리드는 혼잣말을 중얼거렸다.

"거기 가면 엥도신 콘서트도 볼 수 있고……."

나도 옆에서 중얼거렸다.

"맞아, 나도 거기서 만날 사람이 있지……."

아니, 이게 무슨 우연이지!

셋 다 서로 다른 이유를 가지고 있었지만 목표는 같았다. 7월 14일에 그곳, 엘리제 궁으로 가는 것! 가서 그들만의 파티를 중단시키고 우리의 존재를 알리는 것! 뭐, 안 될 거 있겠어?

그래! 거기 가서 용감하고 당당하게 확 저지르는 거야. 그러면 되지!

좋다.

우리가 돼지로 뽑힌 그날 밤, 내 머릿속에는 기막힌 계획이 떠올랐다.

파리로 가자.

7월 14일, 파리로 가는 거야.

가서 엘리제 궁 가든파티를 아주 쑥대밭으로 만들어버리자!

5

가끔 밤에 잠이 안 와서 따뜻하게 차나 한 잔 마시려고 부엌으로 내려오면, 엄마와 필립 뒤몽 아저씨의 대화 소리, 싸우는 소리, 때로는 뜨겁게 사랑을 나누는 소리가(윽, 듣고 싶지 않다.) 들리곤 한다. 하지만 오늘 밤은 정말 다행스럽게도 그냥 대화하는 중이었다.

내 얘기겠지. 뻔하다.

"애가 즐거워 보이지 않아. 고민도 있어 보이고."

"당연하지 파트리시아. 아직 사춘기잖아."

"무슨 글을 쓰는 것 같던데, 나한테 보여주고 싶지는 않은가 봐."

"자기 나름 일기처럼 쓸 말이 있겠지. 우리가 모르는 미레유만의 일상이 또 있다는 건 당연한 일 아니겠어? 애 너무 옭아매지 마."

"나가 노는 것도 거의 없잖아. 친구도 별로 없는 것 같고. 방구석에 틀어박혀 있기만 하고, 수영장에는 죽어도 가기 싫다고 하고……. 내가 보기에는 자기 몸에 콤플렉스가 있는 것 같아.

예쁜 옷에 관심도 없고……. 하는 짓 보면 일부러 못나게 보이려고 그러는 것 같다니까?"

"파트리시아, 미레유는 이제 겨우 열다섯 살이야. 그 나이 때 나도 열등감 있고 소심하고 그랬어. 미레유는 거기다 아직 자기 자신의 정체성도 분명하게 느끼지 못하고 있잖아, 친아빠는 애한테 연락도 안 하고 말이야. 그런 게 다 애를 힘들게 하는 거 아니겠어?"

"당신 말 잘했어. 미레유가 나 죄책감 들게 하려고 일부러 그렇게 구는 거 모르겠어? 걔 솔직히 지 친아빠한테 관심 하나도 없을 걸!"

뭐, 됐다. 대충 이런 대화를 하고 있는 것 같다. 도저히 못 참겠다 싶어서 나도 내 눈앞에 보이는 생명체와 수다나 떨어야겠다 생각했다.

"아이고 내 새끼 뭉치야! 내가 엄마 때문에 아주 걱정돼 죽겠다니까!"

나는 '레이디와 트램프'에 나오는 샴고양이의 목소리를 흉내 내며 하이톤으로 뭉치 대신 말하고 1인 2역을 시작했다.

"왜에- 미레유? 왜에- 무슨 일이냐옹?"

"글쎄, 엄마가 뭘 자꾸 써. 쓰긴 하는데 아무한테도 안 보여줘. 필립 뒤몽 아저씨한테도! 지난번에 책상 서랍에 그 큰 종이를 숨기더라니까?"

"왜에- 그냥 엄마 맘대로 살게 내버려 두는 게 어떠냐옹? 엄마도 나름 쓸 말이 있지 않겠냐옹!"

안방 문이 열리고 복도에 환한 불빛이 핀 조명처럼 퍼졌다. 옅은 파란색의 실크가운을 걸친 엄마가 나타났다. 레이스 사이로 톡 튀어나온 젖꼭지가 보였다.

"뭐 하니, 미레유?"

"왜요? 뭉치랑 수다 떠는 중인데요. 뭉치야 할머니한테 인사해야지. 할머니이- 안녕하시냐옹!"

몸을 숙여 뭉치 발을 잡고 엄마를 향해 흔들었다.

"너 설마 엄마 책상 서랍 뒤진 건 아니지?"

"내가요? 뒤져요? 서랍 속 스카치테이프 바로 옆에 턱하니 놔둔 종이 뭉텅이나 찾아내자고 내가 여기저기 막 뒤졌겠어요? 파트리시아 라플랑슈의 〈존재와 경이로움: 지금까지 없던 새로운 철학 이야기〉 책 제목으로 딱 좋네요! 무슨 내용이냐옹--?"

"가서 그만 자, 미레유."

"출판사에 보내기는 했어요?"

"휴, 이 와중에 그게 그렇게 궁금하니? 한 군데 보냈어. 거절당했지만."

아! 저 한숨! '내 딸이지만 넌 정말 징글징글해!'라고 말하는 것 같은 저 한숨!

"왜요? 거기 아주 멍청하기 짝이 없는 출판사네! 어디예요? 갈리마르?"

"그렇다면 어쩌려고?"

"거기 완전 대어를 놓친 거죠! 파트리시아 라플랑슈가 머리에서 쥐어 짜낸 300페이지짜리 책 표지에 엄마 얼굴이 대문짝만하게 들어가기만 하면 완전 게임 끝났죠! 올해의 베스트셀러는 따 놓은 당상일 걸요? 카트린 드뇌브가 쓴 '팡세*' 정도의 타이틀은 얻지 않겠어요?"

"그래, 고마워. 다음엔 지금 네가 말한 아주 특이하고 요상한 마케팅 방법을 써먹어 보도록 할게. 네가 내 뱃속에 있었을 때부터 파리에 두 번은 다녀와서 그런가 웬만한 출판사는 쭉 꿰고 있나 봐? 현상학 분야 수필 전문 출판사 쪽은 완전 전문가 같네."

"어엄마아 현상학이 문제가 아니라고요. 엄마 외모 자체가 이미 '환상적'인데!(여기서부터 목소리 톤을 바꿔서) 평일에는 여드름이 득시글한 고등학생들을 가르치고, 주말에는 현상학에 대한 에세이를 쓰는 여자. 올 여름, 환상적인 파트리시아 라플랑슈가 당신을 찾아옵니다. 커밍 순!"

* 프랑스 학자 블레즈 파스칼이 쓴 철학서

"그래 바로 그거야. 그럼 사람들은 그 책이 파리의 대학교수가 아니라 촌구석의 웬 고등학교 철학 선생이 썼다는 것도 알게 되겠지. 그건 전혀 환상적이지 않거든?"

"에이, 덜떨어진 사람들이나 엄마를 못 알아보죠. 그럼 다른 출판사에는 안 보낼 거예요?"

"지금 그게 중요한 게 아니잖아, 미레유."

뭉치를 엄마와 나 사이에 데리고 와서 끌어안고 앞발을 흔들었다.

"보낼거냐옹? 할머니이- 보낼거냐옹?"

"가서 자. 늦었어. 얼른 자."

"잠깐만요, 잠깐만. 엄마한테 할 말이 있어요. 진짜 끝내주는 이야기예요. 오늘 선샤인을 만났는데 첫눈에 반했고, 새로운 돼지 친구들도 두 명이나 생겼어요. 아무튼 우리가 7월 14일에 엘리제 궁 가든파티에 쳐들어갈 계획인데, 대충 큰 틀은 잡았고 디테일한 일정만 잘 정리하면 될 것 같거든요? 새로 사귄 친구 중 한 명의 오빠가 선샤인인데, 아무튼 그날 가든파티에 선샤인의 다리를 불구로 만든 사신 장군이 올 거고, 또 나머지 친구 한 명이 푹 빠져서 쫓아다니는 엥도신이라는 록 밴드도 온다니까 가서 콘서트도 좀 보고, 아무튼 나는 클라우스한테 가서 당신이 내 친아빠라고 말한 다음에, 콘돔도 제대로 안 껴 놓고 왜 책임을 안 지는 거냐고 따질 거예요. 자, 엄마, 어때요? 나랑 내 돼지 친구들한테 조언해 줄 것 없어요? 파리 여행, 아니, 엘리제 궁 가든파티 기습 작전! 엄마는 아이디어 없어요?"

"뭐, 자전거를 타고 가든가. 그럼 종아리 살이 좀 빠지지 않겠니?"

방문이 닫혔다.

필립: "애가 뭐래? 무슨 말인지 하나도 모르겠던데. 햇볕에 얼굴이 많이 탔대?"

(하, 아저씨. 그러면 뭐 '애프터' 선크림이라도 하나 사다 주려고요?)

엄마: "휴, 재가 무슨 생각을 하는지 누가 알겠어."

필립: "근데 말이야, 당신 책 썼다는 거 진짜야?"

엄마: "여보, 말하기 싫어."

필립: "아니, 잠깐만. 그거 정말 엄청난 거잖아! 언제부터 쓴……."

엄마: "별로 말하고 싶지 않다니까? 별 것도 아니고. 난 자야겠어."

필립: "출판사에 보냈을 때……."

엄마: "여보! 그만하고 빨리 자!"

삑– 불이 꺼졌다.

쪽– 오늘은 별로 뜨거운 밤은 아닐 것 같은 가벼운 입맞춤 소리가 들렸다.

폴짝– 풀썩–‘개냥이’ 같은 강아지 샤투네가 이불 위로 올라갔나보다. 뜨거운 밤은 이제 진짜 물 건너갔다.

방으로 돌아와 나의 두 돼지들에게 메시지를 보냈다.

친애하는 돼지 여러분, 어머니께서 기가 막힌 ‘세기의’ 아이디어를 주셨습니다. 파리를 자전거 타고 갑시다. 이번 주 토요일 오후 1시 14분, 우리 집 차고에서 봅시다.

6

차고에는 자전거가 총 세 대 있다. 세 개 다 내 거다. 첫 번째 자전거는 필립 뒤몽 아저씨가, 두 번째는 할머니 할아버지가, 마지막 자전거는 엄마가 사 줬다. 세 대 전부 먼지가 뽀얗게 쌓였고, 얼기설기 쳐진 우아한 거미줄 때문에 자전거 핸들이 천장에 매달려 있는 것처럼 보였다.

빨간색과 금색이 섞인 자전거는 '레드골드 자이언트'라고 이름 붙였다. 해리포터에 나오는 그리핀도르를 상징하는 색이다. 안장이 브레이크 높이만큼 올라와 있어서 엉덩이는 하늘로 처들고, 다리털은 다 밀어야 하고, 비행기 헬멧을 머리에 쓰고(내가 좋아하는 스타일이다.) 달려야 한다. '아들아!', '아빠!' 하면서 바비큐 파티 때 불 지피는 법도 알려주고 같이 복싱도 했을 아들을 가지지 못했다는 서글픔을 달래려고 필립 뒤몽 아저씨가 사 준 거다.

할아버지와 할머니가 사 주신 자전거는 딱히 이름이 없다. 베이지 색이고 조금 도도해 보이는 스타일인데, 프레임이 휘어져 있어서 꼭 코끼리 상아처럼 기세등등하게 머리를 흔들어댄다. 앞에는 작은 바구니와 따르릉! 맑은 소리가 나는 벨이 달려 있다. 마지막 자전거는 엄마가 사 줬다. 이름은 '바이시쿨'이다. 심플한 로얄 블루 색상에 편해 보이고, 티링! 티링! 소리가 나는 벨까지 달렸다. 짐받이에 짐을 제대로 고정하지 않으면 그대로 짐이 쏟아져 바퀴에 걸리고 넘어질 수도 있다.

자전거 세 대 전부 다, 삽, 스키, 조립 키트 부품들, 고무장화, 쥐약, 실내 난로용 연료통 사이에 뒤죽박죽 방치된 채로 어디선가 용감한 손이 나타나 자신들을 꺼내 주기를 기다리고 있는 것 같았다.

"다 조금씩 녹슬었을 거야. 가까이 오지 마 하키마. 그러다 파상풍 걸린다."

베이지색 자전거를 살짝 들어 올리며 내가 말했다.

하키마는 겁에 질린 표정으로 한 걸음 물러났다.

"야, 넌 내가 파상풍 걸리는 건 아무렇지도 않냐?"

"넌 하키마보다 3년은 더 살았잖아. 덜 억울하지 않아? 자, 빨간색 자이언트 꺼내는 거나 좀 도와줘. 킥스탠드*를 올려야 해. 핑! 음, 부서졌네. 잠깐만! 로얄 블루 자전거 뒷바퀴를 좀 밀어 봐. 덜컹! 음, 짐받이도 못 쓰겠군. 빨간 자전거 잠깐만 잡고 있어 볼래? 피유우-. 음, 타이어 바람 다시 넣어야 되겠다. 구멍도 막아야 하고. 이건 바퀴를 바꿔야겠다. 비틀어졌네."

"너 타이어도 바꿔 낄 줄 알아?"

"하, 아스트리드, 장밋빛 같은 이 세상을 시커멓게 바라보는 짓 좀 그만둬. 당연히 할 줄 모를 거라는 걸 전제하고 있는 그런 질문은 집어 치우라고! 자전거 바퀴 바꿔 낄 줄 알거든? 수조에 물 채워서 바퀴를 넣고 기포가 올라오면! 준비 끝난 거지."

"파스타 면 삶는 방법이랑 착각하는 것 같은데."

"아니, 전혀. 분명 기포가 중요한 거라고."

* 자전거를 세울 때 받치는 받침다리

"그래. 그건 접착 고무로 타이어 구멍 막을 때 확인하는 거지. 바퀴 교체할 때 말고. 아무튼, 나 걸스카우트 출신이라 이런 거 잘해."

그 말에 놀라 잠깐 휘청했다.

"아스트리드, 걸스카우트를 했었다고?"

"그렇다니까. 스위스 산에서 수녀님들하고 같이! 늘 자전거 타고 다니고, 산행도 했었고 말이야. 절벽이 여기저기 엄청 많 았었어. 한번은 양 한 마리가 절벽에서 굴러떨어지는 걸 봤는 데, 바닥에 떨어져 부딪히는 소리가 필통을 책상에 떨어뜨렸을 때랑 똑같더라."

헉! 충격을 받았는지 하키마가 작은 비명을 내질렀다. 나는 감탄하며 고개를 끄덕였다.

"난 네가 맨날 치킨런이나 하고 엥도신 노래만 듣는 줄 알았 는데."

"치킨런이 아니라 키친러쉬거든? 너네 아빠 공구 상자나 이 리 줘."

"아빠 아니라니까. 필립 뒤몽 아저씨라고."

필립 뒤몽 아저씨의 공구 상자는 DIY 꿈돌이의 원대하지만 결코 이뤄지지 않을 야망이 가득 담겨 있었다. 미니 헤어 드라 이기처럼 생긴 전동 드릴, 끝부분을 떼었다 붙였다 할 수 있는 똑똑한 드라이버, 손잡이가 엄청 큰 마초 스타일 망치, 아담하고 귀여운 망치, 형광주황색 지렛대, 나사, 못, 걸쇠로 가득 찬 수많은 마술 서랍들까지.

그걸 본 하키마는 뭔가 생각이 났나 보다.

"예전에 지리생물학 시간에 배웠는데, 우리 몸속에 있는 모든 철분을 다 뽑아내면 작은 못 한 개는 만들 수 있대."

"우아, 내 못은 얼마나 되려나?"

"정말이라니까. 그냥 딱 작은 사이즈 못 하나 만들 수 있대."

아스트리드가 끼어들었다.

"뽀빠이* 못은 더 크겠다 그럼. 엄청 크거나 작은 거 두 개는 되겠네."

"그건 아니지. 뽀빠이가 시금치를 먹어서 힘이 세지는 게 진짜가 아니잖아. 게다가 시금치에는 철도 별로 안 들어 있어. 브로콜리나 렌틸콩이라면 모를까."

"그래? 그럼 뽀빠이는 뭘 만들 수 있나? 압정? 바늘?"

보다 못한 내가 말했다.

"자, 돼지 아가씨들. 집중하자고. 자전거 바퀴 바꿔 껴야지. 아스트리드 한번 해 볼래?"

---

* 시금치를 먹으면 초인적인 힘을 발휘하는 만화 캐릭터

아스트리드는 작업을 시작했고, 우리는 어떻게 하는지 지켜봤다. 바퀴를 풀어 옆으로 옮기더니, 뭔가 중요한 것 같아 보이는 부분을 망치로 두들겨 똑바로 세운 다음 다시 제자리에 고정시켰다. 그럴듯해 보였다. 그러더니 수조에 물을 채우기 시작했고 (하하! 역시 그럴 줄 알았다니까!) 구멍 난 타이어를 물에 담근 다음 기포가 올라오자(기포가 올라왔어! 지금이야!) 타이어를 꺼내 전문가처럼 고무 접착제를 붙인 다음 펌프로 바람을 채워 넣었다. 나와 하키마는 깜짝 놀랐지만 쥐 죽은 듯 조용히 지켜봤다.

다음 작업으로 아스트리드가 체인에 기름을 칠했다. 하얀 손이 거뭇한 기름때로 뒤덮이고, 기어를 딸각 움직이더니 체인이 제자리를 찾았다.

잠시 후, 아스트리드는 우리가 손가락 하나 까딱하지 않고 은근히 자기를 부려 먹고 있다는 것을 눈치 챘는지 우리에게 할 일을 정해 주었다. 넌 이쪽 나사 풀고, 넌 저쪽 나사 풀어, 넌 이거 기름칠하고, 넌 저거 바람 넣어. 아스트리드는 간단명료하고 결단력 있게 명령했다. 그 요상한 사장놀이 게임 때문인가, 진짜 사장님 같았다.

오후 3시 47분쯤 수리가 끝났다. 우리는 정원으로 자전거를 들고 나왔다.

"이제 괜찮은지 한번 타 봐야지."

아스트리드가 말했다.

순간, 어색한 침묵이 흘렀다. 얼마 전 했던 가든파티 이야기도, 자전거를 타고 가자는 아이디어도 그냥 재미로 한 말인 줄 알았는데, 정말 그렇게 하려고 준비하고 있다니!

하지만 지금 여기 자전거가 있고, 금빛 햇살 아래 광채를 뿜어내며 우리에게 말하고 있다. 왜 안 돼? 우리가 안장에 올라타 파리로 달려가기만을 기다리고 있다. 레드골드 자이언트는 파리로 향하는 길을 화살처럼 쌩 날아가, 투르 드 프랑스*에 나온 친구들처럼 샹젤리제를 달리길 원한다. 콧대 높은 베이지색 자전거는 완벽한 곡선과 따릉따릉 벨소리를 뿜내며 아름다운 동네의 골목길로 우리를 데려가고 싶어 한다. 작은 체구의 로얄블루는 강길을 따라 고요하게 달리고, 낮 동안 달아오른 열을 세 마리 돼지들의 텐트 옆 나무에 기대 선선한 저녁 바람에 식히고 싶은가 보다.

"뭐. 한번 타 보는 것쯤이야 어렵지 않지."

하키마가 말했다.

"안 되면 말고!"

나도 대답했다.

* 매년 7월 프랑스에서 개최되는 세계 최고 권위의 자전거 일주 대회

"그냥 동네 한 바퀴 도는 거지."

아스트리드도 동참했다.

하키마는 본인과 잘 어울리는 레드골드 자이언트를 골랐다. 한 마리의 비둘기처럼 안장에 올라탔고, 다리가 짧아 발이 땅에 닿지 않아도 아슬아슬하게 균형을 잘 잡았다. 자기가 전부 고쳤다는 사실에 꽤나 만족스러워 보이는 우리의 아스트리드 브롬발은 한껏 멋을 뽐내고 있는 베이지색 자전거를 골랐다. 완벽했다. 마지막으로 남아 있는, 엄마가 사 준 작은 로얄 블루는 내 사이즈에 딱 맞다. 골디락스*의 자전거라고나 할까? 갈색 생머리에 뚱뚱하다는 것만 빼고.

자, 밟아! 한 바퀴 돌아보자!

보잉 선글라스를 코에 걸친 엄마는 정원 벤치에 앉아 치마를 허벅지까지 걷어 올린 채 햇볕에 다리를 태우며 책을 읽고 있었다. 필립 뒤몽 아저씨는 이제 막 정원 잔디를 다 깎은 참이었다. 청소기로 돌린 것처럼 잔디가 푸르고 반짝였다. 꼭두새벽에 집을 나서는 사람들을 본 듯이, 돼지 세 마리가 기차처럼 줄을 지어 나가는 것을 보고 둘 다 깜짝 놀란 듯했다.

* 영국의 전래동화 〈골디락스와 세 마리 곰〉의 주인공 금발 소녀

"미레유가 자전거를 타?"

"미레유가 자전거를 고쳤다고?"

엄마는 자리에서 벌떡 일어나 우리가 나가는 모습을 지켜보았다. 엄마가 입은 노란 밀짚 색깔의 튤립 스커트가 바람에 흩날렸다. 필립 뒤몽 아저씨는 엄마의 허리를 감쌌다. 나는 길을 따라 자전거를 타고 내려가면서 그 모습을 슬쩍 훔쳐보았다. 바닐라 아이스크림 색깔의 집 앞, 벨기에 산 꽃배추처럼 둥그런 작은 나무들이 심어져 있는 정원에 서 있는 두 사람의 실루엣은 할리우드 배우들처럼 아름다웠다.

자전거 소리에 덩달아 신이 난 샤투네가 꼬리를 흔들며 우리를 향해 달려왔지만 안타깝게도 맛있게 생긴 우리의 장딴지를 핥기에는 역부족이었다. 샤투네는 우리가 자전거 핸들 조종의 에이스고, 우리를 따라잡을 기회가 없으며 천식 때문에 몸이 안 따라 준다는 것을 금방 깨달은 것 같았다. 이미 거리가 꽤 멀어졌다. 우리들 돼지 세 마리. 가든파티의 침입자들은 끝내주는 자전거를 타고 소리 지르며 부르캉브레스 시내로 내달렸다.

***

여러분은 최근에 자전거를 탄 적이 있는가?

어쩌면 자주 타는지도 모르겠다. 그렇다면 계속 느껴왔을 테니 충분히 익숙해져 있을 수도 있겠다.

자전거의 마법의 힘에 말이다.

자전거는 요술빗자루다. 공중에 둥둥 떠서 머릿속에 떠오르는 아주 작은 생각들대로 움직이고, 손, 발, 엉덩이의 움직임에도 바로 응답한다. 어디로 가야하는지 알려줄 필요도 없이, 자전거는 이미 알고 있다. 요술빗자루처럼.

자전거는 달리는 말이다. 위풍당당하고 튼튼한 다리 근육을 뽐내는 말이다. 때로는 말발굽처럼 브레이크에 문제가 있기도 하고, 헐떡이기도 하고, 움푹 파인 구멍에 빠졌을 땐 이빨을 갈기도 한다. 그래서 자전거를 쓰다듬고 다독이는 것이 중요하다.

자전거는 달그락 소리를 내며 굴러가는 신기한 금속 기계다. 저기 돌아가는 체인과 기어를 보라!

자전거가 얼마나 마법 같은 존재인지 깨닫는 순간, 자전거가 가진 모든 것이 여러분의 움직임과 함께 얽히기 시작하고, 길 위를 달릴 때 터지는 공기와 온갖 갈라짐과 울퉁불퉁한 도로를 달릴 때 자전거의 딸꾹질을 느낄 수 있고, 페달을 밟을 때마다 몸속의 피가 펌프질 되는 것까지 전부 느낄 수 있다. 그리고 어느 순간, 이 모든 것이 빠르게 서로 융합되어 기적을 이룬다. 마치 이 우주에 우리가 만들어진 것처럼.

7

부르캉브레스에 장이 열리는 날이다. 셋 다 땀에 젖었다. 아스트리드와 내가 후추처럼 거뭇했다면, 하키마는 토마토소스처럼 불그스름했다. 폼 나는 자전거는 나무 기둥에 묶어 두었다. 두 새끼 돼지들에게 내가 말했다.

"가장 최근에 내가 이렇게 빨리 달려본 적이 있다면, 아마 15년 전으로 거슬러 올라가서 클라우스 폰 슈트루델 몸에서 빠져나와 엄마 뱃속을 비집고 들어가서 1등을 했던 그날 아침이었을 거야."

"음, 근데 사실 그건 아니지. 생물학 시간에 배운 것처럼 정자가 사람은 아니니까. 뭐랄까, 50퍼센트 정도는 그럴 수도 있다 쳐도, 아무튼, 정자가 난자와 만나면 그때 세포가 되는 거니까, 아기가 다른 정자들과의 경쟁에서 이겼다고 생각하면 솔직히 그건 틀린 말이지."

하키마가 장황하게 설명했다.

"어 그래, 너 똑똑해. 시장이나 둘러볼까?"

구경 좀 하려고 했더니만, 몇 걸음도 채 안 돼서 무릎이 찌릿했다. 몇 미터 더 걸었더니 이제 막 술집에서 나온 사람들처럼 서로의 어깨에 팔을 두르고 휘청거렸다. 그런데 이 상황이 꽤나 재밌었다. 고작 자전거 20분 탔다고 온몸이 쑤셔서 북적이는 사람들 사이를 스쳐 지나갈 때마다 도축 중인 돼지들처럼 꾸이익 꾸이익 거렸다. 멜론 무게를 재고 염소 치즈를 맛보던 시장 사람들이 우리를 돌아봤다.

"아이고 미레유, 꼴이 왜 이래?"

치즈와 샤퀴트리*를 파는 레이몽 아저씨다. 주말이면 돼지기름이 뽀얗게 굳어 있는 소시지 다발과 눈꽃처럼 하얀 크로탱드 샤비뇰 치즈를 사러 온다.

• 주의사항: 여러분이 나에 대해 반드시 알아두어야 할 것이 있다. 세상에서 내가 제일 좋아하는 치즈가 바로 크로탱 드 샤비뇰**이다.

"온 몸이 다 쑤셔요. 자전거를 무려 20분이나 탔거든요!"
"이게 웬 사서 고생이야! 자, 들어와서 보충 좀 해라."

* 돼지, 소 등 고기와 부속 및 내장 등을 이용해 만드는 가공식품
** 프랑스 상세르 지방에서 염소젖으로 만든 아담한 치즈

오늘 가게에는 한 번 맛보면 무조건 맛있다고 할 빠삐용 로크
포르 치즈*와 포토샵으로 색감을 보정한 것처럼 초록색의 피스
타치오가 기가 막히게 박혀 있는 이탈리아산 분홍빛 모르타델
라 소시지, 하얀 석회 덩어리 같은 시큼한 부통 드 퀼로트 치즈
가 있었다. 레이몽 아저씨는 큰 구릿빛 손가락으로 세 가지 모
두 뚝뚝 잘라 주셨고, 우리는 고맙다는 말과 함께 게 눈 감추듯
먹어 치웠다. 아저씨는 그러고 나서 구운 피가텔루**도 주셨는
데, 하키마가 정중하게 거절했다. 하지만 노르망디 산 사과 주
스 한 컵은 살짝 얼어 있었는데도 마셨다.

식도에 낀 기름기가 얼른 빠지도록 목을 문지르고 있었는데,
우리의 셰프 레이몽 아저씨가 어마어마한 요리를 가져왔다.

"자 얘들아, 최고의 돼지고기와 내장으로 만든 통통한 부댕
소시지***다! 플레인 소시지로 줄까, 타임이 들어간 걸로 줄까?
사과 소스도 있으면 좋겠지? 저기 플라비아한테 가서 구운 사
과 소스 좀 얻어와. 먹으면 바로 당뇨병 걸릴 정도로 무지막지
하게 달고 맛있거든!"

하필이면 돼지라니……. 이런 우연이 있나 싶어 피식 웃음이

* 프랑스 루레르그지방 로크포르의 천연 석회암굴에서 양젖을 숙성시켜 만든 푸른곰팡이치즈
** 돼지의 간과 고기로 만들어진 소시지
*** 돼지고기와 비계를 기본 재료로 양념한 소를 돼지 창자에 채워 넣은 프랑스식 소시지

나왔다. 그런데 곧바로 등 뒤에서 웬 노랫소리가 들렸다.

"소시지 가게에 꿀꿀꿀. 돼지 세 마리 꿀꿀꿀."

아직 목구멍에 남아 있는 소시지를 삼키며 뒤를 돌아봤다.

"올해의 돼지들이 여기 다 있네! 귀여운 뚱땡이들, 셀카 하나 찍자!"

말로다. 우리들 쪽으로 등지고 몸을 기울이더니 사진을 찍었다. 거들먹대는 말로의 얼굴 뒤로 치즈를 잔뜩 우겨 넣은 주둥이, 땀으로 번들거리는 이마, 벌겋게 달아오른 뺨까지, 우리 셋의 모습이 적나라하게 찍혔다. 사진은 어김없이 페이스북, 트위터, 텀블러에 업로드 됐다.

#올해의돼지들

아스트리드와 하키마는 내 양 옆에 앉아, 달려오는 트럭의 헤드라이트에 놀라서 얼어붙은 토끼처럼 내가 해결하기만을 가만히 쳐다봤다.

내가 나설 때인가.

"자, 얘들아. 여기 노란머리 파파라치를 소개할게. 이름은 말로, 얘가 바로 마리-다리외세크에서 매년 열리는 올해의 돼지상을 만든 장본인이야. 3년 전인가, 한창 따분했던 음악 시간에 리코더를 불다가 난데없이 돼지 뽑기라는 기가 막힌 아이디어가 떠오른 거지. 페이스북에서 그룹 만들기로 처음 시작했는데 그 다음부터는 순식간이더라고. 아, 페이스북 쪽에서 손을 썼다거나 얘한테 이득이 좀 생긴다거나 그런 건 전혀 아니야. 얘 마음에서 우러나온 순수한 열정이었지."

우리를 이 자리에 모이게 해 준 배짱 좋은 이 대회의 창시자 말로가 울퉁불퉁한 시장 바닥에 침을 뱉었다.

"여기서 만나니까 엄청 웃기네. 뭐 돼지들끼리 단합대회라도 하냐? 어?"

제발. 간절히 생각했다. 얘들아, 제발 가만히 있어. 그런 식으로 말하는 건 나쁜 거라는 둥 말 꺼내지 마. 절대 하지 마! 어떻게 그런 말을 함부로 할 수 있냐고 대꾸하지 마. 제발, 제발!

"그런 식으로 말하면 안 되지."

아스트리드가 웅얼댔다.

"어떻게 그런 말을 함부로 할 수가 있어?"

하키마가 부들대며 말했다.

최악이다. 건수를 잡은 말로가 돼지 멱따는 소리를 내며 애들이 내뱉은 말을 흉내 내기 시작했다. 얼마 안 가 애들 눈에 눈물이 고이는 게 보였다. 나는 어떠냐고? 내 눈물샘은 그렇게 약하지 않지! 딴 얘기를 좀 해야겠다.

"근데 있잖아, 말로. 우리가 유치원 때 진짜 결혼했었다면, 그때 진짜 사랑에 빠졌던 거라면 어땠을까? 우리가 나눈 사랑의 맹세가 계속 남아 있었다면 말이야!"

말로가 어이없다는 듯 비웃었다.

"웃기지 마, 이 돼지야. 그딴 거 한 적 없거든?"

그러고는 몸을 돌려 옆에 있던 여자애의 잘록한 개미허리에 손을 둘렀다. 한껏 멋을 부린 옷차림에 달콤한 향이 느껴지는 게, 진짜 향수를 뿌려서라기보다 스타일링이 완벽했기 때문이었다. 가슴은 빵빵하고 허리는 쏙 들어가서 상체는 거의 V 모양이었고, 다리는 ││ 이렇게 생겼다.

"공주님, 쟤네 봐. 이번에 돼지로 뽑힌 애들이야."

"헐!"

휴대폰만 쳐다보며 공주가 소리쳤다.

"헐! 대박. 파블로잖아! 헐. 지금 나한테 보낸 거야? 헐. 얘 진짜 어이없다. 뭐야? 대박."

탁탁탁탁. 그러고는 화면이 부서져라 메시지를 보냈다. 아이폰 뒷면에 큐빅을 잔뜩 붙여 놓은 탓에 빛이 반사되며 사방으로 반짝였다. 길게 자라 안쪽으로 구부러진 손톱은 사정없이 화면을 찔렀다.

하키마와 아스트리드는 완전히 얼어붙어 있었다. 아스트리드도 수녀원 기숙사에서 공주처럼 생긴 사람은 한 번도 본 적 없었을 거고, 하키마도 놀라는 걸 보면 선샤인이 이런 스타일의 여자는 집에 데리고 온 적이 없는 게 분명했다.(어휴, 다행이다.) 말로는 공주가 휴대폰으로 파블로랑 얘기하느라 대답도 안 해줘서 서운했는지 대화 상대를 다시 바꿨다.

"레이몽 아저씨가 부댕 소시지를 가져온 걸 보니, 너네랑 똑같이 생겨서 잘 팔릴 것 같았나보다. 손님들이 어떤 게 진짜 돼지인지 헷갈리겠어."

"나쁜 새끼!"

말로의 등 뒤로 공주가 휴대폰 화면을 쳐다보며 욕하는 소리가 들렸다.

나는 아주 친절한 가게 주인처럼 말로에게 말했다.

"아, 소시지 맛있게 먹는 방법을 내가 좀 잘 알지. 사과 한 1킬로랑 같이 팔면 딱이야. 파슬리랑 매쉬 포테이토 곁들여서 사과 소스에 푹 찍은 소시지는 보기만 해도 군침 돌지."

"그래? 그럼 가서 너도 욕조에 파슬리랑 매쉬 포테이토 넣고 사과 소스 풀어서 몸 좀 담그지 그러냐? 유튜브에 동영상 찍어 올리면 좋아요 좀 많이 받을 수 있을 테니 말이야. 아, 난쟁이에 털 많은 여자 비디오는 인기가 없……."

"헐!"

공주가 또 소리쳤다. 그러다 웃음이 터졌고, 곧 울었다.

"자기야, 자기야, 이것 좀 봐 봐."

자기라는 말에 말로는 공주의 휴대폰을 들여다보더니 별로 웃기지도 않아 보이는데 웃는 척 했다.

"대박! 이거 봤어? 미쳤나 봐! 진짜 웃기다!"

"대박이네!"

공주의 자기, 말로가 대답했다.

띠링. 공주가 이메일을 확인하더니 얼른 화면을 다른 걸로 바꾸고 말을 돌렸다.

"아무튼, 이제 가자. 파블로 때문에 괜히 시간만 날렸네."

나는 이때다 싶어 한쪽 무릎을 살짝 굽히며 일부러 과장되게 인사했다.

"만나서 정말 반가웠네요, 공주님!"

공주가 얼굴을 들고는 클레오파트라처럼 진하게 화장한 눈으로 쳐다봤다.

"헐, 뭐야! 깜짝이야. 얜 뭐야!"

그러고는 주머니에 휴대폰을 넣으며 지나쳐 갔고 말로가 그 뒤를 따라가며 "봤어? 쟤네 진짜 구리지 않아? 그치!"라고 말했다. 좀 전에 휴대폰에서 본 게 더 충격적이었는지 정작 공주는 관심도 없어 보였다.

"까먹기 전에 줘야지. 야, 이거나 받아라!"

말로가 우리에게 무언가를 던져 주었고 하키마가 재빨리 낚아챘다.

나는 빌어먹을 '말로 새끼'가 저 멀리 사라지는 동안 애들에게 한마디 했다.

"사랑하는 돼지들아, 너희 순발력 있게 말을 받아치는 것 좀 연습해야겠다. 우리가 엘리제 궁 가든파티에 쳐들어 갈 계획이라는 것도 다시 확실히 할 필요가 있겠어. 우리 목표는 파티를 엉망진창 완전히 뒤집어 놓는 건데, 두 사람 다 혓바닥이 이렇게 유연하지 못해서야 내가 거사를 제대로 치를 수나 있겠냐구."

내가 레이몽 아저씨에게로 가 슬라이스 햄과 로카마두르 치즈를 사는데 갑자기 아스트리드가 내 어깨를 두드렸다. 톡톡. 잠깐만 아스트리드. 톡톡. 아이 계산 좀 하고. 흔들지 마. 거의 다 됐어. 잠깐만 있으라니까! 됐다. 대체 무슨 일인데?

말로가 하키마에게 던져 준 것은 부르캉브레스 지역 신문이었다. 편집장이 필립 뒤몽 아저씨의 로터리 클럽 회원이라서 내가 잘 안다. 하지만 오늘 자 일 면 기사의 헤드라인을 뽑은 엘렌 베이라 기자는 누군지 모르겠다.

'올해의 돼지' 선발 대회, 없어져야만 할까?

앵그리드*, 파티마*, 마리엘*. 세 여학생은 모두 부르캉브레스 마리-다리외세크의 평범한 중학교 2학년, 고등학교 1학년 학생들이다. 그러나 학교에서 이들을 모르는 사람은 한 명도 없을 것이다. 지난 수요일, 페이스북 그룹 만들기에서 '올해의 돼지'로 뽑혔기 때문이다. '올해의 돼지'는 뚱뚱하고 못생긴 사람을 투표로 선발하는 대회다. [3면에서 계속]

휙휙. 페이지를 넘겼다.

[1면에서 계속] 마리-다리외세크 학생들은 '올해의 돼지' 선발 대회를 올해로 벌써 3회째 치렀고, 대회를 없애고자 하는 학생은 아무도 없다. "당연히 돼지로 뽑힌 애들한테는 기분 나쁜 일이겠죠. 근데 괴롭히려고 그러는 건 아니에요. 그냥 재미로 하는 거죠!"- 나탄*(13세, 중학교 2학년) 하지만 알레시아*와 오리안*의 생각은 다르다. "진짜 스트레스 받아요. 돼지 후보로 뽑히지 않으려면 진짜 노력해야 해요. 후보 리스트에 이름이 오른다고 생각하면 끔찍해요. 창피해요."

마리-다리외세크의 무아스노 교장도 이 대회의 부당함을 이야기했지만 딱히 막을 방법이 존재하는 것은 아니라고 말한다. "모든 일이 인터넷에서 벌어지는 만큼, 학교에 모든 책임을 묻기엔 어려운 일이죠. 대회를 주관한 학생들을 불러 이야기를 하더라도, 친구들과 함께 어우러지는 삶의 규칙에 대해 훈육하는 게 전부입니다."

그렇다면 3년 전, 마리-다리외세크의 돼지 선발 대회를 맨 처음 시작한 학생은 누구인가? 잘생긴 얼굴에 자신감 넘치는 태도, 고등학교 1학년 마르코*가 그 장본인이다. 마르코는 돼지 선발 대회가 실제로는 후보에 오른 학생들에게 꽤 좋은 기회라고 말한다. "이런 대회를 통해서 여학생들이 자기 자신을 돌아보고 더 가꾸어야 한다는 생각을 할 수 있다는 건 아주 좋은 기회죠." 마르코는 지난해 선발 대회에서 영광의 '우승'을 차지했던 학생들이 '진화' 하여 이듬해 대회 후보 목록에서 아예 거론조차 되지 않는다고 말한다. "작년에 이어 올해도 또 선발된 한 명 빼고, 나머지 두 명은 살도 엄청 빼고 많이 노력했더라고요. 저는 이 대회가 자기 관리가 얼마나 소홀했는지 깨닫게 해 주는 계기라고 생각해요."

마르코의 도움으로, 2년 전 올해의 돼지 선발 대회에서 은메달을 목에 걸었던 캐시*를 만났다. 현재 고등학교 2학년에 재학 중인 캐시는 돼지 선발 대회가 인생의 터닝 포인트라고 말한다. "제가 보고 싶지 않았던 것과 직접 마주하게 되었죠. 혐오스러웠어요. 그 후 몇 달 동안 혹독하게 운동하고 가꾸면서 패션과 헤어스타일 공부도 많이 했어요. 돼지 선발 대회가 좋다는 이야기를 하는 게 아니에요. 하지만 이런 대회가 없었다면 전 지금도 돼지였을 거예요."

"캐시가 누구야?"

아스트리드가 턱살을 주물럭대며 물었다.

"클로에 라공댕. 그때 뽑히고 난 뒤로 엄청 바뀌긴 했지. 처음엔 케이크를 끊더니 그 다음엔 고기를 안 먹더라고. 나중엔 아

* 가명

예 먹는 걸 끊던데? 살이 아주 쭉쭉 빠졌지."

"기자가 왜 나는 인터뷰를 안했을까. 내가 이 대회의 핵심인데!"

"엄연히 따지면 우리지."

내가 말했다.

"그치, 우리지."

아스트리드가 조금 놀랐는지 하키마를 돌아보며 말했다.

"그랬으면 진짜 인터뷰 했을 거야? 난 절대 못해. 뭐라고 말해야 될지도 모르겠는걸."

"아니, 나도 못했을 거야. 대신 미레유한테 가보라고 말했겠지. 미레유는 대회에 대해 모르는 게 없잖아."

이때다 싶어 얼른 말을 낚아챘다.

"그래. 너네 얘기 좀 들어 보자. 아까도 말이야, 말로랑 공주 앞에서 지우개로 지운 것 마냥 존재감 제로였던 거 알지? 인어 공주와 아기 돼지 삼 형제 같았다니까?"

"그만해 미레유. 우리는 너처럼 말 못하는 거 너도 잘 알잖아. 하키마랑 나는 아무 말도 못해."

"계단의 미학 같은 거지. 수업 시간에도 그렇잖아. 선생님 질문에 대답이 딱 떠올라서 말하려고 했는데 타이밍을 못 맞춰서 결국엔 이미 내 차례가 지나가버리는 것처럼."

"그게 계단이랑 무슨 상관이야?"

"음, 잘 생각이 안 나네. 아무튼 그런 게 있어. 제대로 대답했어야 했는데 타이밍 맞춰서 말 못하는 바람에 너무 짜증이 나니까 계단에서 뛰어내리고 싶은 그런 상태랄까?"

못 알아듣겠다는 얼굴로 하키마를 쳐다봤다.

"죽으려고 뛰어내리는 거지."

아스트리드와 눈이 마주쳤다. 그러고는 바로 작지만 튼튼한 내 두 팔로 토실토실한 두 친구를 안았다.

"자, 몇 가지만 약속하자 우리. 계단이든 뭐든, 누구도 뛰어내리지 말자. 우리한테는 자전거가 있고, 튼튼한 장딴지도 있고, 가든파티에 쳐들어갈 멋진 계획도 있어. 싸워야 할 악당 말로도 있지. 저한테는 관심도 없고 마법 거울만 쳐다보는 호박마차 탄 공주님도 있고. 동화 속 해피엔딩 준비는 다 끝났어. 그리고 이거, 신문 헤드라인도 있잖아. 이걸 한번 잘 써먹어 보자."

"뭐가 있다고?"

하키마가 물었다.

"헤드라인 말이야. 집중해 하키마. 이건 네 아이디어잖아. 네가 잘 알고 있어야지."

"내 아이디어라고? 대체 뭐가? 난 그런 얘기 한 적 없는데!"

"무슨 말이냐면, 미디어를 활용하자는 거지. 신문이든, TV든,

라디오든! 소문을 내자고."

채소, 과일, 생선, 치즈, 유리병을 바구니에 담고 있는 부르캉 브레스 시장 사람들에게 인사하며 애들을 데리고 밖으로 나왔다.

"우리는 이제부터 엘렌 베이라 기자에게 연락해서 다른 기사를 부탁할 거야. 이번에는 진짜 우리들 이야기를 써 달라고 말이야!"

8

"자상하고 친절하고 아빠처럼 잘해 주는 필립 뒤몽 아저씨."

무슨 꿍꿍이가 있어서 또 저렇게 부르나 싶었는지, 필립 뒤몽 아저씨가 샐러드 볼에 라자냐 면을 담아 이리저리 섞으며 수상하다는 눈빛으로 나를 바라봤다. 엄마는 옆에서 못 들은 척하면서 파스타 면 반죽 기계만 바라봤다.

"또 무슨 말을 하려고 그래?"

"아저씨 엘렌 베이라라는 이름 들어본 적 있죠? 여기저기 발이 엄청 넓으시잖아요."

그렇게 말하고 나서 병 주둥이에 잼이 덕지덕지 붙어 있는 밤 잼 병에 숟가락을 푹 꽂았다. 엄마와 아저씨는 당황스럽다는 듯 눈빛을 주고받았고, 하키마와 아스트리드는 소파 위에 누워 있는 뭉치의 등을 손으로 살살 긁었다.

"그 기사 봤나 보구나."

아저씨가 말했다.

"네네, 그래서 그 기자 분 만나고 싶어서요."

"뭐 하려고?"

아저씨 미간이 잔뜩 찌푸려졌다.

나는 한껏 웃으면서 대답했다.

"쓰레기통 뚜껑으로 두들겨 패서 길바닥에 갖다 버리기라도 할까 봐요? 그냥 광고료 좀 벌어서 파리 갈 때 보태려고요."

"어디를 간다고?"

이번에는 엄마가 물었다. 면 반죽 기계를 돌리다 멈췄더니 라자냐 면이 식탁 위로 처참하게 떨어졌다. 라자냐에 넣을 소를 만드느라 다진 양파와 고기를 손에 잔뜩 묻히며 열심히 치대던 아저씨도 반죽을 멈췄다. 다들 까맣게 잊고 있었나 보다.

"참나! 벌써 까먹었어요 엄마? 얼마 전 밤에 말했잖아요. 기억 안 나요? 젖꼭지 다 비치는 잠옷 입고 있었을 때! 아스트리드랑 하키마랑 파리 간다고요."

"아, 그래? 그래서 언제 가는데?"

코 평수가 잔뜩, 하지만 우아하게 벌어진 채 엄마가 말했다.

"7월 초요. 학교 방학하면요."

"아, 그래? 어떻게 갈 건데?"

"하, 엄마. 그때 엄마가 말해 줬잖아요. 자전거로 가라고!"

"정확히는 타고 가는 거지. 말 타고 가라고 하잖아. 기차로 가라, 기차 타고 가라, 음, 그게 그건가?"

엄마는 하키마의 설명에 끄덕이더니 제면기를 다시 돌리기 시작했다. 아무렇지 않은 척 했지만, 제면기를 돌리는 속도가 점점 빨라졌고 손잡이가 헬리콥터 날개처럼 뱅글뱅글 돌아갔다. 필립 뒤퐁 아저씨도 반죽을 다시 치대기 시작했는데 철퍽철퍽 그 소리가 요란했다.

"휴, 뭐 재밌겠네. 그래서 며칠이나 걸린다니?"

엄마가 한숨을 쉬며 물었다.

"인터넷으로 찾아봐야죠. 부르캉브레스에서 파리로 어떻게 가야하는지 인터넷에 다 나오잖아요."

"어디서 잘 건데?"

"야외나 어디 창고에서 자거나 아니면 뭐 가는 길에 오지랖 넓은 친절한 사람 만나면 좀 재워달라고 하면 되겠죠."

"들을수록 기가 차네. 그래서, 거기 가서 뭘 어떻게 할 건데?"

라자냐 면 반죽이 기계에서 하염없이 돌아가고 있었다. 저 상태로 두면 2분 안에 욕실 커튼 사이즈만 한 반죽이 나올 기세였다. 내가 웃으면서 엄마한테 말했다.

"귀여운 우리 엄마, 지금 파리에서 뭐 할 거냐고 묻는 거예요?"

"그래. 파리에서."

"음, 여기저기 돌아다니죠 뭐. 팔짱 딱 끼고 엄청 비싼 카페 테라스에 앉아서 코딱지만 한 잔에 담긴 커피랑 마카롱을 먹는 것도 좋고요."

"그거 좋네. 그래서 돈은 있고?"

아, 그 부분에 대해서는 대꾸할 말이 없으니 얌전히 있어야겠다 싶었다. 하는 수 없이 하키마와 아스트리드를 쳐다봤다.

"아스트리드! 뭉치 그냥 내버려두고 이리 와서 파리 여행에 쓸 돈을 어떻게 할 건지 설명 좀 해 봐."

당황한 기색이 잔뜩 묻어난 얼굴의 아스트리드가 말을 더듬으며 말했다.

"그, 돈은 말이죠. 아마도……."

"이제부터 벌려고요!"

하키마가 손을 번쩍 들며 대답했다.

그게 시작이었다.

"그렇지! 우리가 돈을 벌면 되지."

내가 거들었다.

"뭘 해서 벌 건데?"

엄마가 비아냥거리면서 물었다.

"뭘 해서 버냐고요? 하! 그거 참 허를 찌르는 질문이네요. 자, 하키마! 말씀드려."

"그……, 뭘 해서 돈을 벌 수 있냐 하면……."

아차 싶었다. 하루에 두 번이나 센스 있는 대답을 내뱉는 건 우리의 은메달 돼지 하키마에게는 너무 어려운 일이니까 말이다. 내가 대충 둘러대려고 하는데,

"장사하려고요!"

아스트리드가 기가 막힌 대답을 뱉었다.

"하, 장사?"

엄마는 마침 혼자 돌아가고 있는 제면기를 발견하고 다시 라자냐 면을 뽑으며 되물었다.

"그거 참 재밌겠네. 그래서 정확히 뭘 팔겠다는 거니?"

"봐요, 엄마! 장사해서 돈 버는 거죠. 그……, 뭘 파냐면……."

그 순간, 며칠 전부터, 아니 어쩌면 몇 년 전부터 내 머릿속에 둥둥 떠다니던 단어가 입 밖으로 튀어나왔다.

"부댕 소시지요!"

한창 반죽하느라 손을 움직이던 필립 뒤몽 아저씨와 엄마의 표정을 보니 오늘 저녁 메뉴가 라자냐였다는 사실을 까먹은 것 같았다.

"부댕 소시지?"

엄마가 물었다.

"네! 길에서 부댕 소시지를 팔 거예요!"

아스트리드가 우렁차게 대답했다.

"플레인 소시지랑 타임을 넣은 소시지를 전부 다 파는 거죠."

나는 구체적인 메뉴를 말하며 한술 더 떴다.

"돼지고기를 먹지 않는 사람들을 위한 비건 소시지도 팔 거예요. 안 그러면 그 사람들이 불평할 테니까요!"

하키마가 옆에서 조잘조잘 거들었다.

"그래 하키마, 바로 그거야. 차별이지. 다른 사람들은 우리 가게에 그런 소시지가 있는 걸 안 좋아할 걸?"

"소시지 종류 세 개, 소스도 세 개 놓으면 되겠다."

미식가 분위기를 펄펄 풍기며 두 눈이 반짝반짝 열의에 찬 아스트리드가 말했다.

"사과 소스, 머스터드소스, 양파 소스, 이렇게 어때? 소시지 하나, 소스 하나에 3유로를 받는 거야."

"5유로는 받아야지. 음료 포함하면 6유로."

"음료?"

"그건 안 돼, 미레유. 음료수까지 들고 다니려면 너무 무거울 거야. 꼭 필요한 것만 챙기자."

하키마가 말했다.

"그런가."

"맞아. 푸드 트럭에 전부 담기에는 무리지."

아스트리드가 말했다.

"푸드 트럭?"

엄마가 미간을 찌푸리며 물었다.

"저희 엄마가 쓰던 거 있어요. 도자기 싣고 다닐 때 썼거든요. 미레유, 너도 뭔지 알 거야. 오토바이 뒤에 달려 있던 거."

"지금 오토바이 타고 가겠다고?"

"아니, 자전거 세 대 싣고 가려면 오토바이를 좀 써야지."

"아, 맞네. 내 정신 좀 봐."

엄마와 필립 뒤몽 아저씨가 의심하지 않도록 지금 막 생각났다는 듯이 손바닥으로 이마를 찰싹 쳤다.

결국 엄마가 뼈 있는 한 마디를 조용히 내뱉었다.

"나중에 다시 얘기해."

필립 뒤몽 아저씨는 가스레인지로 향했고 라자냐 속을 익히기 시작했다. 아저씨의 얼굴이 보이지는 않았지만 어깨가 들썩이는 게 보였다. 웃는 걸까?

몇 분 뒤, 아저씨는 내 손에 구겨진 포스트잇을 쥐여 주었다. 종이를 펴 보니 엘렌 베이라 기자의 연락처가 적혀 있었다.

저녁 식사를 마치고 얼마 지나지 않아 아스트리드와 하키마가 집으로 돌아갔고, 엄마는 나보고 식탁 의자에 잠깐 앉으라고 했다. 우리 셋이 자전거를 끌고 집 밖을 나가겠다는 계획에 반대한다는 말을 꺼낼 게 분명했다. 하키마는 자신의 행동에 책임을 지기에는 너무 어린데다가 나와 아스트리드도 마찬가지이고, 특히 자전거를 타고 도로를 달린다는 게 얼마나 위험한지, 또 아무리 뚱뚱하다고 해도 어린 여자아이들을 노리는 나쁜 사람들이 길에 득시글할 거라는 등, 길 한복판에서 소시지 포장마차 장사를 하더라도 최소 8년 전에는 식품 안전처에 식품위생 검증 확인서나 사업증 같은 것도 신청해야 하는데 그건 어떻게 할 거냐는 등 말이다.

엄마의 따발총 같은 공격에 대응할 수 있는 대답들을 머릿속으로 준비했다. 한 치의 실수도 없이 확실한 대답을 하기 위해 정신을 똑바로 차렸다. 어쨌든 나는 고급 미사여구를 늘어놓는 철학자 클라우스 폰 슈트루델의 딸이니까!

그런데, 엄마가 나를 앉혀 놓고 하려고 했던 말은 완전히 다른 이야기였다. 엄마의 발갛게 달아오른 두 뺨이 내 두 눈에 쿵,

쿵, 쿵 박혔다.

"너에게 말할 때가 된 것 같구나 미레유. 필립 아저씨랑 엄마가 아기를 가졌단다. 정말 멋진 이야기지 않니?"

순간 시간이 그대로 멈춘 것 같았다. 그 사이 뭉치는 작은 앞발로 테이블 위에 놓여 있는 반죽 덩어리를 낚아채 거실 바닥으로 데굴데굴 굴리며 공놀이를 하다가 입에 물었다가 다시 뱉었다가 삼키기를 반복하더니 바닥에 굴러다니는 털 뭉치에 깜짝 놀라서 계단으로 번쩍 뛰어올랐다.

엄마는 내가 깜짝 소식을 받아들일 시간이 조금 필요해 보인다고 생각했는지 자리에서 일어나 천천히 계단을 올랐다. 나도 그 뒤를 따라 올라갔다. 이층으로 올라가는 계단 중턱에 멈춰서서 내가 말했다.

"아기라뇨? 두 분 시험관 아기 시술이라도 받았어요?"

엄마가 웃으며 말했다.

"왜? 조신하게 굿나잇 키스만 나누고 침대에서 서로 등 돌리고 잘 거라고 생각했어?"

"아니 그게 아니라, 두 분 다 나이가 있잖아요!"

"엄마 아직 마흔이야. 그렇게 늦은 나이는 아니지. 요즘엔 이 나이에 첫 애를 낳는 사람도 많아."

"딸이래요, 아들이래요?"

"어땠으면 좋겠는데?"

"이미 저기 파리에 이복 남동생이 셋이나 있으니, 이왕이면 여동생이 좋겠네요."

"어쩌지, 아들이라는데."

"넷 중에는 제일 덜 머저리 같으면 좋겠네요. 아! 이럴 게 아니라 부르주아 같은 이름을 지어줘야겠어요. 쟈크-오헬리엉 어때요?"

"아직 이름은 생각 안 해 봤어. 네 의견 고려해 볼게. 고마워."

"그래서 언제 나온대요?"

"5개월 후에."

"5개월 후라니! 너무 빠른 거 아니에요? 아니, 그럼 나는 어떻게 되는 거예요? 일부러 나쁘게 말하려는 건 아닌데, 솔직히 걔가 장 폴 사르트르를 닮으면 진짜 끔찍할 것 같거든요. 필립 뒤몽 아저씨랑 엄마를 섞어 놓으면 조니뎁이 나오지 않을까요? 그럼 사람들이 그러겠죠! 뒤몽하고 라플랑슈네 있잖아! 내가 그 사람들을 좀 아는데, 이번에 엄청 귀여운 애기가 태어났다고 하더라고! 쟈크-오헬리엉이라나? 왜 그 집에 미운 오리 새끼 같은 뚱뚱한 여자애랑은 완전 딴판이더라고!"

"미레유. 또 피곤하게 만들 거야?"

"아니, 그러면 엄마 고등학교 가서 수업할 때 아기를 품에 안고 젖 물리면서 수업할 생각이에요? 가끔 그런 아줌마들 있던데, 너무 억척스러워 보인다고요. 나는 그거 진짜 반대예요."

"학교 수업에 데리고 갈 일 없을 거야. 육아 휴직 신청할 거니까. 그나저나 모유 수유 할지 말지는 나도 아직 잘 모르겠네. 또 물어볼 거 있니?"

"네. 대체 멋진 책을 한 권 쓰는 대신 애를 낳으려는 이유가 도대체 뭐예요?"

엄마가 천장을 올려다봤다. 후, 또 나왔다. 저 한숨!

"아니 엄마, 그러니까 내 말은, 엄마는 이미 딸이 하나 있잖아요. 물론 그 딸이 조금 모자라긴 하지만 엄마는 충분히 이해하고 받아 주고 있잖아요. 자, 그러면 된 거 아니에요? 그런데 도대체 왜 지금 아이를 낳겠다는 거냐고요. 철학책에나 더 신경 쓰지 도대체 왜……."

"미레유, 엄마는 철학자가 아니야. 그냥 철학 과목 선생님이지. 철학자들이나 철학책을 쓰는 거고, 철학 선생님은 그런 책들을 읽고 학생들에게 설명해 주는 사람일 뿐이야. 그러다가 남들처럼 애도 낳고 할 수 있지."

말을 마치고 엄마는 계단을 마저 올라가 방으로 향했다. 그때 나는 비로소 계단의 미학이 무엇인지 깨달았고, 계단 아래에서 엄마에게 소리쳤다.

"클라우스가 엄마한테 남긴 제일 구질구질한 게 뭔 줄 알아요? 그건 내가 아니라 고작 철학 선생님으로 만족하는 그런 무기력한 생각이라고요!"

쾅! 방문이 닫혔다. 배를 끌어안고 이불 속으로 들어갔겠지.

내가 이해해야지. 속으로 되뇌었다. 이 순간에도 엄마의 뱃속에서는 세포가 열심히 분열되고 있을 테니 피곤할 만도 할 거다.

9

아스트리드는 자기 엄마에게 도자기 옮길 때 쓰던 푸드 트럭을 써도 되냐고 물어봤다. 생각과는 달리 흔쾌히 허락하셔서 놀랐다. 물론 그 전에 일단 우리들을 만나서 책임감 있고 성숙한 아이들인지 확인한 후에 빌려 주겠다고 하셨지만 말이다.

내가 보기에 아스트리드 엄마는 조금 특이한 분 같았다. 도대체 열여섯 살짜리 딸을 가진 어떤 엄마가 도자기 싣는 푸드 트럭을 달고 소시지를 팔며 자전거로 거의 프랑스 일주를 하겠다는데 별 얘기 없이 허락한단 말인가?

게다가 나와 하키마를 차에 태우고는 얼기설기 얽힌 풀이 가득한 정원에 고즈넉이 홀로 서 있는 시골집으로 데리고 갔다. 가는 길에 소곤소곤 아스트리드에게 물었다.

"야, 너네 엄마 좀 특이하신 것 같아. 우리 계획을 듣고도 아무렇지 않으신가 봐?"

"특이하다니, 아니야. 그냥 조금…… 뭐랄까, 순수하신 거지."

순수. 딱 맞는 표현이다. 로르 로즈부르. 아스트리드 브롬발의 엄마다. 아줌마는 아줌마가 살고 있는 부르캉브레스 외곽에 있는 회색 벽의 작은 집과 이미지가 아주 똑 닮았다. 집은 아줌마처럼 다리도 짧아 보이고 지붕에 얽혀 있는 풀들은 산발머리처럼 죄다 헝클어져 있었다. 지푸라기 같은 게 아니라 햇빛을 받은 지붕 기와가 누렇게 변해 뒤죽박죽 놓인 것이 꼭 아줌마 머리 색깔 같았다. 문에는 나무 구슬이 주렁주렁 달린 문발이 흘러내리듯 걸려 있었고, 거의 모든 벽면에 십자가가 붙어 있었다. 짝이 맞지 않는 가구들 위에는 반쯤 낡아서 너덜너덜해진 성경책이 있었고, 루르드 지방에서 가져온 플라스틱으로 된 작은 가톨릭 성인 조각상과 아줌마가 여기저기 여행 다니며 모은 돌이나 나무로 된 조각상들도 있었다. 아스트리드의 걸스카우트 시절 사진들도 여러 장 있었는데, 첫 영성체 때 원피스를 입은 사진과 스위스 산을 힘차게 오르는 사진은 냉장고에 자석으로 덕지덕지 붙어 있었다. 세인트버나드의 얼굴과 럼주 통, 스위스 국기, 스웨덴 국기…… 집 안의 그릇들은 거의 다 로르 아줌마가 직접 만든 것들이다. 그릇, 커피 잔, 얇지 않고 튼튼해 보이는 도자기들은 니스나 페인트로 칠해져 있었고 금이 간 것들도 많았다.

로르 아줌마는 엄청 큰 적갈색의 다기에 담긴 차를 내주면서 우리에게 존댓말로 말하기 시작했다. 정말이지 너무 이상했다.

"그래, 여러분이 아스트리드의 새로운 두 친구군요. 얘기 많이 들었어요. 아스트리드가 정직하고 진실한 친구들을 만난 것 같아 아주 뿌듯하네요."

로르 아줌마가 뿜어내는 기운에 밀려 하키마와 나는 무언가에 홀린 것처럼 고개를 끄덕였다.

"난 여러분의 여행 계획이 아주 좋은 아이디어라고 생각해요. 요즘 부모들은 아이들이 여행을 떠나 도로를 달리고 야영하는 게 위험하다고 생각하겠지만요. 그런데 하키마, 부모님께서 다녀오라고 허락하셨나요?"

"아직 여쭤보지 못했어요. 만약 허락한다면 저도 놀랄 것 같아요."

하키마가 수줍게 대답했다.

만약 그렇다면 나도 놀랄 것 같다. 어쨌든 우리가 계획을 짜는 동안 그 이야기를 아무도 꺼내지 않았기 때문이다. 하키마의 부모님을 어떻게 설득시킬 수 있을까? 하키마는 이제 겨우 열두 살이다. 그 나이에 자전거를 타고 부르캉브레스를 떠나 파리로 가는 길에 소시지를 팔며 7월 14일에 엘리제 궁을 쳐들어간다는 게 말이 되냔 말이다!

"부모님께는 이렇게 말하세요. 많은 애들이 숲이나 산으로 홀로 캠핑을 떠나기도 한다고요. 스카우트 같은 거 말예요."

"그렇긴 하죠. 근데 스카우트는 가톨릭에서 하는 거잖아요. 우리 부모님은 가톨릭이 아니라서 모르실 거예요."

"가톨릭만 있는 거 아니야. 개신교에서 하는 스카우트도 있어."

아스트리드가 말했다.

"우린 개신교도 아니잖아."

하키마가 대답했다.

"들어 봐. 우리 이야기의 핵심이 뭐야? 우린 스카우트가 아니라 소시지 장사꾼이 되는 거야. 무슨 합창단의 코흘리개 애들처럼.(죄송해요. 아줌마.) 아무튼 그럴 필요 없다고. 우리 계획은 확실한 우리만의 방식으로 밀고 나가는 거야! 너희 부모님도 분명 허락하실 거라고."

단호한 목소리로 내가 말했다. 하지만 다들 아무 말도 하지 않았다. 사실은 완전히 그 반대일 것이기 때문이었다. 진짜 솔직히 말해서, 내가 하키마의 부모님이라면 절대로 미레유 라플랑슈와 아스트리드 브롬발과 함께 보내지 않을 것이다. 둘 다 남자친구도 없고, 외동딸에, 사춘기에, 세상에 잘 적응하지 못하고, 맞는 옷 사이즈도 별로 없고, 몇 주 전까지만 해도 친구가 없기로 유명했으니 말이다. 그렇긴 하지만, 그때 이후 우리는 다른 사람에 대해 관심을 갖는 법을 배우고 그렇게 해야 할 좋은 이유도 생기지 않았는가? 좋은 이유라 하면, 예를 들어서 여행에 대해 이야기를 꺼낼 때마다 하키마의 코가 벌름거린다거나 새까만 눈에 불빛이 반짝인다거나 하는 것 말이다.

'순수'한 로르 아줌마가 횡설수설하는 내 말에 고개를 끄덕였다. 우리는 집에서 직접 구운 쿠키를 먹었다. 설탕, 초콜릿, 버터가 들어간 딱딱하게 굳은 돌덩이 같았다.

"푸드 트럭을 빌려 줄게요. 가져가서 페인트칠 다시 하고 쓰세요. 여러분 하고 싶은 대로 해요. 난 이 푸드 트럭과 내 인생 최고의 순간을 보냈어요. 내가 만든 도자기들을 싣고 이곳저곳을 다니며 팔았죠. 그 일 전까지는……."

아줌마의 목소리가 갈라졌다. 문 구석에 쌓여 있는 정원 도구의 무더기에 눌려 금이 간 흙 도자기처럼 말이다.

"엄마가 나를 낳기 전에, 아빠가 엄마를 떠나기 전까지."

아스트리드가 슬픈 목소리로 나지막이 속삭였다.

로르 로즈부르와 아스트리드의 아빠인 스웨덴 아저씨의 러브 스토리가 눈앞에 그려졌다. 푸드 트럭을 달고 유럽을 누비며 도시 곳곳에서 도자기를 팔던 그 모습이 말이다. 하루하루 되는대로 살아가던 두 사람에게 금발머리의 눈곱 낀 아이는 전혀 계획에 없던 일이었을 것이다. 그게 스웨덴 아저씨가 떠난 이유일까? 그게 아스트리드가 스위스에 틀어박혀 찬송가와 엥도신 노래만 불러대면서 재미없는 생활을 보냈던 이유일까?

푸드 트럭은 미니 트럭 정도의 크기였다. 앞으로 한껏 튀어나온 금속으로 된 손잡이 두 개는 오토바이에 연결했었으니 자전거에도 충분히 맞을 것 같았다. 푸드 트럭 뒤쪽 바퀴는 크고 무거웠다. 오른쪽으로는 접이식 선반이 달려 있어서 소시지 판매 진열대로 쓰면 되겠구나 싶었다. 푸드 트럭 안쪽으로는 아이스박스 두세 개와 소시지를 채우면 거의 꽉 찰 것 같아서 우리 중 한 명만 들어갈 수 있을 것 같았다. 푸드 트럭에 페인트로 칠해 둔 글자들은 거의 벗겨진 상태였다.

로—브르 ㅂ롬바 ㄷ자ㄱ

로르 아줌마는 물건 가격을 걸 때 사용했던 낡은 슬레이트 판을 우리에게 건넸다.

***

다음 주 주말에 푸드 트럭을 깨끗하게 다시 손보기로 하고, 우리는 여행 계획을 본격적으로 세우기 위해 아스트리드의 방에 드러누웠다.

음, '드러누웠다'고 하기엔 방 크기가 우리 집 화장실만큼 작았다. 아스트리드의 방 벽은 진짜 특이했다. 수십 장의 포스터와 엽서, 엥도신 콘서트 티켓이 덕지덕지 붙어서 완전 얼룩덜룩한 바둑판이었다. 폐쇄공포증이 있는 사람은 못 견딜 수준이었지만 아스트리드는 던전* 같은 자기 방이 마음에 드는 듯했다. 책상은 노트북 한 대 올려놓으면 꽉 찼다. 우리 셋은 밤색 솜이불에 기대어 있었다.

"내가 구글 맵에서 부르캉브레스에서 엘리제 궁이 있는 파리 8구로 가는 길을 찾아봤어. 이거 봐 봐."

아스트리드가 노트북을 열고 보여 주었다.

"좋은데! 거의 계속 직진이네! 4시간 10분밖에 안 걸리고!"

* 온라인 게임에서, 몬스터들이 모여 있는 소굴

하키마가 환호했다.

"그래, 좋겠지. 이게 고속도로로 달렸을 때 기준이라는 것만 빼면 말이야. 시속 130km로 달리는 자동차들 옆에서 매연 들이마시면서 소시지 푸드 트럭을 질질 끌고 가는 거지. 아스트리드, 어떻게 검색할 때 '운전'이 아니라 '자전거'로 경로 설정하는 걸 까먹을 수 있어?"

"뭐, 그럴 수도 있지."

아스트리드가 웅얼거리며 '자전거'를 클릭했다. 그 순간, 노트북이 먹통이 됐다. 화면이 그대로 멈추더니 '응답 없음' 상태가 된 것이다. Ctrl+Alt+Del 키를 몇 번 누르고 나서야 미국인들이 만든 구글 맵만으로는 더 이상 부르캉브레스에서 파리 8구까지 최단 경로를 검색할 수 없겠다는 것을 깨달았다.

"아니면, 검색창에 그냥 부르캉브레스에서 자전거로 어떻게 가나요? 이렇게 치면 안 돼? 인터넷엔 웬만하면 다 나오잖아."

하키마가 말했다.

엔터를 눌러 검색했더니 5년 전 '벨로프랑스' 사이트에 누군가 같은 질문을 올려 둔 것이 있었다.

Raph01000

안녕하세요, 자전거로 부르캉브레스에서 파리로 가장 빨리 가는 방법이 있을까요? 감사합니다!!

몇 개의 답글이 달려 있었다.

MarcLapeyre

더 구체적으로 질문하면 좋을 것 같네요. 총 예상 기간이 며칠인지, 중간에 도시들을 구경할 건지, 어떤 자전거를 이용할 계획인지 이런 식으로요. 본인 질문을 더 상세히 적어야 원하는 답변을 얻을 수 있어요. 여기 링크 들어가서 벨로프랑스 게시판에 질문 올리는 방법을 읽어 보세요.(http://www.velofrance.fr/forum/reglementdutilisa)

Raph01000

죄송요. 근데 그냥 자전거로 가장 빠른 길을 알고 싶은 거예요. 부르캉브레스에서 파리까지 가는 최단 경로요. 뭐, 다른 동네 구경할 생각 없구요. ㅋㅋㅋ

MarcLapeyre

다시 말하지만 질문이 너무 막연해요.

Alaclaude1929

가는 길에 클루니는 꼭 들리셈. 꽃피고 엄청 예쁜 마을들이 있는데 링크 들어가면 이름 쫙 나옴.(http://www.villagesfl) 투아세에 가면 진짜 맛

있는 개구리 요리 파는 작은 레스토랑이 있는데 몇 년 전에 가본 거라 아직도 하는지는 모르겠음.

Clément1987

부르고뉴 와인 로드 따라서 가면 좋을 거예요!(http://www.velofrance.fr/routedesv...) 와인 투어도 하면서요!! 즐거운 여행하세요!!

Raph01000

아니, 예쁜 마을이니 와인이니 레스토랑이니 이런 거 말구요. 그냥 TGV 타고 가면 너무 비싸서 그런 거니까 그냥 자전거로 파리까지 어떻게 가는지만 알려주실 분 없나요?

MarcLapeyre

지금 님이 질문을 올린 사이트는 프랑스의 아름다운 지방과 자전거를 사랑하는 사람들이 모인 곳이지 중고거래 사이트가 아니에요. 다들 여가 활동으로 즐기는 거지 돈 아끼려고 자전거 타는 게 아니라는 겁니다. 혹시라도 과거에 질문과 비슷한 여정의 자전거 여행을 해 본 적이 없다면 체력이 딸려 힘들 겁니다. 자전거 여행 전 반드시 해야 할 체력 운동 참고하세요.(http://www.velofrance.fr/sentrainer/preparationphys...)

Modérateur

Raph01000님, 벨로프랑스 회원이면 쓸 수 있는 경로 찾기 프로그램으로 찾아보시면 될 것 같아요.(http://www.velofrance.fr/planifiersontraj)

Raph01000

대박!!! 이게 제가 찾던 거예요!!! 감사합니다!!!

답변이 완료되었습니다

어쨌거나 문제는 해결됐다. 모든 검색 조건을 입력한 경로 찾기 프로그램을 쓰는 거다. 최대 소요 기간, 경유 도시 또는 마을……

"소시지 예상 구매자……."

웅얼대며 검색 조건을 찾았다.

"그런 건 없을 것 같은데."

아스트리드가 말했다.

……경로 중 방문 가능한 자전거 수리점 등등. 경로의 일부 구간은 사진으로 볼 수 있었다. 들판 사이 작은 도로들, 도로 표지판 위에 앉아 있는 독수리, 로마네스크 양식의 교회들, 사이클 중인 사람들과 파란 하늘.

그렇게 검색해서 얻은 최종 경로는 하루에 5~7시간 자전거 페달을 밟아 5박 6일을 달리는 것이었다. 프랑스 지도 위로 새빨간 뱀이 부르고뉴를 지나 루아르강을 따라 파리 남부까지 길게 쭉 이어졌다. 그러니까, 부르캉브레스에서 7월 8일 14시에 출발하면 엘리제 궁에 7월 14일 낮 12시에 도착할 수 있다.

우리는 눈앞에 쭉 이어진 빨간 경로를 쳐다보았다. 비포장도로, 들판, 자전거 수리점, 소시지 예상 구매자……. 한참을 말없이 바라보다 순간 설렘과 긴장으로 심장이 두근거렸고 두려우면서도 얼른 떠나고 싶은 마음이 들었다.

흑백의 바둑판무늬가 그려진 작은 깃발이 최종 도착지인 파리 8구에 꽂혀 있는 화면은 클라우스가 내 친아빠라는 사실을 인정하게 될 것이라는 걸, 엥도신의 콘서트가 열린다는 걸, 사신 장군의 만행이 모든 사람들 앞에서 밝혀질 것이라는 걸 예언하는 것 같았다.

나도 모르게 사랑스런 나의 두 돼지들을 힘껏 끌어안았다. 투실투실한 두 친구를 끌어안고 있으니 마치 엄청 큰 뭉치 두 마리를 끌어안은 것처럼 기분이 좋았다. 두툼하니 푸근하고 보드라웠다.

"윽, 미레유 숨막혀."

"으, 나도 숨막혀."

"빨리 떠나고 싶어서 그래!"

"아직 준비할 게 더 남았다구."

"난 엄마 아빠도 설득해야 하는데."

"잘 될 거야. 전부 다 잘 될 거야! 가자. 저 깃발이 꽂혀 있는 곳으로 7월 14일 12시까지 가는 거야. 우린 거기 있을 거야. 분명 그럴 거야!"

10

"말도 안 되는 소리 하지 마."

당연했다. 하키마네 부모님이 허락해 줄 리가 없었다.

"아니, 너희들 제정신이니? 당연히 안 되지!(하키마와 부모님이 아랍어로 말하기 시작했다.) 절대 안 돼 하키마. 얘들 이제 겨우 열다섯 살이야. 열다섯 살이 무슨 책임을 져!"

아직 열다섯 살이지만 그래도 책임감 하나는 자신 있다고 말하고 싶었다. 나야 그렇다 쳐도, 아스트리드는 디즈니 만화 속 모든 공주들이 결혼하는 나이인 열여섯 살이나 되었으니까 말이다. 설득할 수 있다는 확신에 밀어붙이려고 하는데, 갑자기 말문이 턱 막혔다. 선샤인이 눈앞에 나타났다. 왕좌에 앉아 있는 늠름한 왕처럼 휠체어를 타고 나타나 심각한 표정으로 당황스럽다는 듯이 아스트리드와 나를 뚫어져라 쳐다보았다. 복잡한 머릿속이 얼굴에 훤히 드러났다. 여기 서 있는 돼지 세 마리가 대체 무슨 터무니없는 소리를 해대는 거지?

"셋이 꼭 붙어 다닐 거예요! 절대 흩어지지 않을게요. 약속할 수 있어요. 무조건 같이 다닐 거니까……."

하키마가 거의 애원하다시피 아랍어를 섞어 가며 말했다.

"하키마, 안 돼."

"저는 파리에 아직 한 번도 못 가 봤잖아요."

"그렇게 가고 싶은 거면 엄마 아빠랑 가면 되잖니. 이게 무슨 말도 안 되는 소리야! 너희가 대체 뭐 하러 파리까지 간다는 건지 모르겠구나."

"가야 해요! 거기 가서 사신 장군이 상 받지 못하게 막을 거라고요! 그 살인자의 옷에 달려 있는 레지옹도뇌르 훈장을 가서 떼어 버릴 거니까요!"

순간 정적이 흘렀다. 선샤인이 갑자기 그가 타고 있던 마차에서 몸을 일으켰다. 하키마의 부모님은 선샤인이 화를 낼 거라고 생각했다.

물론 그랬다. 하지만 차분한 목소리였다.

"후, 하키마, 내 복수를 네가 할 필요 없어. 알아들어?"

복수라는 단어가 귀에 콕 박혔다.

"왜? 왜 안 되는데? 오빠 안 할 거잖아. 지금도 아무 것도 안 하고 있잖아! 휠체어에 앉아서 슬퍼하고만 있으면서!"

"지금은 모든 상황이 다 어려워. 너도 그 정도는 알잖아."

"예전에 오빠는 사막에서 탱크도 운전했던 사람이야. 그게 더 어려운 일이었잖아!"

선샤인이 이를 꽉 물었다.

"내부 조사 결과가 나오면 그때 움직일 거야. 그래, 그러면 알게 되겠지. 뭘 해야 하는지도 그때……."

"아무 결과도 안 나올 거라고!"

하키마가 소리쳤다.

"엄마 아빠도, 오빠도 맨날 말했잖아. 내부 조사 그런 거 아무 소용없을 거라고! 맨날 그렇게 말하면서 왜 아무것도 안 하고 가만히 기다리고 있는 건지 난 이해할 수가 없어. 우린 달라. 우린 뭐라도 할 거야. 가든파티에 쳐들어갈 거라고!"

하키마의 아빠가 말을 끊고 물었다.

"그게 무슨 소리니 하키마? 쳐들어간다니, 어딜? 자전거 타고 소시지 팔아서 그, 가든파틴가 뭔가에 가겠다고? 이게 대체 무슨 소리야!"

선샤인은 오히려 아무 말이 없었다. 하키마는 부모님을 설득할 수 있는 유일한 사람은 오빠뿐이라는 듯이 선샤인을 바라보았다.

그리고 그게 맞았다.

"하키마 말이 맞아요. 결과를 얻고 싶으면 뭐든 해야 해요. 조사해도 아무것도 밝혀지지 않을 거라는 것도, 우리는 이민자고 지방 소도시에 살고 있으니 가만히 앉아 말만 할 뿐이라는 것도, 다른 병사들과 우리들을 위한 정당한 보상을 결국 받지 못하게 될 거라는 것도 전부 사실이니까요. 그렇다면 뭐라도 해야 하는 게 맞잖아요?"

"카데르!"

아줌마의 목소리가 집안 공기를 갈랐다. 하지만 곧 아줌마도 체념한 것 같았다. 알고 있는 사실이었기 때문이다.

"잠깐만요. 들어 보세요. 만약 제가 아이들과 함께 간다면, 애들을 데리고 같이 간다면 훨씬 더 수월하지 않겠어요? 엄마, 제가 하키마를 잘 돌볼게요. 여기 이 친구들과 함께 파리에 갈게요. 가서 엘리제 궁에 함께 들어가겠어요. 그렇게만 된다면 정말 뭔가 달라질 거예요."

"네가 여기 이 셋을 책임지기는 힘들지 않겠냐."

아저씨가 말했다.

"왜요, 열 명의 병사들을 책임졌던 제가 그거 하나 못할까 봐요?"

웃으며 대답했지만, 선샤인은 이내 흐느끼며 말했다.

"모두가 죽게 된 것 역시 전부 제 책임이었죠. 아빠 말이 맞을 지도 모르겠네요."

침묵이 흘렀다. 아줌마가 아저씨를 노려보는 시선이 너무 무서웠다.

"그런 소리 하지 마 카데르. 넌 충분히 이 아이들을 돌볼 자격이 있단다."

이게 웬 떡인가. 신의 한 수라고 할까? 아저씨가 말실수를 한 탓에 우리의 여행을 허락할 수밖에 없는 상황이 됐다. 순간 감정적으로 허락한 것은 아니다. 하키마의 부모님도 선샤인이 몸을 자유롭게 움직이지 못한 채 부르캉브레스에만 처박혀 있는 것을 지켜보았다. 그토록 열정적이고 활력이 넘치던 카데르가 이제는 병약하고 말라비틀어져 가고 있었다. 늪지대를 건너고 산을 오르내리곤 했었는데 수개월 동안 혼자 씻을 수 없어 누군가의 도움을 받았다. 매일매일 수 킬로미터를 달리곤 했는데, 소파에서 휠체어로, 휠체어에서 침대로 홀로 몸을 옮기는 법도 처음부터 다시 배워야만 했다. 하키마가 우리에게 해 준 이야기인데, 있었던 일을 전부 말해 준 것은 아니지만 몇 주, 몇 달 동안 카데르는 절대 울지 않았다고 한다. 하지만 끓어오르는 분노를 견딜 수 없어 속이 까맣게 타들어 갔고, 바닥에 웅크린 채 비관적인 하루하루를 보냈다고 한다.

"자, 이제 결정된 거예요. 아이들과 함께 가겠어요."

끝났다. 5박 6일 동안 소시지 안에 가득 고인 육수가 뿜어져 나오듯 땀을 뚝뚝 흘려대는 내 모습을 선샤인의 코앞에서 보여 주게 생겼다. 벌써부터 끔찍하고 창피해서 정신이 혼미했다.

"저기, 그런데……."

아스트리드가 조심스레 말을 꺼냈다.

"왜? 궁금한 거 있니?"

"그러니까, 어떻게 가시려고요? 제 말은, 그러니까, 자전거를 어떻게 타요?"

"아, 이게 있지."

선샤인이 무언가 보여 주며 말했다. 그의 주위로 빛이 반짝였다. 진짜 선샤인이다.

"3주 전에 내 친구 자말이 소포로 보낸 이걸 테스트해 볼 수 있는 아주 좋은 기회가 될 거야."

***

솔직하게 말해 볼까?

선샤인은 기다리고 있었던 거다. 우리가 움직여 주기를 기다리고 있었던 게 틀림없다.

그게 아니라면 적어도 구실이 필요했던 게 분명하다. 최근 선샤인은 매일 집에만 틀어박혀서 사실상 모든 준비를 마친 상태였다. 아령을 들어 올린다거나 방문에 걸어 둔 철봉에 매달려 남아 있는 자신의 몸 반쪽을 하루에도 열 번, 백 번, 천 번씩 끌어 올리고 내리며 몸을 만들었다. 그의 친구들은 선샤인이 왜 이렇게까지 하는지 잘 알고 있었다. 운동으로 체력을 쌓아 다시 모험을 떠나려 한다는 것을. 자말, 토마, 잭, 페드로, 솔리만, 그리고 자말과 사귀고 있지만 선샤인에게 남다른 애정을 품고 있는 아니사까지. 모든 친구들이 선샤인에게 의미 있는 선물을 주기 위해 돈을 모았다.

"자, 드디어 됐어."

번쩍거리는 물체가 자말의 방에 놓여 있었다. 초경량 알루미늄, 유리 섬유, 안쪽으로 비스듬히 기울어진 부드러운 곡선의 큰 바퀴, 멜턴으로 마감한 의자. 휠체어 계의 페라리가 드디어 출시되는 순간이었다.

"패럴림픽 크로스컨트리 챔피언이 썼던 거야."

자말이 말했다.

거울 같은 선샤인의 두 눈동자가 휠체어를 비추고 있었다. 은

빛의 동그란 바퀴가 눈동자에서 반짝였다.

"이 휠체어를 손에 넣다니, 진짜 믿을 수가 없는 거 있지! 거의 한 달 동안은 설득했다구."

헐렁한 옷을 대충 걸치고 자말의 책상 의자에 앉아 있던 아니사가 안도의 한숨과 함께 웃으며 말했다.

"반쯤 포기하고 있었거든. 이걸 구하는데 너네……."

선샤인이 멋쩍은 듯 중얼거리자 자말이 낄낄거리며 말했다.

"팔 하나, 다리 하나 값이지! 그나마 다행인 줄 알라구. 네가 직접 샀으면 그나마 남아 있는 한쪽 갖고도 안 됐을 거다."

선샤인은 남은 팔 한쪽은 이렇게 쓰는 거라는 듯이 자말에게 가운데 손가락을 들이밀었다. 그러고는 소라게가 껍질에서 나와 다른 껍질로 옮겨 가는 것처럼 앉아 있던 휠체어에서 몸을 번쩍 일으키더니 유리 섬유로 된 패럴림픽 휠체어에 재빨리 안착했다.

자말은 차고 쪽으로 나 있는 방문을 열어 주었다.

그리고……, 그리고 선샤인이 탄 휠체어는 땅과 만나 환희의 마찰음을 내며 앞으로 달려 나갔다.

마치 하늘이라도 날듯이 초경량 소재의 휠체어가 인도 이쪽 저쪽을 통통 튀며 가볍게 굴러갔다. 2분도 채 지나지 않았는데 선샤인은 이미 휠체어와 한 몸이 되어 있었다. 바퀴를 쥐어 잡을 때마다 이두근이 울룩불룩 튀어나왔고(지적 호기심에 본 것뿐이지 다른 뜻은 없었다.) 앞으로 나갈 때마다 삼두근이 움찔거렸고(아주 흥미로운 물리 현상이다.) 티셔츠에 가려진 근육들이 고작 반 바퀴만 빠르게 돌았는데도 잔뜩 성이 나 있는 것 같았다.(맨몸이었다면 더 확실하게 볼 수 있었을 텐데, 아쉽다.)

선샤인은 아주 신나 했다. 직선 구간을 달리며 회전하기도 하고 심지어는 한쪽 바퀴로만 달리기도 했다. 급하게 커브를 돌다 크게 넘어지기도 했지만 금세 요령을 익혀 달리는 방법을(그러니까 바퀴를 움직이는 방법을) 익혔다. 그곳에는 환희의 마찰음과 우리 모두의 웃음소리가 가득했다. 감격스러운 모습에 흐느끼느라 웃을 겨를이 없던 하키마만 빼고 말이다.

모두가 함께 모은 이 에너지를 안고, 이제 우리에게 남은 건 최고의 홈메이드 소시지 레시피를 만드는 일이었다.

11

할아버지 할머니의 가게는 미슐랭 가이드 투 스타에 빛나는 레스토랑이다. 트립어드바이저 평점이 4.89/5점이나 되고 이런 리뷰도 잔뜩 달려 있다.

정통 부르캉브레스 요리. 진짜 맛있다! 창밖으로 보이는 브루 성당과 인테리어가 조화롭다. 고기 완자 크기가 어마어마하다. 재방문 의사 100%!

George&Georgette(할아버지 할머니의 레스토랑 이름으로 '조지앤조젯'이라 부르면 된다.)에서 행복한 시간 보냈어요. 맛있는 정통 프랑스 요리를 맛 볼 수 있어요. 원래 개구리 요리를 먹을 생각이었는데 안전하게 뵈프 부르기뇽으로 주문했고 최고의 선택이었던 것 같아요. 아늑한 분위기와 친절함이 무척 좋았어요.

친절한 직원들이 있는 매력적인 레스토랑. 부르캉브레스 최고의 식당!

브루 성당 바로 맞은편에 고즈넉이 자리 잡은 허름한 식당 외관에 속지 마세요. 식당 안으로 들어가면 최근 리모델링해서 우아하고 고급스런 분위기를 경험할 수 있을 겁니다. 메뉴판에 정통 프랑스 요리 이름이 적혀 있지만 실제 음식 비주얼은 훨씬 더 예쁩니다. 기존과는 다른 플레이팅으로 이미 알고 있던 요리와는 또 다른 느낌을 주어 눈과 입을 즐겁게 해 줍니다. George&Georgette의 시그너처 메뉴인 크렘 캐러멜 소스를 곁들인 송아지 요리를 맛보는 순간 감탄할 수밖에 없을 겁니다. 특히 식전에 제공되는 직접 만든 빵과 버터는 최고였습니다. 레스토랑 소믈리에가 추천해 준 와인과도 기가 막히게 잘 어울렸습니다. 부르캉브레스 중심에 위치한 두 부부가 하는 레스토랑. 값을 매길 수 없는 최고의 레스토랑입니다.

사실 이건 내가 익명으로 남긴 리뷰다.

아, 물론 평점 테러하는 사람들은 언제나 있다.

완전 쓰레기임.

밑도 끝도 없는 이런 악플은 대체 어쩌라는 건지. 또 이런 것도 있다.

밥을 곁들인 송아지 요리를 주문했는데 밥도 안 나왔고 맛도 최악이었다.

우리 할머니 할아버지는 트립어드바이저에는 들어가 본 적이 없어서 신경도 안 쓴다. 사실 할머니 할아버지는 다혈질이고 욕심도 많아서 직원들과 부딪히거나 손님들과 싸울 때도 있다. 그것만 빼면 참 괜찮은 분들이다.

엄청나게 넓은 부엌에서 할머니 할아버지가 우리를 맞이해주었다. 금요일 오후 식당 오픈 시간 전에 찾아갔다. 하키마가거의 들리지 않을 정도의 목소리로 속삭였다.

"우와. 라따뚜이* 같다!"

할아버지가 입구에 서서 할아버지 표 보조개 미소를 날렸다.

"그래, 소시지 만드는 법을 배우고 싶다고?"

"비건 소시지만요! 나머지는 레이몽 아저씨한테 주문하면 돼요. 음, 그리고 소스요. 소스 만드는 법도 배워야 될 것 같아요. 만들기 쉽고 무게도 별로 많이 안 나가는 걸로요."

"비건이라니? 뭐, 닭고기로 만들면 되는 거냐?"

"아뇨 할아버지, 고기가 안 들어간 소시지요."

"생선은 괜찮지?"

"아뇨. 동물에서 나온 건 다 안 돼요."

"아니 뭐 그런 게 다 있냐? 부댕 소시지가 원래 돼지 창자 껍데기에 소를 넣는 건데!"

그랬더니 할머니가 할아버지를 다그치며 큰소리로 말했다.

"아휴 여보! 창자 껍질 없이 소만 가지고 만들라는 소리지! 반죽만 잘하면 충분히 가능할 게다."

할아버지는 무슨 그런 소시지가 다 있냐며 투덜거렸다. 비건 소시지는 됐고 머스터드소스 레시피나 알려주겠다면서 대체 누가 그런 소시지를 사 먹겠냐고 타박하기 시작했다.

---

* 호박, 피망, 토마토 등에 허브, 올리브 오일을 넣고 끓여 만든 스튜,
  2007년 픽사에서 제작한 미식가 쥐의 요리사 도전기를 담은 동명의 애니메이션이 있음

"얘들아, 이 할미도 잘 모르겠다만, 식빵을 좀 넣어 보면 어떻겠니? 파랑 염소 치즈랑 허브도 좀 섞어서 말이다."

할머니는 이것저것 넣어서 섞고 반죽을 시작했다. 얼추 반죽이 뭉쳐져 모양이 나오자 성공과 실패가 가늠이 되었다. 아스트리드는 그 누구보다 행복해 보였다. 키친러쉬 게임을 그대로 재현하는 순간이었으니 말이다. 아스트리드는 신이 나서 할아버지한테 게임에 대해 설명하기 시작했다. 레스토랑을 운영하는 게임인데 식중독균이 생기지 않게 잘해야 하고 노동청에서 감사를 나오기도 하고 악플을 다는 손님들도 있고……. 응, 그래, 그렇구나, 할아버지는 아스트리드 말을 흘려들으며 대충 맞장구 쳐 주었다. 그러다가,

"유통 기한 지난 재료는 제때 버려야 해요. 안 그러면……."

"무슨 소리냐! 여기 그런 거 하나도 없어 인석아!"

들고 있던 큰 나이프를 아스트리드의 코앞에서 휙휙 움직이며 화냈다.

"여기 있는 거 전부 버릴 게 하나도 없어! 1956년 산 거위 지방도 멀쩡해!"

"얼마나 맛있는데 그러니!"

옆에 있던 할머니도 덩달아 소리쳤다.

"암 그렇고말고! 하나도 안 썩었어!"

"생크림도 신선해!"

"아니, 키친러쉬에서요. 거기서 유통 기한 지났을 때요."

아스트리드의 말에 할아버지가 또 투덜대며 말했다.

"나 참, 네 녀석의 그 게임기가 내 생크림보다 유통 기한이 짧나 보다! 아무튼, 소시지 만드는 법 안 배우고 계속 수다만 떨거야? 얼른 일해라!"

그렇게 우리는 중간 중간 할아버지가 휘두르는 나이프와 나무 숟가락을 피해 가며 소시지와 소스 만드는 방법을 배우기 시작했다. 보조 셰프들이 저녁 식사를 준비하러 레스토랑에 막 출근했고 첫 시식 대상이 되었다.

"장 피에르. 비건 소시지 한번 드셔 보세요. 맛이 어때요?"

"안에 고기가 없네!"

"네, 그거 말고는요?"

"그거 빼고는, 음 아주 맛있어."

우리는 우리가 만든 소시지를 아뮤즈 부쉬*로 첫 손님에게 선보이기로 했다. 부르캉브레스에서 회계사로 일하고 있는 여자 손님이었는데, 일행이 아직 도착하지 않아서인지 막간을 이용해 서류를 뒤적이며 일하고 있었다.

---

* 레스토랑에서 메인 식사 전에 가장 먼저 제공되는 한 입 거리 음식

평가를 앞두고 잔뜩 긴장된 상태로 주방 문 뒤에 숨어서 지켜 봤다.

금발의 회계사 손님은 블랙베리 휴대폰을 테이블 위에 잠시 내려놓고는 소시지를 양파 소스에 푹 찍어 입에 넣었다. 그러고 는 할머니를 불러 무언가 말했다.

"얘들아, 아주 맛있대!"

할머니가 우리에게 와서는 신이 나서 말했다.

와! 주방에서 모두 다 박수치며 환호했고 할아버지는 얼른 홀 로 나가 회계사 손님의 비어 있는 와인 잔에 지역 특산 그랑크 뤼 와인을 따라 주었다.

"자, 이제 사과 소스를 한번 만들어 볼까!"

할머니가 말했다.

"아뇨! 사과 소스는 제가 만들 줄 알아요!"

아스트리드가 씩씩하게 말했다.

"그래?"

금발의 스웨덴 혼혈 소녀 우리의 아스트리드를 양 옆에서 바 라보는 할머니와 할아버지의 불안한 시선이 교차했다.

"네. 수녀원에 있을 때 제 담당이었거든요."

(아, 수녀원이 이렇게 재밌는 것도 배우는 곳이었다니!)

"거기서는 어떻게 만들었니?"

"제 레시피가 따로 있어요. 원래 어떻게 만드는지는 아는데……."

"아 답답해. 자매님! 빨리 좀 말해 봐!"

우리의 자매님이 아담의 선악과를 위아래로 가볍게 흔들었다. 한 입 베어 먹는 거 아닐까 조마조마하던 찰나, 아스트리드가 웅얼거렸다.

"사과를……."

"어떤 사과?"

"보…… 보스콥……."

아하, 할머니 할아버지가 고개를 끄덕였다.

"껍질을 벗기고……."

한 번 더 끄덕였다.

"씨도 다 빼고……."

그래그래.

"그 다음엔……."

아스트리드가 할머니를 슬쩍 쳐다보며 말했다.

"냄비에 물이랑 같이 넣으면 되겠죠?"

정적이 흘렀다. 모두가 아스트리드에게 집중하고 있었다.

슥슥, 할아버지는 천천히 칼날을 갈기 시작했다.

푸쉬식! 할머니는 서랍에서 주방용 토치를 꺼내 왔다.

"아… 안 돼요! 제가 만들면 이상할 거예요……"

토치에서 불꽃이 뿜어져 나왔고, 옆에서는 슥슥 칼 가는 소리가 계속 들렸다.

"이, 일단 사과를 오븐에 십 분 정도 넣어서 약간 훈연하는 게 좋을 것 같아요."

"아이고 예뻐라!"

할머니와 할아버지가 미리 맞추기라도 한 듯 동시에 소리쳤다. 그러고는 와락 껴안았다.

주위에 있던 모두가 아스트리드를 향해 박수치면서 안아 주는 동안 하키마와 나는 옆에서 조용히 양파 소스와 머스터드소스에 비건 소시지를 찍어 먹었다.

"맛있어?"

입안 가득 우물거리던 하키마는 만족스런 표정을 지으며 두 손가락으로 브이 자를 만들었다.

***

주말 내내 푸드 트럭을 수리했다.

필립 뒤몽 아저씨는 처음에 우리가 페인트칠도 다시 하고, 락

카도 다시 뿌리고, 차고 입구부터 여기저기에 기름칠하고, 아저씨가 예쁘게 가꿔 놓은 정원 잔디 위에서 망치질하고, 나무판자를 드릴로 뚫고 땜질도 해서 나무 부스러기며 철가루며 다 날리고 지저분하게 만든 탓에 마음이 좋지 않았던 것 같다. 그래도 결국에는 우리 마음대로 하도록 내버려 두었다.

선샤인과 자말도 와서 우리를 도와주었다.(특히 하리보 젤리를 잔뜩 갖다 주었다.)

뒤몽 아저씨의 공구 상자 속 도구들이 이 정도까지 쓰인 적은 아마 한 번도 없었을 것이고 앞으로도 그럴 것 같다. 쓰임새가 다 별로였으니 말이다. 소형 드릴이라 구멍이 제대로 뚫리지 않아서 끙끙거리는 아스트리드와 붓 크기가 너무 작은 탓에 제대로 칠도 못하고 있는 하키마가 안쓰러워 보였는지 이웃집 아저씨가 공구 상자를 빌려 주었다.

푸드 트럭 수리 작업은 여러 단계에 걸쳐서 진행됐다. 우선 자전거 세 대에 고정하려면 약간 손을 봐야 했다. 그래서 동네 자전거 가게에서 중고로 아동용 트레일 바이크 세 대를 구입했다. 어른용 자전거 뒷바퀴에 연결하는 거라서 앞바퀴는 없고 뒷바퀴만 있는 자전거였다. 앞바퀴 대신 그 자리에 수평으로 알루미늄 막대기를 연결한 다음 튼튼한 체인으로 고정시켰다.

우리는 변형시킨 아동용 트레일 바이크를 우리 자전거에 연결한 다음 자전거에 올라탔다.

제대로 조종하지 못하고 휘청거렸더니 선샤인과 자말이 웃으며 나뒹굴었다.

다시! 다시! 셋이서 호흡을 맞춰서 같은 속도로 페달을 돌릴 수 있을 때까지 계속 시도했다. 그렇지 않으면 고정해 놓은 알루미늄 막대기가 삐거덕거려서 우리가 넘어질 수밖에 없기 때문이다.

조금씩 서로서로 페달을 밟는 속도를 맞춰 갔다. 발랄하고 들쑥날쑥하게 페달을 밟는 하키마, 걸스카우트 출신답게 강한 지구력으로 쭉쭉 페달을 밟는 아스트리드, 3분 동안은 끓어 넘치는 열정으로 페달을 밟고 또 3분 동안은 힘들어서 다리가 잘 안 돌아가는 나까지. 함께 박자를 맞춰 페달을 돌렸다.

다음은 푸드 트럭을 꾸미는 일이었다. 예술가 뺨치는 미적 감각을 가진 우리의 하키마가 차고 구석 한편에 버려진 상자들에서 글자들을 하나씩 오려 내 '돼지가 파는 부댕 소시지'라는 이름을 만든 다음 새, 튤립, 물고기, 돼지, 당근, 사과 같은 동물이나 꽃, 과일, 채소 그림들을 잘랐다. 우리는 자말의 집에서 가져온 에어 스프레이 페인트로(집에 에어 스프레이가 색깔 별로 다 있다니! 귀여운 하키마가 감동해 버렸다.) 색깔 구름들을 칠하고 그

위에 잘라 낸 글자와 그림들을 붙였다.

모든 작업을 다 끝내고 보니, 솔직히 말해서 푸드 트럭은 진짜 끝내 주게 멋있었다. 리모델링해 주는 TV 프로그램에서 해 줬다고 해도 믿을 정도였다. 솔직히 전부 다 좋아할 정도는 아니었지만 옆으로 지나가면 한번 쳐다볼 정도는 됐다. 한 가지 확실한 것은, 얼룩덜룩 화려한 무늬의 푸드 트럭을 뒤에 달고 앞에서 돼지 세 마리와 선샤인의 마차가 끌고 가는 모습은 저 멀리에서도 눈에 확 띌 것이다. 덜그럭 소리도 들리고 냄새도 나겠지! 페인트 냄새가 다 사라지고 나면, 육즙이 가득한 소시지가 냄비에서 지글지글 소리를 내며 익어 가고, 설탕에 절여 만든 과일 잼과 캐러멜라이징*해서 만든 양파 소스 냄새도 진동할 것이다.

"돼지가 파는 소시지라니! 도대체 왜 너희들 스스로 저 이름을 내걸었는지 이해할 수가 없구나! 정말 끔찍해."

옆에서 지켜보던 엄마가 답답하다는 듯이 말했다.

"우리가 더 멋지게 만들 거예요. 두고 보세요! 더 강하게 만들 테니까요."

(글쓴이 미레유, 〈생활의 지혜, 인생의 진리〉, 제 1장 : 사람들이 네게

---

* 설탕을 많이 넣은 음식물을 갈색으로 변하게 될 때까지 뜨겁게 열을 가해 특유의 향내가 나오게 하는 것

던지는 질타를 모아 모자로 만들어 쓰고 다녀라.)

포근한 일요일, 밤 10시인데도 아직 더위가 남아 있었다. 필립 뒤몽 아저씨와 임신한 엄마가 꾸민 잔디밭 위에 아무렇게나 앉아 우리들의 걸작을 감상하면서 우걱우걱 피자를 뜯어 먹었다. 샤투네는 피자 조각 몇 개를 훔쳐 먹었고 뭉치는 정원 램프 불빛에 모여든 나방을 쫓느라 메뚜기처럼 이리저리 뛰어다녔다.

인생은 정말 아름답다. 별빛 아래 이 순간만큼은 너무도 완벽하다.

오늘 있었던 모든 일을 마무리하듯, 선샤인이 내게 물었다.

"가서 뭐라고 할 거야? 네 친아빠를 만났을 때 말이야."

"글쎄요, 아직 모르겠어요. 일단 제 소개를 해야죠. 앞에 딱 세워 놓고 말예요. 눈에 훤하지 않아요? 내가 그동안 받은 편지의 주인공이라는 걸 알면 얼굴이 하얗게 질릴 테니까요."

"그리고?"

"음, 모르겠어요. 되는대로 아무거나 말하죠 뭐."

"내가 만약 그 사람이라면, 네가 딸이라는 게 무척 기쁠 것 같아."

인상을 팍 찌푸리며 말했다.

"카데르한테 어떻게 내 나이 또래의 딸이 있을 수가 있어요!"

"음, 근데 너 내가 불편해? 어색해 보여서."

"아, 그냥 예의를 딱 지키는 거죠 뭐."

"편하게 해도 돼. 어색해 하는 게 꼭 학교 선생님 대하는 거 같거든."

선샤인은 칼조네 피자를 베어 물었다. 나는 기회만 엿보고 있던 뭉치 앞에서 보란 듯이 나방을 잡았다. 손가락 사이로 불쌍한 나방이 처참하게 죽었다. 뭉치가 다가오더니 앞발로 내 손을 긁었다.

"알겠어요. 그렇게 할게요. 어색하지 않게, 편하게."

"좋아."

"그럼 카데르는 사신 장군한테 가서 뭐라고 할 거예요?"

선샤인이 달을 바라보며 미소 지었다.

"되는대로, 아무거나."

***

학교 수업은 이제 일주일 남았고, 2주 후에 우리는 떠난다.

떠나기 전까지 우리가 마지막으로 해야 할 가장 중요한 것은 바로 체력 훈련이다.

12

"야, 돼지야. 맨날 새벽 5시에 일어나서 세이용 숲에서 자전거 타다며? 그거 진짜냐?"

이번 학기 마지막 미술 수업에 들어가려다 복도에서 붙잡혔다.

"아, 꼬맹이 안녕!"

"꼬맹이라고 부르지 마. 제정신이냐? 이 뚱땡아!"

쿰쿰한 냄새를 풍기며 멍청하게 웃는 덩치 큰 레미와 몇 센티 미터라도 커 보이겠다고 나이키 에어맥스를 신은 멸치 같은 마르벵 사이에 껴서 여자애들보다 키가 작은 탓에 울퉁불퉁 근육이라도 키우려 애쓰는 꼬맹이 말로가 물었다.

"이제 뚱땡이는 그만하기로 했나 보지? 왜, 진짜 여자가 되기로 결심이라도 했냐? 거 봐, 내가 다 너 잘 되라고 그러는 거라니까?"

레미가 옆에서 낄낄거리기에 내가 말했다.

"너도 점점 더 작아지는 것 같다? 너도 그냥 여자가 되기로 했니?"

"입 닥쳐! 이 돼지 년아. 그래서 나머지 두 쿵쾅이들이랑은 뭔 짓을 꾸미는 거냐?"

"무슨 소리 하는 거야, 꼬맹아?"

"왈리드가 그러는데 세이용 숲에서 웬 돼지 세 마리가 자전거 타는 거 봤다더라."

"헐, 돼지가 자전거 타는 걸 본 적이 있대?"

"입 닥쳐! 똑바로 말해, 무슨 꿍꿍이야?"

종이 울렸다. 파마머리의 캉송 선생님이 미술 교실에 나타나자 아이들이 자리에 모여 앉았다.

"우리는 자전거 타면 안 돼? 프랑스는 자유 국가잖아."

"자꾸 딴소리하지 마. 엘렌 베이라 기자한테 전화 받았는데 너네 기사 하나를 쓰고 있다면서 몇 가지 대답 좀 해 달라더라."

"뭐? 누구?"

말로는 농담이 아닌 것 같았다. 벽으로 나를 밀어 붙이고 멱살을 잡았다.

"부르캉브레스일보 기자 몰라? 너네가 연락해서 뭘 계획하고 있다고 했다며? 소시지 장사가 뭔가. 닥쳐! 내 말 안 끝났어. 그 기자가 그러는데 너네 지금 한 방을 노리고 있다며? 나한테 복수를 하려는 건지 뭔지 아주 웃긴 짓을 꾸미나 본데, 쓸데없는 짓 하지 마! 니들 같은 돼지 년들이 뭘 계획하고 있는지 모르겠지만 '올해의 돼지' 가지고 나를 엿 먹이려 하는 거라면, 날 쪽 팔리게 만들고 내 얼굴에 똥칠을 하려는 거라면, 내가 니들 셋 가만 안 둘 줄 알아. 알아들어? 뱃가죽에 구멍 하나 뚫어 줄 수도 있어!"

"말로, 레미, 마르벵 수업 시작했다! 미레유도 얼른 들어와! 이번 학기 마지막 날이라고 늦장 부리면 안 되지!"

말로가 손을 풀었다.

다리가 조금 후들거렸지만 새벽 5시에 일어나 학교 오기 전에 세이용 숲에서 두 시간씩 자전거를 탄 지 3일이나 지나서 그런지 버틸 만했다.

그날 저녁, 엘렌 베이라 기자에게 전화를 걸었다.

"기자님, 일을 크게 만드셨어요. 우리들에 대해 쓰는 기사인데 우리한테 물어보지 않고 왜 말로한테 다 말했죠?"

"너희가 그러면 안 된다고 말한 적은 없잖아."

"말로한테는 비밀로 해야 하는 게 당연한 거 아니에요? 다시는 그러지 마세요! 그렇지 않으면 왜 우리가 이 모든 일을 계획한 건지 그 이유를 알려주지 않겠어요."

"난 그렇게 해서 말로를 조금 괴롭힐 수 있을 줄 알았어."

"전혀요! 그것만 원하는 게 아니에요 우린. 그냥 지켜보기만 하시라구요."

"그냥 지금 나에게 전부 다 얘기하는 게 어떠니?"

"아뇨. 하루에 하나씩 소식을 전해 드릴게요. 그리고 7월 14일에 우리가 파리에 간 이유를 알게 되실 거예요."

바보 같은 엘렌 베이라 기자가 내가 던진 미끼를 덥석 물었다. 지금까지 그녀가 아는 정보라고는 우리가 자전거로 부르캉브레스에서 파리까지 갈 생각이고, 가는 길에 소시지를 팔 거라는 것뿐이다. 그런데 우리가 뭘 위해서, 그리고 파리에서 무슨 일을 벌일 건지 그건 아직 모른다.

아무튼, 부르캉브레스일보에 고마울 따름이다. 우리가 여행을 시작하는 첫 번째 날, 그러니까 7월 8일 아침에 우리의 출발을 알리는 첫 번째 기사가 실릴 것이다.

그때까지 우리는 훈련, 훈련, 또 훈련이다. 매일 아침저녁으로.

"미레유! 오늘 유독 껑충껑충 뛰어다니는구나."

에너지 넘치는 리즈 체육 선생님이 말했다.

"네! 이제 곧 방학이라 너무 좋아서요."

"그렇구나. 네가 달리기에 소질이 있다는 걸 수업 마지막 날이 되어서야 알게 되다니, 거 참 아쉽구나."

"우사인 볼트도 이길 것 같지 않아요?"

"거기에 내 전 재산을 걸 일은 추호도 없을 거다. 근데 확실한 건, 네가 말로와 그 친구들을 이길 것 같구나. 쟤네들이 저렇게 굼벵이처럼 뒤로 처져서 거의 걷고 있으니 말이다."

체육 선생님이 말로와 친구들에게 눈을 흘기며 말했다.

내가 따라잡을 거라는 말이 꽤나 위협적이었는지, 말로는 나를 있는 힘껏 노려보며 젖 먹던 힘까지 쥐어짜 트랙을 내달렸다.

"아 선생님, 미레유 쟤가 꼼수 부려서 그런 거예요! 요즘 아침마다 세이용 숲에서 자전거 탄다니까요!"

레미가 멍청하게 킥킥거리며 말했다.

"그게 왜 꼼수니? 선생님이 보기엔 아주 건강한 생활 습관이구만. 레미, 선생님이 너라면 아침 8시부터 학교 앞에서 담배나 피우느니 미레유 따라서 같이 운동하겠다."

다시 부스터 스위치를 켜고 트랙을 서너 바퀴 더 돌았다. 뒤에서 애들이 수군거리는 소리가 들렸지만 상관없다. 다들 지쳐서 숨을 헐떡였지만 난 앞으로 쭉 날아갔다. 진짜 날았다!

그리고 마침내, 교장 선생님 말처럼 진짜 '즐기기만 하면 되는' 긴긴 여름 방학을 맞이할 시간이 되었다. 눈물을 찔끔 훔치기도 하고, 서로 포옹하기도 하고 다들 그랬다. 하지만 나는 학교 벽에 대충 작별 인사를 하고 서둘러 하키마와 아스트리드를 만나러 나섰다.

교실에 있는 애들하고 시시콜콜 인사를 나눌 시간이 없었다. 이따 저녁에 셋이서 세이용 숲으로 가 7km를 또 자전거로 달려야 하기 때문이다. 그리고 이번에는 푸드 트럭을 달고 한 시간 더 달릴 거다. 푸드 트럭은 꽤 무거워서 한 시간 끌고 나면 땀이 빗물처럼 흐른다.

벌겋게 달아오른 얼굴, 흐느적거리는 팔다리, 콕콕 쑤시는 관절을 달래기 위해 얼음장처럼 차가운 물에 샤워를 한다. 그런 뒤 파스타 한 대접에 현미 샐러드, 키슈 로렌 한 판을 먹어 치운다. 그러면 이불 밖으로 튀어나온 통통한 내 발가락을 뭉치가 제 발톱으로 박박 할퀴는 줄도 모른 채 깊은 잠에 빠진다.

일주일을 이렇게 연습하고, 그 다음 주도 똑같이 연습할 거다.

그렇게 몇 시간, 며칠이 쌓이고 쌓여, 마침내 출발하는 날이 왔다.

"말도 안 돼! 너희들 음식 장사 허가도 제대로 안 받았잖아. 그러다 사 먹은 사람들이 탈이라도 나면 어쩌려고!"

"아휴, 엄마. 괜찮아요. 냉장고에 잘 보관해서 다닐 거라니까요?"

"하, 그래? 저 코딱지만 한 냉장고가 6일씩이나 버틴다고?"

"충전하면 돼요."

"출발한 지 얼마 되지도 않아서 경찰한테 잡힐걸?"

"우리가 더 빠를걸요?"

"하, 미레유. 엄마 지금 심각해. 그 기자가 너희가 벌이는 이 바보 같은 일들을 신문에 전부 싣겠다고 했다며? 그럼 당연히 경찰들도 관심 가지지 않겠어? 부르캉브레스를 벗어나기도 전에 꼬리가 밟힐 텐데, 엄마가 꼭 경찰서에 너희들을 만나러 가야 속이 시원하겠니?"

후우. 크게 심호흡을 한 번 하고 주머니에서 우리의 카데르 이드리스가 정식으로 받은 푸드 트럭 영업 신고증을 꺼내 들이밀었다. 엄마는 최소 2초는 넘게 긴 한숨을 내뱉으며 말했다.

"너 정말 경찰들이 너의 그 카데르가 어린애들을 데리고 장사하겠다는 걸 가만히 보고만 있을 거라고 생각하는 거니?"

"나의 그 카데르라니, 그런 거 아니거든요? 엄마, 도와주겠다는 거예요 말겠다는 거예요? 왜 이렇게 부정적이야!"

엄마는 계속 투덜투덜 잔소리를 하더니 짐 챙기는 것을 도와주기 시작했다. 뱃속에 '브래드 피트 주니어' a.k.a.* 쟈크-오헬리엉이 들어 있어서인지 가벼운 것들만 날랐다. 필립 뒤몽 아저씨는 아스트리드와 함께 까만 소시지와 하얀 소시지를 사러 레이몽 아저씨네에 가서 집에 없었다. 하키마네 부모님은 카데르와 한창 이야기를 나누고 있었는데, 아마도 마지막까지 어떻게든 우리를 막으려고 하는 것 같았다. 소용없을 텐데 말이다. 아스트리드네 아줌마는 자기가 준 푸드 트럭의 바뀐 모습을 신기해하며 구경했다.

소스와 잼 통은 냉장고 안쪽 칸에 진즉에 넣어 두었고, 휴대용 버너와 가는 길에 갈아 낄 부탄가스는 냉장고 옆에 잘 챙겼다. 텐트 두 개도 가지런히 접어 실었다. 갈아입을 팬티만 넉넉히 챙기고, 나머지 옷들이야 중간에 필요하면 빨아 입으면 된다.

* 별칭을 표기할 때 함께 쓰이는 표기

"너희들 가는 길에 텐트 치고 잘 장소들은 잘 확인한 거지?"

"물론이죠.(안 했죠.)"

"휴대용 충전기는?"

(엄마가 태양열 충전기를 사 줘서 푸드 트럭 지붕 위에 달아 두었다. 해가 쨍쨍하니 충전이 되다 못해 터질 것 같았다.)

"뭉치야! 거기서 나와! 너는 우리랑 같이 못 가거든?"

"몇 시야?"

아스트리드가 물었다.

"8시 15분. 이제 가야 해. 벌써 15분이나 늦었어!"

"헬멧들 써야지!"

"네네. 엄마, 알겠다니까요."

각자 자기 헬멧을 썼다. 휠체어를 탄 선샤인도 예외는 아니었다.

찰칵! 아스트리드네 아줌마가 사진을 찍었다.

찰칵! 엘렌 베이라 기자도 내일 신문에 실을 사진을 찍었다.

하키마의 부모님은 우리 엄마와 필립 뒤몽 아저씨처럼 여전히 근심이 가득한 눈초리였다.

아이고. 저기 저 멀리 나무 뒤에서 꼬맹이 말로가 우리를 몰래 훔쳐보고 있다. 아스날 유니폼을 입고 찌질하게 숨어 있는 모습이 다 보였다. 멍청한 꼬맹이.

로얄 블루의 바이시쿨을 타고 내가 가운데에서 달리기로 했다. 내 왼쪽에서 달릴 아스트리드를 돌아봤다.

"준비됐어?"

"좋아."

이번엔 오른쪽에 있는 하키마를 돌아봤다.

"준비됐어?"

"응!"

그리고 우리 셋 앞에는 선샤인이 있었다.

"카데르도 준비됐죠?"

"당연하지, 우리 귀염둥이."

귀염둥이?! 내 몸에도 태양열로 충전되는 배터리가 들어 있나 보다. 선샤인의 말에 에너지가 넘쳐 힘차게 페달을 굴리니 자전거 바퀴 아래로 지구가 한 바퀴 뱅그르르 도는 기분이다!

"자, 가자!"

PART 2
길

20XX 7월 8일 부르캉브레스일보

'올해의 돼지' 세 마리가 펼치는 로드 여행

마리-다리외세크 중고등학교의 미운 오리 새끼로 뽑힌 그녀들이 지금 날개를 달고 백조가 되어 파리로 날아가고 있다! 아스트리드 브롬발, 하키마 이드리스, 미레유 라플랑슈. 한창 논란이 되고 있는 '올해의 돼지' 선발 대회의 세 우승자가 파리로 향하는 어마어마한 여행을 시작했다. 그것도 자전거를 타고! 7월 8일 아침에 시작된 여행은 7월 14일 막을 내릴 예정이다.

자전거 여행을 하는 동안 필요한 경비는 어떻게 충당할까? 모순적이게도, 파리로 가는 길에 세 사람은 '돼지 소시지' 푸드 트럭을 운영할 계획이라고 한다. 그런데 이 여행의 목적은 무엇일까? 현재까지 세 사람은 그 이유를 공개하지 않았다. 미레유 라플랑슈는 "어떤 것이 우리 셋을 이어주었고, 그 어떤 것은 7월 14일 파리에서 밝혀질 것"이라고 말했다.

자칭 '돼지들'이라고 부르는 이 세 사람을 이끌고 하키마 이드리스의 오빠 카데르 이드리드(26세)가 동행할 예정이다. '해결사' 부대 소속이었던 그는 '엘-카다스트로프' 대참사의 유일한 생존자로 현재는 휠체어에 의지해 움직이고 있다.

H.V.

의견과 질문이 있으신가요? LeProgres.fr에 접속하여 댓글을 남겨 주세요.

6일간 펼쳐지는 '올해의 돼지' 세 마리의 여행은 인터넷 기사로 연재됩니다.

("뭐야, 종이 신문에 실리는 거 아니었어?"

"인터넷 기사로 매일 업데이트만 되어도 충분해. 사람들이 관심을 보이는지 아닌지만 확인하면 되지 뭐. 우리 셋이 자전거 여행하는 게 솔직히 특종감은 아니지 않아?"

"두고 봐야지.")

14

여행의 첫째 날 아침은 응원의 인파는커녕 아무 소란 없이 흘러갔다. 부르캉브레스일보 사이트에 업로드 된 기사를 읽은 사람들이 구경하러 나오기에도 너무 이른 시간이었다. 개미 새끼 한 마리도 안 보이는 고요한 아침, 우리는 자전거 페달에만 온 신경을 집중한 채 부르캉브레스를 나섰다.

자전거 핸들을 꼭 붙들고 자전거에 매달아 놓은 내비게이션과 도로를 번갈아 가며 보았다. 선샤인이 앞장서서 길을 열었다. 내 눈앞에는 그의 뒤통수와 리드미컬하게 휠체어 바퀴를 돌리는 두툼한 팔만 보였다. 우리들 자전거 뒤로 푸드 트럭이 도로 위 자갈들을 밟으며 터덜터덜 끌려왔다. 우리가 속도를 늦추면 함께 끼이익 소리를 냈고, 움푹 파인 길 위를 지날 때면 덜컹하고 튀었다. 브레이크를 밟을 때는 양 옆 두 친구에게 미리 말하는 것이 가장 관건이었다. 갑자기 브레이크를 밟으면 몸이 앞으로 고꾸라져 팅겨 나갈 수 있기 때문이다. 속도를 제어하기 힘드니까 가파른 경사도 최대한 피해야 했다. 우리는 이런 위험 요소들을 미리 계산해서 경로를 짰다.

서로 한 마디도 없이 자전거에만 집중해서 금세 수 킬로미터를 달렸다. 세 시간 반 동안 36킬로미터쯤 달린 것 같다. 한 시간에 10킬로미터 정도니까, 뚱보 셋이서 푸드 트럭을 달고 달린 것치고는 꽤 괜찮은 결과 아닌가? 이게 보기보다 얼마나 힘든데!

36킬로미터를 달려 마콩에 도착한 우리는 첫 소시지 장사를 개시하기로 했다.

"카데르 괜찮아요?"

몸을 축 늘어뜨린 선샤인에게 아스트리드가 물었다.

깜짝 놀랐다. 티셔츠를 주물거리지도 않고, 말도 더듬지 않고, 한쪽 다리를 이상하게 비비 꼬지도 않고, 머리를 긁적이면서 선샤인에게 말을 건네다니!

"이 정도쯤이야. 넌 괜찮니? 다리 아프진 않고?"

"전혀요! 달릴 만했어요."

"미레유 너는?"

야야, 미레유. 선샤인이 지금 물어보잖아. 얼른 대답해야지!

"저야 완전 멀쩡하죠. 가랑이 사이가 좀 얼얼하긴 한데 이거야 뭐. 당연한 거 아닌가요."

헐, 미쳤다!

미쳤다. 가랑이 사이가 좀 얼얼하다니…… 제정신이냐 미레유? 뭐, 당연한 거 아닌가요? 너 지금 선샤인한테 네 가랑이가 얼얼한 게 당연하다고 말한 거냐? 미쳤구나 진짜! 내 가랑이 사이에 불알이라도 달렸을 거라고 생각하면 어쩌려고! 갑자기 몰려오는 수치심에 얼른 푸드 트럭으로 달려갔다.

"자, 그럼 소시지 가게를 오픈해 볼까?"

마콩. 아직 이곳에 와 본 적 없는 여러분들을 위해 설명을 좀 하겠다. 붉은 황토색의 아름다운 도시 마콩은 광고에도 자주 나오고, 큰 돌다리 아래로 흐르는 손강 바로 옆에 있다. 구불구불한 골목길들 사이로 한두 개씩 세워진 성당들이 이곳의 역사를 보여준다.

솔직히 내가 여행 가이드도 아니고 자세한 설명이 여러분들한테 그리 흥미롭지는 않을 것 같다. 어쨌거나 우리가 여기서 장사를 할 거라는 게 핵심이다. 그러고 보니 나는 예전에 필립 뒤몽 아저씨와 마콩에 와 본 적이 있다. 아저씨의 로터리 클럽 친구 중에 와인을 파는 타낭쿠르라는 아저씨가 있었다.

"자, 미레유, 좋은 와인은 이렇게 고르는 거야. 여기 위에 색깔이 약간 밝은 것 보이니? 이게 뭐냐면……."

"아저씨, 이따 운전해야 되는 거 알죠? 이게 도대체 몇 잔째예요?"

"우리 귀염둥이, 아저씨가 딱 한 잔만 더 마시고 네 엄마한테 데려다주면 안 될까?"

"타낭쿠르 아저씨가 맛보라고 주는 거 다 마실 생각이에요?"

"요즘엔 애들이 대장이라니까! 귀여운 우리 미레유, 내가 말이야, 응? 내가 너한테 아주 중요한 것들을 가르쳐 주고 있는 거야 임마. 응? 왜 말을 안 들어? 내가 말이야(딸꾹) 응? 내 머릿속에 있는 걸 내 자식들한테 알려준다는데…….(딸꾹!)"

쨍그랑! 와인 잔이 깨졌다.

휙! 그리고 부르캉브레스로 돌아갔다.

하지만 오늘은 아니다. 오늘은 뱀처럼 구불구불 길게 늘어진 푸른 손강 맞은편의 라마르틴* 광장에서 우리의 소시지 가게를 오픈하는 거다.

선샤인이 동생에게 물었다.

"하키마, 라마르틴이 누군지 알아?"

"당연하지! 왜 모르겠어!"

"정말? 학교에서 알려줬어?"

"그게 학교랑 무슨 상관이야, 오빠!"

하키마가 자지러지게 웃으며 말했다.

"그럼 어떻게 알아?"

---

* 19세기 프랑스의 낭만파 시인이자 정치가

"오빠도 참! 바닷가도 같이 가고 청소도 도와줬던 사람 있잖아. 그……."

"하키마, 마틴 말고 라마르틴."

푸드 트럭 선반 뒤에서 아스트리드는 소스 통 마개를 아주 능숙하게 벗겼다. 휴대용 버너 위에 냄비 두 개를 올리고 기름을 조금 둘렀다. 갑자기 스트레스가 밀려왔다. 이유 모를 긴장감에 속이 울렁거리고 입술이 바짝 마르고 손이 덜덜 떨렸다. 사람들이 우리가 만든 소시지를 싫어하면 어떡하지? 소시지는 안 사먹고 우리를 비웃기만 하면 어떡하지? 우리가 만든 소시지를 먹고 식중독에 걸려서 전부 죽으면 어떡하지?

"부댕 소시지 팔아요! 플레인, 타임, 비건 소시지 있습니다!"

큰 소리로 외치는 선샤인과 그 뒤에 메아리처럼 하키마가 따라 소리치며 지나가는 사람들의 시선을 끌었다.

"부댕 소시지 하나, 맛있는 소스 하나, 단돈 3유로!"

점심시간이다. 짙은 캐러멜 색의 부댕 소시지들이 냄비 안에서 동그랗게 똬리를 튼 채 익어 갔고, 침이 고이는 맛있는 냄새가 사람들의 발길을 붙잡고 지갑을 열게 만들어서 우리에게 일확천금을 가져다 줄 것 같았다.

하지만, 현실은 달랐다.

30분이 지났다. 우리는 모두 배가 조금 고팠고, 후미진 카페에서 샌드위치를 사왔다. 목이 좀 마른 것 같아서 푸드 트럭에 있는 코카콜라도 따서 마셨다. 스트레스가 점점 올라왔다.

사람들은 곧잘 발길을 멈췄다. 고기와 채소가 익어 가는 맛있는 냄새를 들이마시기도 하고, 사과 소스와 머스터드소스에 콕콕 박힌 알갱이들을 쳐다보기도 했다.

그리고 하키마와 선샤인을 쳐다봤다.

나는 헛기침을 하며 슬쩍 말을 꺼냈다.

"있잖아, 두 사람이 손님들을 쫓아내고 있나 봐."

"아, 그래? 웃긴다. 사실 나도 그렇게 생각했거든."

선샤인이 삐쭉대며 말했다.

"우리가 왜? 너무 못생겨서?"

하키마가 물었다.

"아니 아니, 카데르는 하나도 안 못 생겼지! 아, 그러니까 내 말은, 하키마 너도."

아차 싶어서 얼른 말을 바꿨다.

"그럼 왜? 오빠가 다리가 없어서?"

"그건 조금 가능성이 있겠네."

하키마가 부쩍 우울한 표정을 짓자 선샤인이 조곤조곤한 목소리로 말했다.

"하키마, 우리가 푸드 트럭에서 조리를 하자. 여긴 미레유와 아스트리드에게 맡기고."

자리를 바꿨더니 신기하게도 좀 통하기 시작했다.

이 동네에 인종 차별주의자들이 모여 있어서 그런 것은 절대 아니다. 다만, 구릿빛 피부의 못생긴 뚱보와 상반신만 남은 잘생긴 청년보다는 흰 피부의 못생긴 뚱보가 차라리 익숙하기 때문일 것이다. 그리고 생각건대, 이 동네뿐 아니라 다른 모든 동네에서도 마찬가지일 것이라는 데 내 손목을 걸겠다.(선샤인이 옆에서 손목을 걸겠다는 그런 끔찍한 소리 하지 말라며 큰 소리로 외쳤다. 도대체 쓰지 말라는 말이 왜 이렇게 많아!)

교대하고 15분쯤 지났을까. 사람들이 우리 푸드 트럭으로 모여들기 시작했다.

"너희들 오늘 아침 신문에 나온 애들 아니니?"

"맞아요, 아저씨! 저희예요! 어떤 소스로 드릴까요?"

"머스터드로 주렴. 너희보고 돼지라고 하는 그 나쁜 녀석들이 대체 누구니? 나라면 무척 자랑스러울 거다! 너희가 만약 그, 내……."

"딸이요?"

"내 조카들이라면 말이다! 잘 먹으마. 여보! 소시지 좀 샀어! 애들이 신문에서 말한 못생기고 뚱뚱하다던 걔네들이야. 당신도 알지?"

아저씨는 뒤쪽 벤치에 앉아 있는 아내에게 소리치며 멀어져 갔다.

얼마 전까지의 우리들이었다면 분명 상처 받았을 것이다. 하지만 지금은 아니다. 이런 소리에도 지금은 같이 웃을 수 있다. 저금통에 돈도 쌓이니까 말이다.

"얘들아, 너희들과 사진 한 장 찍어도 될까?"

"물론이죠!"

찰칵! 찰칵! 소시지가 팔릴 때마다 우리가 찍는 사진의 숫자도 늘어 갔다. 슬슬 불안함을 느낀 선샤인은 휴대폰을 들여다보며 사람들이 우리를 홍보하는 것은 아닌지 확인하기 시작했다.

상황은 생각보다 엄청 심각했다.

@coqflorent
#셀카#올해의돼지#마콩#소시지#사과소스#꿀조합
♡ 5 @progres_ain 님이 리트윗했습니다

@gohunal
손강에서 만난 돼지들〈3〉 #올해의돼지들
♡ 1 @sarah01 님이 리트윗했습니다

@jacquescreuz
철인 3종 경기 훈련 점심시간에 먹는#올해의돼지들#소시지 오늘 저녁에는 클루니로 간대요! 달려라!

한 시간쯤 지나자, 부르캉브레스일보는 사람들이 찍어 올린 사진들을 가져다가 짤막한 기사를 적어 올렸다.

@progres_ain
마콩에 도착한#올해의돼지들 첫 소시지 장사 개시해. http://www.leprogr

"댓글 읽지 마."
선샤인이 말했다.
하지만 이미 봤다. 저딴 더러운 소시지를 대체 누가 사먹음? 못생긴 돼지들이 지들 족발이나 제대로 씻고 만들었겠음? 처음 달린 댓글들은 대충 이런 내용이었다. 도대체 저런 댓글을 쓰는 사람들은 어떤 사람들인지 궁금했다. 우리에게서 소시지를 사고 웃으며 이야기를 나눈 사람들은 분명 아닐 거다.
"여기서 전부 다 팔아서는 안 돼."
하키마가 걱정스런 목소리로 말했다.
"일단 다시 출발하자. 저기 저 커플한테까지만 팔고 접자. 갈

길이 멀어. 이따 밤에 클루니까지 가려면."

"미레유, 저기 저 동상 봤어?"

"그거 라마르틴이잖아 하키마."

"아, 맞다. 뭐 쓴 사람이야?"

"오, 시간아 멈추어라."

"그리고?"

"음……."

"그리고 좋은 시절이여 너희도 멈추어라."

선샤인이 싱긋 웃으며 옆에서 읊조렸다.

와, 너무 좋다. 선샤인이 시의 다음 구절을 계속 읊었다. 그가 뿜어내는 태양빛이 점점 뜨거워지는 느낌이었다.

"오빠 그거 어떻게 알아?"

"배웠지."

"학교에서?"

"아니. 작년 내내 방 안에 처박혀서 지낼 때 읽었던 〈아름다운 프랑스 시 100선집〉에 있던 거야."

"또 아는 시 있어?"

"다 알지."

"전부 다?"

"응. 방에서 그것만 주구장창 읽었거든."

아하, 선샤인은 지루하고 할 일 없을 때 시를 외우는 구나. 솔직히 낭만적인 건 딱 질색이지만 그래도 선샤인의 기분이 더 나아지게 해 주고 싶었다. 위로한답시고 또 멍청한 목소리로 말했다.

"카데르, 또 다른 시도 알려줘 봐요."

"음, 글쎄, 다른 건 다 별로더라고."

우리는 다시 출발했다. 우리 집 정원 가로등 불빛 주위를 뱅뱅 날아다니는 나방들이 내 뱃속으로 옮겨 왔는지 마음이 조금 울렁거렸다. 카데르와 함께여서 그런가, 우주를 밝히는 선샤인 주위로 보이지 않는 얇은 유리벽에 푸드득거리며 날아다니는 나방처럼 나는 부딪치고 또 부딪쳤다.

***

오후가 되니 땅에서 올라오는 열기 때문에 더 힘들었다. 아침과 저녁에만 집중적으로 훈련했기 때문에 한창 태양이 머리 꼭대기에 있는 낮 2시부터 6시까지는 제대로 자전거를 타 본 적이 없었다. 너무 뜨겁고 강렬한 태양이 발바닥으로 우리를 마구 짓밟는 기분이었다.

끝없이 펼쳐진 포도밭 사이로 난 울퉁불퉁한 좁은 길에는 그늘 하나 없었다. 고작 소시지 스물네다섯 개 팔았을 뿐 아직 재고가 한참 남은 푸드 트럭을 낑낑 끌고 갔다. 선샤인은 아무 말 없이 기계처럼 위아래로 팔을 움직이며 휠체어 바퀴를 굴려댔고, 우리의 척추를 따라 쪼르륵 흐르는 땀은 반바지 허리춤에 고였다. 진짜 돼지에 비유하자면 딱 꼬리 부근에서 축축함이 느껴졌다. 그때 우리는 비로소 깨달았다. 이 여행이 정말 고된 여정이 될 것이라는 것을.

사실 20도, 22도 정도라 그렇게 더운 날씨도 아니었다.

"나 옆구리 결려."

아스트리드가 말했다.

"조용히 해, 벌써부터 그러면 어떡해!"

"너나 조용히 해! 옆구리가 결리는 걸 나보고 어쩌라는 거야!"

아스트리드가 헉헉거리며 겨우 대답했다.

"숨을 쉬어. 옆구리가 결린다는 건 근육에 산소가 제대로 공급이 안 되고 젖산이 분비되고 있다는 뜻이거든. 숨 쉬면 좀 나을 거야."

"거 참 고맙다 미레유. 누가 들으면 내가 두 시간 동안 숨 참고 자전거 탄 줄 알겠어."

선샤인이 다그쳤다.

"다들 그만해! 힘들면 속도를 좀 줄이면 돼. 서두를 필요 없어. 오늘 목표 거리는 별로 긴 편도 아니잖아."

"옆구리를 칼로 콕콕 찌르는 것 같단 말이에요."

아스트리드가 앓는 소리를 냈다.

"칼에 찔린 것 같다니 충격적인데? 얼마나 깊게 찔렸는지 한번 보자."

"비꼬지 마 미레유."

"다들 그만하라니까! 자꾸 말하니까 숨을 제대로 못 쉬어서 옆구리가 결리는 거잖아."

선샤인의 말이 맞다. 고작 세 마디 했을 뿐인데 옆구리가 아팠다. 망할 젖산 같으니라고! 정말 칼로 콕콕 찌르는 느낌이다.

우리는 말을 멈추지 않고 페달을 계속 밟았다.

"아야……."

"쉿! 아스트리드."

그러면서도 내심 아스트리드가 잠깐 멈추자고 했으면 좋겠다고 생각했다. 그래야 그걸 핑계로 나도 좀 쉴 수 있을 테니 말이다. 망할 젖산이 뿜어져 나와서 근육에 쌓이는 바람에 옆구리가 따끔거려 견딜 수가 없었다.

"아야!"

"아, 좀 그만해 아스트리드! 만약 지금이 선사 시대고 호랑이가 이빨을 시퍼렇게 부라리고 뒤에서 쫓아온다고 하면 어떡할래? 그때도 아야! 옆구리 아파! 이럴래?"

"이빨이 아니라 눈이겠지."

하키마가 그새를 못 참고 또 지적했다.

"힘들면 잠깐 쉬었다 갈까?"

선샤인이 물었다.

"안 돼요. 계속 가요."

"아, 미레유."

"저기 봐! 솔뤼트레 바위야!"

하키마가 가리키는 곳을 쳐다봤다.

"우와, 진짜 끝내준다. 꼭 직접 보고 싶었는데!"

하키마는 놀라움에 입을 다물지 못했다.

"어떻게 알게 됐는데?"

"초등학교 6학년 때 배웠지."

아, 맞네. 2년 전에 하키마는 아직 초등학생이었구나. 초등학생인 하키마의 모습을 떠올리니 괜히 손녀를 학교에 보낸 할머니의 마음처럼 흐뭇하고 기특한 기분이 들었다.

"저 바위를 왜 직접 보고 싶었어?"

"봐! 엄청 멋있잖아!"

도로를 따라 쭉 달리며 솔뤼트레 바위를 바라봤다.

부르고뉴의 중심에 있는 솔뤼트레 바위는 하얀 길을 따라 펼쳐진 노란빛과 보랏빛의 포도밭 사이에 있었고, 라이온 킹에 나온 거대한 바위 절벽과 비슷한 모습이었다. 너무 웅장해서 거인이 어깨로 힘껏 쿵 쳐서 위로 밀려 올라간 것 같았다.

"아야."

아스트리드가 끙끙거렸다.

나도 옆에서 티 나지 않게 온 힘을 다해서 끙끙거렸다. 이놈의 젖산들아! 사라져라!

"6학년 때 솔뤼트레 바위에 대해서 배웠었거든. 말 얘기 들어봤지? 선사 시대 때 사람들이 말들을 따라서 솔뤼트레 바위 끝까지 쫓아갔대. 창 던지고 총 쏘고 뒤에서 그렇게 계속 쫓아오니까 말들이 너무 무서워서 바위 꼭대기까지 도망간 거야. 결국에는 사람들한테 밀려서 말들이 절벽 아래로 쿵! 하고 떨어졌고 완전히 산산조각이 났대. 말들은 다 죽었고 사람들이 맛있게 요리해서 먹었대."

"흥미로운 이야기네 하키마. 선사 시대에 총이 있었다는 얘기만 빼면 말이야."

선샤인이 말했다.

아스트리드와 나는 바위 꼭대기를 올려다봤다. 더위 때문인지 아니면 망할 놈의 젖산 때문인지 모르겠지만, 뒤에서 쫓아오는 털북숭이 오스트랄로피테쿠스를 피해 두려움과 분노가 뒤섞인 채 달려가는 갈색 말 떼가 허공에서 쿵! 하고 바닥으로 떨어져 산산조각 나는 모습이 눈앞에 그려졌다.

"무파사*처럼 말이야."

하키마가 슬픈 목소리로 웅얼거렸다.

"그걸 생각했다니, 참 기발해 하키마. 아주 훌륭한 공간의 최적화야."

아스트리드가 도통 알아듣지 못하겠는 말을 꺼냈다.

"공간의 최적화?"

"응. 서바이벌나우3 게임에서 꼭 생각해야 하는 게 그런 거거든. 예를 들어서 무인도에 네가 표류했고 거기서 살아남으려면 우선 섬의 지형을 제대로 파악하고 거기에 묻혀 있는 동식물 자원을 최대한 활용해야 하는데, 모든 게 다 불분명하거든. 그래서 그걸 해결하려면……."

"아스트리드?"

"응?"

"이제 옆구리 안 아파?"

---

* 디즈니 애니메이션 〈라이온 킹〉에 나오는 주인공 사자 심바의 아빠

"어? 응, 안 아프네?"

"나도. 하키마, 다음에 젖산이 근육에 쌓여서 또 우리가 옆구리가 결리고 아프다고 하면, 다시 재밌는 이야기 좀 해 줘."

15

오후 6시쯤, 우리는 클루니에 도착했다. '클루니 수도원'이라고 쓰인 거대한 석조 건물 앞에 멈췄다. 이제 막 도착해서 주변을 둘러 볼 시간이 없었다.

"야! 저기 봐! 올해의 돼지들이다!"

시커멓게 탄 숯처럼 까맣고, 모락모락 피어나는 연기처럼 꼬불거리는 웨이브 머리에, 연말 시상식에서나 볼 법한 드레스를 입은 지중해 출신 여자애가 아주 무례한 태도로 우리에게 다가왔다. 새빨간 치마는 치렁치렁 늘어지고 다홍빛의 스팽글이 촘촘히 박혀 있었다. 그 뒤로는 갈색 머리 남자애와 금발 머리 여자애가 밀리터리 룩을 똑같이 맞춰 입고 서 있었다. 금장식에 군모까지 완벽했다.

"끝내준다. 제때 딱 도착했네?"

금발 머리가 갈색 머리의 시계를 보며 말했다.

"너희들 소시지가 먹고 싶어서 그러니?"

선샤인이 조금 어색한 말투로 물었다.

"음, 그래도 괜찮다면요. 야, 가브, 블론디, 먹을래? 근데 나 돈이 없어."

가브가 주머니에서 돈을 꺼냈다. 블론디는 하얀 소시지와 양파 소스, 가브는 오리지널 소시지와 사과 소스, '짜고 단 것'은 싫다는 까만 머리는 비건 소시지와 머스터드를 골랐다.

우리는 예쁘고 잘생긴 세 사람이 우리가 직접 만든 소시지를 먹는 모습을 지켜봤다. 선샤인도 무슨 공연을 보는 것처럼 꽤 신기하게 쳐다봤다.

잠시 후, 내가 슬쩍 입을 뗐다.

"저기, 군인 오빠와 언니, 그리고 알라딘에 나오는 자스민 공주 같은 언니, 왜 그렇게 옷을 입고 있는 건지 물어봐도 돼요?"

블론디가 박장대소하며 말했다.

"우리 군인 아니고 여기 사는 대학생이야! 우리 둘은 남매고. 오늘 저녁에 학교에서 무도회가 있거든. 그리고 이쪽은 콜린느, 우리 오빠 여자 친구야."

왠지 그럴 것 같았다. 자스민, 그러니까 콜린느와 가브가 심벌즈처럼 찰싹 붙었다 떨어졌다 하면서 소시지를 먹는 모습을 보니 서로 사귀는 사이일 것 같았다.

"둘이 죽고 못 살아."

블론디가 말했다.

"그래 보여요. 오늘 무도회 가는 거예요?"

"응. 너희도 같이 가자."

가브 곁에 찰싹 달라붙어 있던 콜린느가 우물거리면서 말했다.

"우리요? 에이, 아니에요. 장사 끝나면 또 자전거 타야죠. 테제로 가야 하니까. 그치 미레유?"

하키마가 놀라서 대답했다.

"뭐 어때! 진짜 재밌을 거야. 오늘 밤 가르송 데자르 무도회에 우리가 슬쩍 너희를 데리고 들어가는 거지."

"어딜 간다고?"

블론디의 말에 휠체어 등받이에 기대어 있던 선샤인이 벌떡 일어나 앉았다. 가브는 손가락으로 노을빛이 집어 삼키고 있는 거대한 수도원을 가리키며 말했다.

"저기 보이는 수도원은 말이야, 그냥 수도원이 아니야. 저건 말이지, 그……."

"고딕 양식의 걸작이라고 할 수 있지!"

블론디가 옆에서 거들었다.

"무슨 소리야. 로마네스크 양식이지."

콜린느가 옆에서 핀잔을 주었고 가브는 얼른 다시 말을 이었다.

"아무튼, 저건 한 시대의 건축 양식을 대표하기만 하는 그런 수도원이 아니야 친구들. 저건 말이지, 명문 기술공예학교이기도 해. 나랑 내 동생이 다니는 곳이기도 하고. 저기 다니는 학생들을 가르송 데자르라고 불러. 예술의 아이들이라는 뜻이지. 전통 있는 명문 교육기관의 학생들이라는 의미도 있고."

"그리고 매년 무도회가 열려. 올해 무도회가 바로 오늘 밤에 열리고, 너희는 시간에 딱 맞춰 도착한 거고!"

블론디가 덧붙여 말했다.

"제안해 주셔서 감사해요. 그런데 저희는 갈 필요 없을 것 같아요. 우린 그저 소시지 장사 하면서 자전거 여행 중인 걸요. 내일도 아침 일찍부터 움직여야 하고요."

"아스트리드 말이 맞아요."

나는 우물쭈물 말하는 아스트리드 말에 일단 맞장구쳤다.

"하, 아스트리드. 지금 이 순간을 즐길 줄도 알아야지! 지금 아니면 안 되는 것들이 있는 법이야. 오늘 무도회는 시골에서 열리는 작은 동네 축제 같은 게 아니거든. 유럽에서 열리는 대규모 파티 중에 하나라구!"

내가 말했다.

"그렇다고는 해도, 솔직히 철인 10종 경기에서나 볼 법한 이런 쫄쫄이 반바지에 땀 냄새 나는 티셔츠 차림으로 거길 어떻게 들어가요?"

가브가 대답했다.

"그건 걱정 마. 우리한테 다 계획이 있으니까."

그러더니 콜린느는 손에 들고 있던 비닐봉지에서 휘황찬란한 컬러의 반짝이는 드레스 세 벌을 꺼내 보였다. 블론디는 선샤인을 바라보더니 난처하다는 듯 미소 지으며 말했다.

"미안해요. 그쪽 옷은 미처 생각을 못 했어요. 신문에는 온통 '올해의 돼지들' 이야기만 실려 있었으니까요. 하지만 걱정 마세요. 당신이 입을 만한 턱시도를 빌려 올 테니까요. 오빠, 가서 여기, 그, 누구지⋯⋯."

"카데르입니다."

선샤인이 낮은 목소리로 대답했다. 선샤인은 블론디의 매력에 빠지기라도 한 건지 그녀를 지긋이 바라보았고 나는 그게 너무 거슬렸다. 뭐, 그래. 블론디가 날씬하고 금발이고 키도 크고, 피아노 건반처럼 치아도 하얗고 발목도 가늘고 그렇긴 하지만 그것 빼고는 별로 눈에 띄는 특별한 매력은 없었으니까 말이다.

"가브, 카데르 씨가 입을 턱시도 좀 빌려 줄래?"

"물론이지. 저랑 사이즈가 비슷하시겠어요."

그 말에 선샤인은 빈정대는 말투로 대답했다.

"바지 길이는 좀 길지 않을까 싶네요. 됐고, 솔직하게 말해 봐요. 당신들은 왜 우리를 무도회에 데리고 가려는 거죠? 아이들이 놀림거리가 되길 바라는 건가요? 이 아이들의 보호자는 접니다."

"하, 이봐요 카데르 씨, 대학생이었던 적 한 번도 없죠?"

블론디가 재잘거리는 말투로 말했다.

"뭐, 그건 그렇죠."

선샤인의 대답에 잠깐 정적이 흘렀지만 이내 곧 블론디가 공격을 시작했다.

"그러니까, 당신은 군인이었잖아요. 군인들은 유치한 장난을 좋아하기 마련이잖아요. 일부러 침대 시트를 반으로 접어서 동료들이 다리를 펴지 못하게 해 본 적 없어요?"

"있죠."

"문 위에 물이 담긴 양동이를 몰래 올려 둔 적은요?"

"당연히 있죠."

"부대에 여자 친구를 몰래 데리고 들어와 본 적도 있죠?"

"음, 아뇨."

(휴, 다행이다.)

"아무튼, 이제 무슨 얘긴지 알겠어요? 여기서는 장난치고 내기에서 이기는 게 중요하다구요."

"그리고 술도 있고요!"

가브가 끼어들었다.

"술이요?!"

하키마와 아스트리드가 말도 안 된다며 손사래를 쳤다. 콜린느가 말했다.

"가브, 괜히 애들한테 쓸데없는 소리 하지 마. 아무튼, 오늘 아침 부르캉브레스일보 사이트에 올라 온 여러분에 관한 기사를 읽은 가르송 데자르 세 명이 우리한테 말하더군요. 여러분이 오늘 밤 클루니를 거쳐 간다고 말이죠. 우리가 오늘 밤 여러분을 무도회에 데리고 오는 것을 두고 내기를 했어요. 만약 우리가 성공한다면 샴페인 한 박스를 준다고 했고요."

"그것도 일인당 한 상자씩이요!"

블론디가 말했다.

"아뇨, 안 돼요! 우리 엄마가 내가 그런 파티에 갔다는 걸 알면 난리 날 거예요. 그치 오빠?"

하키마가 덜덜 떨리는 목소리로 말했다.

"물론 그렇지. 말도 안 되는 소리지……."

작은 목소리로 대답하는 선샤인의 얼굴에는 의외로 확신이 없어 보였다.

"그럼 우리한테는 뭘 주나요? 우린 샴페인 못 마시는데요."

내가 물었다.

"나는 샴페인 좋은데……."

아스트리드가 중얼거렸다.

"너네한테는 뭘 주냐고? 하하, 야 들었어? 자기들한테는 뭘 주냐는데? 하하! 이봐 미레유. 너 진짜 웃긴다!"

가브가 막 웃더니 내 어깨 위로 손을 올리며 말했다.

"너희도 진짜 재밌을 거야!"

***

몇 분이 채 지나지 않아서, 콜린느는 잘 나가는 아이돌 가수의 스타일리스트처럼 푸드 트럭을 메이크업 룸으로 만들어 드레스, 헤어드라이, 화장품, 하이힐, 액세서리들을 채워 넣었다.

하키마가 제일 첫 번째로 들어갔다. 꼭 마취 안 하고 사랑니를 뽑는 사람처럼 새하얗게 겁에 질린 모습이었다. 변신 작업이 진행되는 동안 우리들은 가브와 블론디와 함께 몰래 들어갈 입구를 사전 탐색했다. 정원 벤치로 표시해 둔 지하 입구가 보였다. 가브가 열쇠를 건네며 말했다.

"자, 여기 문 열쇠. 지하 통로는 도서관까지 연결되어 있어. 여기 학생들은 지하 통로에 대해 다들 잘 알고 있어. 그래서 안쪽에서 망보고 있는 애들이 있을 거야. 우리가 주위를 소란스럽게 해서 걔들의 시선을 뺏을게. 폭죽 소리가 들리면 곧바로 달려 들어가서 계단 쪽에 걸려 있는 빨간 커튼 뒤로 몸을 숨겨. 조용히 거기서 기다리고 있으면 우리가 바로 데리러 갈게."

콜린느는 머리를 빼꼼히 내밀어 다음 차례인 아스트리드를 불렀다. 내가 가브에게 물었다.

"근데, 일단 우리가 안으로 들어가면 사람들이 금세 알아채지 않을까요? 딱 봐도 너무 어린 애들이니까요."

"다들 별로 관심 없을 거야. 망보고 있던 애들만 잘 따돌리면 돼. 눈에 띄는 행동만 조심해. 다 잘 될 테니까."

콜린느가 이번에는 나를 불렀다.

드디어 내 차례다.

푸드 트럭은 완전히 다른 모습이 되어 있었다. 냉장고 위는 화장대로 바뀌어 있었고, 수많은 머리핀과 장신구들이 잔뜩 널브러져 있었다. 파란색 원피스가 소시지 소스 통 위로 예쁘게 놓인 채 나를 기다리고 있었다.

"자, 얼른 갈아입어."

"이거 너무 긴 것 같아요."

"그러네. 길이를 좀 줄여야겠어. 옷핀으로 고정하면 될 것 같은데, 음, 완벽한 건 아니지만……. 자, 이 정도면 되겠다."

"신발은요?"

"그냥 운동화 계속 신어도 돼. 원피스가 길어서 안 보일 거야. 막 뛰어야 할 수도 있으니까."

콜린느는 찡긋 윙크하면서 나의 건조하고 밋밋한 쥐색의 생머리를 만지기 시작했다. 윗머리를 싹 빗어 내리더니 머리카락을 하나로 모아 올려 묶은 다음, 콜린느의 손가락 사이사이에 끼어 있던 수십 개의 반짝이는 머리핀으로 고정시켰다.

그런 다음 내 얼굴에 부드럽게 화장품을 발랐고, 속눈썹도 마스카라로 올려 줬다.(나도 내가 속눈썹이 있는지 몰랐다.)

"됐다! 자, 이제 가서 친구들한테 보여 줘 봐."

"다들 어디 있는데요?"

"박물관 화장실에 있을 거야. 너, 아마 걔네들 못 알아볼걸?"

클루니 수도원은 학교이기도 하고 박물관도 있다. 저녁 무도회 때문에 오늘은 개장하지 않았다. 하지만 박물관 내 상점은 문을 열어서 화장실에 갈 수 있었다.

샌들을 신고 반바지를 입은 몇몇 관광객들이 신기한 눈으로 나를 쳐다봤다. 어떤 아빠가 아이에게 말했다.

"저기 보렴. 대학생 누나가 오늘 밤에 무도회를 가나 보구나."

"에이, 여기 학생 아닌 거 같은데? 훨씬 어려 보이잖아요."

"이 학교 학생 여자 친군가 보다!"

여자 친구라니. 내가 이 학교에 다니는 학생의 여자 친구일 거라고 생각하다니, 너무 마음씨 좋은 아저씨다! 심장이 쿵쾅 거리고 얼굴은 자꾸 붉어져서 얼른 하키마와 아스트리드가 있는 화장실로 향했다. 두 사람은 바닥부터 천장까지 쭉 놓인 대형 거울 앞에 가만히 서서 넋이 나간 표정으로 자신들의 모습을 비춰 보고 있었다.

"헐……."

뭔가 말하고 싶었지만 말문이 막혔다.

이게 누구야? 반짝이는 거울 속에서 우리를 바라보고 있는 저 처음 보는 세 여자들은 대체 누구지?

풍성하게 볼륨이 들어간 굵은 웨이브의 금발 머리에, 계란 노른자처럼 샛노란, 끈이 없는 드레스가 장밋빛 립글로스와 완벽하게 조화를 이루는 저 사람이 아스트리드? 아스트리드 정말 너야?

생기가 넘치는 짙은 밤색 머리에, 움직일 때마다 연보라색의 오프 숄더 벨벳 원피스가 살랑살랑 흔들리는 저 사람은 그럼 하키마? 정말 하키마란 말이야?

그리고 여기 자신감이 넘쳐 보이고, 다이아몬드처럼 반짝이는 헤어핀으로 머리를 올려 고정시키고, 푸른색 드레스가 고대 로마 여신들의 옷처럼 우아하게 발끝까지 떨어져 아담한 키가 더 귀엽게 도드라져 보이는 저 사람은 그럼……, 나인 거야?

말도 안 돼! 이게 무슨 일이야!

우리의 모습은 딱 이랬다. 세 마리의 돼지들이 합성 섬유로 만든 무도회용 드레스를 입은 것 같은 모습이었다. 아스트리드와 나는 비슷해 보였고 더군다나 뚱뚱하기까지 해서 디즈니 만화 신데렐라에 나오는 신데렐라의 못생긴 언니들 같았다. 하키마는 대왕 소시지에 말린 자두를 끼워 놓은 것 같았다.

잠깐 동안 서로 아무 말이 없었다. 그러다가…….

그러다가 웃음을 터뜨렸다. 배꼽이 빠질 것처럼 웃음이 튀어나왔다. 볼록 튀어나온 통통한 배가 웃을 때마다 꿀렁거렸고 액세서리와 머리가 흔들렸다. 원피스 때문에 웃을 때 불편해서 세면대에 기대어 웃기 바빴고, 너무 웃어서 오줌이 나올 정도였다. 우리 앞에 열린, 우리를 곧 집어 삼킬 무도회만큼이나 활짝 핀 웃음이었다.

***

블론디, 콜린느, 가브의 말은 거짓이 아니었다. 무도회의 규모
는 정말 어마어마했다.

길을 잃을까 봐 무서워하는 세 마리의 오리 새끼들처럼 서로
서로 딱 붙어서 숨을 참고 이 방 저 방을 지나쳤다.

가브가 설명하기를, 각 방마다 한 학번에서 꾸며 놓은 것이라
고 했다.

"한 학번이라는 게 무슨 뜻이에요?"

하키마가 물었다.

"같은 연도에 입학한 학생들을 말하는 거야."

"그러니까 마리-다리외세크 중학교 2학년 한 반에서 자기 교
실을 꾸몄다는 뜻이지."

아스트리드가 덧붙여 설명했다. 하키마는 머릿속에 떠오르는
말을 아무렇게나 막 말했다.

"아하, 무슨 말인지 알겠다. 나도 학교에서 낙태, 마약, 술에
대한 포스터를 다 떼어 버린 적이 있어. 너무 우울한 포스터였
거든."

콜린느는 씩씩한 목소리로 얼어붙은 지옥 같은 문 주위로 우

리를 이끌며 말했다.

"여기 봐! 여기는 가브네 학번이 꾸민 방이야."

"테마는 바로 타이타닉이지."

가브가 설명했다.

종유석 모양의 장식이(몇 개는 진짜였고 나머지는 다 플라스틱이었다.) 천장에 매달려 있었고, 우리 정수리로 물방울이 똑똑 떨어졌다. 바 대신에 얼음벽이 있었고, 얼음벽 사이에 난 틈새에는 병들이 박혀 있었다. 파도 소리와 함께 공포심에 바들바들 떠는 울음소리는 떨어진 구명조끼를 입으려는 사람들을 더욱 비참하게 만들며 흘러나왔다. 바이올리니스트들은 슬픈 멜로디를 연주했고 종종 호른 소리가 들렸다.

"진짜 멋있어요!"

내가 소리쳤다.

"당연하지!"

가브가 웃으며 말했다.

우리는 바 테이블이 달린 작은 보트에 올라탔다.

"이 테이블 내가 단 거야. 좀 힘든 작업이었지. 철가루를 거의 못 한 개 정도는 먹었을걸?"

"못 한 개요? 죽어요 그럼!"

가브의 말에 놀란 하키마가 말했다.

"에이, 괜찮아. 그런 뒤에 먼지를 잔뜩 들이마셨는걸. 괜찮을 거야."

하키마가 우리에게 소곤거렸다.

"가브 몸에는 철분이 우리보다 두 배 이상 많을 거야."

콜린느는 가브와 나눠 마실 키르 로얄* 두 잔을 가져왔고, 무알콜 칵테일 세 잔은 우리에게 주었다. 하키마가 잔에 독약이라도 든 건 아닌가 싶었는지 심각한 표정으로 홀짝거렸다. 그러더니 투덜거리며 말했다.

"아니 근데, 카데르는 어디 간 거야?"

그때 선샤인이 흠잡을 곳 하나 없는 양복 재킷을 입고 블론디가 밀어 주는 휠체어를 타고 들어왔다. "내 새로운 남자 친구야. 초대장은 없는데 장애인이니까 안에 들여보내 줄 거지?"라고 말하면서 말이다.

선샤인이 우리를 보더니 휘파람을 불었다.

"끝내준다 너희들! 할리우드 여배우들이라고 해도 믿겠어. 미레유, 지금 헤어스타일 너랑 진짜 잘 어울린다."

"헐! 에이! 왜 그래요! 참 나!"

이상한 목소리가 막 튀어나왔다.

---

* 샴페인이나 스파클링 와인으로 만든 식전 칵테일

지금 내 헤어스타일은 귀가 다 드러나서 벌게지는 게 금세 티가 났다.

선샤인은 블론디가 건넨 키르 로얄 대신 콜라를 마셨다.

"어디서 옷 갈아 입었어 오빠?"

하키마가 물었다.

"아, 저기 그, 저쪽에 있는 방에서."

"블론디의 방에서?"

선샤인은 대답 대신 콜라를 마셨다. 살짝 미소 짓는데 빛이 번쩍해서 마치 엑스레이가 내 몸을 뚫고 지나간 것 같았다.

"정말 대단한 파티인 것 같아. 매년 이렇게 하는 거야?"

선샤인은 반쯤 들뜬 모습으로, 반쯤은 놀란 표정으로 물었다.

"물론이죠. 매년 연말 파티를 위해서 다 같이 준비하는 거죠!"

선샤인은 고개를 끄덕였다. 나는 선샤인이 무슨 생각을 하는지 짐작이 갔다. 군대에 있는 동안에는 연말 무도회란 상상도 못했을 것이다. 더구나 해결사 부대에서 5~60명이 넘는 군인들이 세상을 떠났는데 말이다. 선샤인의 잃어버린 하반신은 말할 것도 없다. 선샤인은 아마도 이번에는 반드시 군대를 철수시키겠다고 맹세했던 버락 오바메트 대통령이 결국 '즉시 철수' 명령을 내리지 않았던 것을 생각하고 있을 것이다. 미국 대통령이 좋아하지 않는 걸 알고 그런 걸 테지.

나는 클라우스 폰 슈트루델의 아내가 고작 미국 대통령 한 사람 때문에 해결사 부대의 많은 군사들을 죽음으로 밀어 넣었다는 사실이 불편하지는 않은지 궁금했다.

아, 그러고 보니 클라우스에 대해 생각하지 않은 지 꽤 됐네?

우리는 이곳저곳을 구경했다. 방마다 분위기가 전부 달랐다. 정글이었다가 해변이었다가, 복도를 누비고 이 방 저 방을 돌아다니며 빠에야, 굴, 치즈, 케이크, 그리고 술도 마셨다. 사람들이 플라멩코를 추던 방에 상그리아가 있기에 어떻게 생긴 건가 보려고 한 잔 마셔 봤다. 살사를 추는 방에서는 카이피리냐*가 있었다. 그것도 어떻게 생긴 건가 보려고 한 잔 마셔 봤다. 우리는 크리놀린 드레스**(요즘 누가 크리놀린 드레스를 입어?), 테일 코트***(아니, 아직도 테일 코트를 입는 사람이 있나?)를 입은 사람들 사이로 조금 더 돌아다녔다.

그러다 블론디는 베르사유 궁전 스타일로 꾸며진 넓은 방을 발견했다. 사람들은 우아하게 왈츠를 추고 있었다. 그리고…….

"카데르! 나랑 같이 춤춰요."

"거절할게요."

---

* 브라질 칵테일
** 19세기에 서양 여자들이 스커트를 부풀게 하기 위해 입었던 버팀살을 넣은 스커트
*** 연미복

"이건 질문이 아니었는걸요?"

아, 솔직히 카데르는 분명 춤을 추고 있었다. 그것도 블론디와 함께 추고 있었다. 휠체어를 타고 패럴림픽에서 농구를 할 줄로만 알았는데, 지금 보니 휠체어를 타고도 왈츠 비슷한 춤을 출 수 있나 보다. 마침내 블론디가 선샤인이 탄 태양의 마차 주위를 위성처럼 한 바퀴 돌았을 때 하키마가 소리쳤다.

"아스트리드, 미레유, 춤을 추고 있어. 오빠가 춤을 추고 있다고! 자말하고 엄마한테 말해 줘야지. 아빠한테도 말해야겠다! 사촌들한테도 말하고……."

"알았어. 자, 나가자."

"왜 미레유?"

"저쪽 방에나 가 보자. 진짜 끝내주는 게 있었거든!"

지나가다 우연히 보았는데 정말 끝내줬다. 노래방으로 꾸며진 방 안에서 인상 좋고 덩치 큰 남자가 에이브릴 라빈*의 히트곡을 부르고 있었다. 우리는 자리를 잡고 앉아서 열심히 박수를 쳤다. 나는 칵테일을 두 잔이나 마셨기 때문에 그 후유증인지 더 신나게 박수를 쳤다.

"장 프랑수아에게 큰 박수 부탁드립니다!"

---

* 캐나다 출신 가수

노래방 사회자가 소리쳤다.

나도 덩달아(실수로) 휘파람을 부르며 소리쳤다.

"워! 브라보! 장 프랑수아!"

"미레유, 너 취했어?"

"에이 무슨 소리야. 취했냐구? 당연히 아니지! 워! 장 프랑수아, 한 곡 더! 한 곡 더!"

장 프랑수아는 못된 이복 언니들한테 시달리는 신데렐라처럼 난처한 모습이었지만 멍청이 같은 미소를 지으며 응답했다. 아, 우리를 발견한 것 같다.

"앗! 거기 여자 세 분! 나와서 노래 한 곡 하실까요? 스파이스 걸스* 어때요?!"

사회자가 우리를 가리키며 말했다.

"으악! 말도 안 돼! 나는 노래 못한단 말이에요!"

나는 거의 울부짖으며 손사래를 쳤다.

"난 노래를 모르는데……."

하키마가 웅얼거렸다.

"아쉽네요. 가운데 있는 친구는 어때요? 노래 한 곡 괜찮을까요?"

* 영국에서 결성되었던 팝 걸그룹

정적이 한참 흐르고 나서야 아스트리드는 사회자와 모든 사람들이 자신을 쳐다보고 있다는 걸 알아차렸다.

"혁, 저요?"

"그래! 너!"

방 안의 모든 사람들이 소리쳤다.(나도 포함된 것 같다.)

"음, 글쎄요. 엥도신 노래 있어요?"

"하하하! 저 여성분이 엥도신 노래가 있냐고 물어 보네요! 엥도신 노래 당연히 준비되어 있죠! 어떤 걸로 틀어 드릴까요?"

"음. 그냥 아무거나……."

"좋습니다! 자, 아가씨! 무대 위로 올라오세요!"

"가자 아스트리드! 다 찢어버려!"

내가 모르는 내가 성난 황소처럼 소리쳤다.

아스트리드는 겁에 질린 양처럼 벌벌 떨었고 겨드랑이 밑은 땀으로 축축하게 젖은 채 무대로 향했다.

"아스트리드! 아스트리드!"

신난 관객들이 연신 아스트리드의 이름을 연호했다.

마침내 아스트리드가 무대 한가운데에 섰다. 긴장했는지 얼굴이 하얗게 질려 있었다.

잠깐 정적이 흐르고……, 음악이 흘러 나왔다.

아스트리드가 마이크를 움켜쥐었다.

"저기 화면을 보세요. 그래야 가사가 보이니까."

사회자가 아스트리드 귀에 속삭였다. 우리의 아스트리드는 자신 있는 목소리로 대답했다.

"가사 안 봐도 돼요."

요란한 일렉트로닉 기타 소리가 울려 퍼지기 시작했다.

엥도신의 음악은 한 번도 들어본 적이 없어서(신디사이저나 일렉트로닉 음악도 안 들어봤으니), 어떤 것도 예상할 수 없었다. 아스트리드가 입을 떼면 노래가 시작되겠지. 셋, 둘, 하나……

"지-옥-의 골짜기에 빠-진 히-어로 밥 모란!"

나의 동그랗게 뜬 눈이 역시 댕그랗게 뜬 하키마의 눈과 마주쳤다. 관중들을 살펴보니 다들 놀란 망둑어 같은 표정이었다. 나는 '뭐 이런 음악이 다 있냐' 싶었는데, 그래도 사람들은 웃고 박수 치며 "엥도신 노래 부르는 저 여자애 누구야?"라든가, "저 노래를 저렇게 잘 부르는 쟨 누구야?"라든가, "너무 자연스럽게 부르는데, 쟨 도대체 누구야?"라며 궁금해 했다.

무대 위의 아스트리드는 자기 인생의 엄청난 연기를 하고 있었다. 방 벽 곳곳, 다이어리, 티셔츠 할 것 없이 사방에 붙여 놓은 사진과 플랜카드 속 주인공처럼 열정적으로 노래를 불렀다.

"자칼에 맞선 밥-모란- 모든 전사들과 맞선 모험가- 예! 예!"

(이 부분에서 아스트리드는 관객 호응을 유도했다.)

관중들도 이성을 잃고 소리쳤다.

분위기가 극으로 치달았다.

노래가 너무 일찍 끝난 것 같았다.

"신사 숙녀 여러분! 아스트리드였습니다!"

"아스트리드! 아스트리드!"

긴 드레스를 입은 여자들과 턱시도를 입은 남자들이 환호했다.

"봐! 돼지다!"

누군가 소리쳤다. 갑작스런 침묵이 찾아왔고 황당해 하는 웃음소리가 들렸다. 얼큰하게 취한 남자가 무대 위로 뛰어 올라와서는 술을 들이켜고 아스트리드의 원피스를 붙들고는 말했다.

"프레도! 크로코! 이거 걔네 거야. 블론디하고 가브! 걔네가 돼지들을 데리고 들어온 거라고!"

사태 파악이 안 되는지 사회자가 고개를 두리번거렸다.

"무슨 돼지?"

"나머지 둘은 저기 아래 있다! 야! 니들도 무대로 올라와! 부끄러워하지 말고 올라오라고! 젠장, 블론디랑 가브가 내기 판돈 다 가져가겠네."

말도 안 돼. 무대 위로 올라오라고? 절대 안 돼! 평소라면 있을 수 없는 일이지. 그런데 웬걸! 나는 자신 있게 벌떡 일어나서 조종당한 로봇처럼 걸어 나갔고 하키마가 뒤에서 따라 왔다.

아스트리드의 코앞까지 가니 관중들이 마구 소리쳤다.

"대박! 돼지들이다! 우와!"

찰칵. 찰칵. 찰칵. 깜깜한 어둠 속에서 사람들이 들고 있는 휴대폰과 액정에 띄워진 SNS 화면 그리고 #가르송데자르#올해의 돼지들 해시태그가 보였다.

아, 저기 경비 아저씨가 뛰어온다.

***

"고마워! 정말 고마워요! 감사합니다!"

콜린느는 웃느라 정신이 없었다.

"천만에요. 별말씀을요! 자, 이제 나가자!"

"잠깐만, 드레스 좀 벗고요!"

"됐어, 그냥 빨리 와!"

"음, 우리 때문에 무슨 문제 생기는 건 아니겠죠?"

"얼른 나와, 미레유! 가자!"

커다란 달이 우리를 비추고, 드레스 때문에 발을 움직이기 힘들었다. 그래도 자전거에 올라타 털털 끌려오는 푸드 트럭을 뒤에 달고 무도회장을 빠져나왔다. 앞에서 달리는 선샤인의 가볍게 일렁이는 실루엣을 보니 즐겁게 춤추고 있던 무도회장을 너무 빨리 떠나게 되어 울적한 듯 보였다.

(그러는 동안 수도원 입구에 서 있는 경비원은 한창 들떠서 달려오는 가브와 블론디, 콜린느를 기다리고 있었다.)

그리고 종이 열두 번 울렸다.

"이제 마차가 다시 호박으로 바뀔 시간이야! 조심해! 하나, 둘……."

"미레유……."

"가자아! 테제로!"

"미레유?"

"왜 하키마!"

"취했잖아!"

"에너지에 취했지! 하하, 어서 가자! 밤이 오기 전에 도착해야지!"

"지금 밤이야."

"음, 그러니까 한 새벽 세시 전에……."

"얘 완전히 취했네. 미레유, 여기서 좀 자고 출발하는 게 어때?"

아스트리드가 말했다.

"안 돼! 테제로 가기로 했잖아! 늦으면 안 된다구우. 유후!"

"조용히 좀 해! 한밤중에 소란 피우지 마. 이러다 잡혀가겠어."

"선샤인, 지금 무슨 소리를 하는 거야 응? 선샤인! 내 말 좀 들어봐요. 테제까지 가는 거지?"

선샤인은 내가 지금 자기에게 말하고 있다는 것을 분명 모를 것이다. 선샤인은 가브의 턱시도를 입은 채로 우리보다 약 10미터 정도 앞서서 텅 빈 도로를 조용히 이동하고 있었다.

"오빠! 미레유한테 힘드니까 오늘은 여기서 그만 하자고 말 좀 해 봐."

"미레유, 힘드니까 오늘은 여기서 그만 하자."

하키마의 말에 선샤인이 웃으며 내게 말했다.

그럼 멈춰야지! 선샤인도 이제 잘 시간이니까.

우리가 멈춘 곳은 캠핑장이 아니라 포도밭 옆 폭신한 잔디밭이었다. 푸드 트럭을 고정시킨 뒤, 원터치 텐트를 꺼냈다.

"날아라, 원터치!"

"아, 미레유. 너 진짜 취했어."

"아니라니까! 텐트 펼쳐지는 것 좀 봐! 꽃이다 꽃."

"미레유?"

"우리 귀염둥이 아스트리드, 왜? 노래 부르려고? 그래! 아까 그거 다시 불러 봐!"

"아니야. 얼른 자."

"알겠어. 하키마랑 가서 자. 나는 선샤인하고 잘게. 아, 선샤인이 아니라 카데르!"

"아니. 하키마가 카데르랑 자야지. 남매잖아."

"아니지! 아, 내가 먼저 말했어야 했는데……."

내가 어떻게 텐트 안에 들어왔더라, 기억이 나지를 않는다. 하지만 다음 날 아침, 텐트 속 축축한 습기에 일어나 내 옆에 어젯밤 노래방을 뒤흔든 주인공이 늘어져 자는 것을 보니 어렴풋한 장면들이 떠올랐다.

20XX 7월 9일 부르캉브레스일보

'올해의 돼지들', '가르송 데자르' 논란의 주인공

'올해의 돼지'로 알려진 세 사람, 아스트리드 브롬발, 하키마 이드리스, 미레유 라플랑슈와 그녀들과 여정을 함께하는 군인 출신 카데르 이드리스가 어젯밤 클루니 수도원에서 열리는 기술공예 학교의 무도회 '가르송 데자르'에 나타나 논란이 일고 있다.

격조 높은 행사로 유명한 이 무도회에 초대된 사람들은 아직 청소년

신분인 세 사람이 드레스를 입고 노래 대회에 참가했으며 음주도 했다고 제보했다. 사실 확인을 위해 학생회 측에서는 조사를 진행 중이다. 한편, 미레유 라플랑슈는 결코 사실이 아니라며 부정했고, '올해의 돼지들'은 클루니 일대에서 야영한 후 현재 몽소레민으로 향하고 있다고 밝혔다.

H.V.
과연 진실은 무엇일까?
'가르송 데자르' 촬영 사진 제보 바랍니다.

("미레유! 너희들 가르송 데자르에 몰래 들어갔니?"

"에이 엄마. 왜 맨날 소리 지르구 그래……."

"너 술 마셨어?"

"음, 조금?"

"너 엄마 원고 어디로 보냈어?"

"귀여운 우리 엄마아, 무슨 원고 말하는 걸까아?"

"엄마 책상 서랍에 있던 거! 〈존재와 경이로움〉."

"아, 거기 없어요? 필립 뒤몽 아저씨가 가져갔겠지 뭐. 엄마 이제 끊어야겠어요. 배터리가 없네. 그리고 이제 다시 출발해야 돼요. 몽소레민이 우릴 기다리고 있다구요오.")

16

숙취는 하나도 없었다. 심지어 작은 두통도 없었다. 이 정도야 해프닝일 뿐, 별 거 아니다.

나는 다른 사람들보다 먼저 잠에서 깼다. 다 구겨진 드레스, 머리에 잔뜩 꽂혀 있는 머리핀이 두피를 콕콕 찔러댔다. 텐트 밖 평평한 돌 위에 앉아 지저분한 나무 그루터기와 아직 익지 않은 포도송이들을 조용히 바라보았다. 포도의 신맛이 상상되어 턱 밑이 찌릿했다. 텐트에서 자 본 적이 있나 모르겠지만, 원래 엄청 춥거나 엄청 덥다. 또 화장실이 없어 그냥 잘 경우 몇 시간 동안 오줌을 참아서 방광이 부풀어 오른다. 배가 아파 잠에서 깨기 마련이다.

하지만 나는 마음이 꽤 차분했고 가볍게 휴식도 취했다. 아침 6시밖에 안 되었으니 거의 6시간은 잔 셈이었다.

나는 나무 뒤에서 재빨리 옷을 갈아입고, 마콩에서 담아 온 물로 대충 화장을 지운 다음 자전거를 타고 아침 식사로 먹을 것을 찾으러 나섰다. 포도밭 사이로 농장 창고가 반짝거렸고, 그 앞에 벼룩만큼 작은 강아지 두 마리가 뛰어다니며 놀고 있었다. 어렸을 때 책에서 본 그림이 떠올랐다. 심술궂게 생긴 콧수염 난 농부 아저씨는 엄청 큰 저먼 셰퍼드의 목줄을 붙들고 있다. 마음씨 고운 아내가 닭의 깃털과 배설물이 묻은 바구니에 달걀 여섯 개와 우유 한 병, 식빵을 담아 건넨다. 뭐라 친절하게 말을 하는데, 아마도 자신이 살아 온 인생에 대한 이야기이지 않을까?

"무슨 일이냐?"

심술궂게 생긴 농부 아저씨가 나를 보고 물었다.(그림책 속 농부 아저씨보다 더 젊고, 셰퍼드도 콧수염도 없었다.)

"안녕하세요, 아저씨. 친구들과 저쪽에서 캠핑 중인데, 계란이나 빵이나, 버터나 우유 같은 것 좀 얻을 수 있을까 해서요."

심술궂게 생긴 농부 아저씨가 머리를 긁적였다. 엄청 분주하지만 마음씨 고운 아내가 나타났다.(역시 그림책보다는 더 어려 보였고, 캔버스 운동화를 신고 있었다.) 다시 한 번 필요한 항목을 읊었다.

"그래요? 계란은 없는 것 같은데……. 잠깐만 기다려 봐요."

약 2분 후에 아줌마는 해리스 식빵과 누텔라 잼, 멸균 우유 한 팩을 가져왔다.

"부엌 서랍에 이것들뿐이구나."

아, 그러니까 여긴 농장이 아니라 농기계 창고였다.

나는 나를 기다리고 있던 굶주린 동료들이 심술궂게 생긴 농부 아저씨와 분주하지만 마음씨 고운 농부 아저씨의 아내가 준 누텔라 샌드위치를 게 눈 감추듯이 먹는 모습을 보면서, 자세한 이야기는 하지 말아야겠다고 생각했다.

"점심은 몽소레민으로 가서 먹는 거지?"

허기를 채운 아스트리드가 물었다.

"응. 지금부터 세 시간이면 충분할 거야. 냉장고 배터리를 충전할 수 있는 장소를 찾아야해. 거의 다 떨어졌거든. 우리가 만든 소시지를 먹고 콜레라에 걸렸다는 것만은 피해야지."

"미레유, 어제 정말 취했던 거야? 아니면 취한 척한 거야?"

"당연히 취한 척한 거지, 하키마."

"오빠는 그럼 블론디랑 정말 사랑에 빠진 거야? 아니면 그런 척한 거야?"

"하룻밤만으로 어떻게 사랑에 빠지겠어."

"그럼 그런 척했다는 거네?"

하키마는 식빵을 한 개 더 구워서 누텔라를 발랐다. 입가에 살짝 미소를 띤 선샤인은 휠체어에 올라탄 다음 벙어리장갑을 꼈다. 장갑을 끼는데도 선샤인의 손바닥에는 물집과 흉터, 굳은 살이 가득했다.

"푸드 트럭에 커피머신이 없어서 아쉽네."

"힘없다고 말하고 싶은 건 아니죠 카데르? 어제 어떻게 춤췄는지 기억나요? 완전 목각 인형이 따로 없던데요."

아스트리드가 웃으며 말했다.

그리고 선샤인의 팔뚝을 만졌다.

다시 말한다. 아스트리드가 선샤인의 팔뚝을 만졌다.

그냥 장난으로 말이다.

우리가 자전거 안장에 올라탔을 때 내가 물었다.

"아스트리드, 너 레즈비언이야?"

"아니? 글쎄, 아닌데 왜?"

"좀 전에 카데르 팔뚝을 만졌잖아."

"응, 그냥 장난으로. 그게 왜?"

"왜라니! 뭔가 흐물흐물 녹아내릴 것 같지 않아? 뭔가 몸에 찌릿한 느낌이 없냔 말이야!"

"음, 없는데."

"헤, 그렇다면 나는 생각한다 고로 존재한다처럼 연역법으로 추론해 보면……."

"그러면?"

"넌 레즈비언이라는 거지."

아스트리드는 말없이 내 추론의 타당성을 따져 보았고, 우리는 "준비 됐지? 하나, 둘, 셋……." 하며 우리 앞에서 길을 이끄는 선샤인의 뒤를 따라 페달을 밟았다.

　들판 사이로 난 도로는 매끈하게 정비되어 깨끗했다. 푸드 트럭에는 소시지와 전날 밤의 아름다운 추억이 담긴 드레스가 둘둘 말린 채 뭉쳐 있었다. 바보같이 머리핀들을 반바지 주머니에 넣어 둔 바람에 페달을 밟을 때마다 머리핀이 허벅지를 콕콕 찔렀다. 그렇지만 괜찮았다. 살랑살랑 산들바람이 기분 좋게 불어오고 하늘에는 뭉게구름이 떠 있고, 도로도(아직까지는) 평평했으니 말이다. 경로를 짤 때 모르방은 너무 힘들 것 같아서 피해 가기로 했다. 그래서 내일이나 모레쯤에는 루아르 강변을 지날 예정이다. 도대체 그게 어디 있는지 잘 못 알아듣겠더라도 너무 걱정하지 마시라. 나도 내비게이션만 믿고 가는 중이다.

　우리 옆으로 자동차 몇 대가 지나쳐 갔다. 경운기와 미니 트럭도 가끔 앞서 지나갔다. 빠르게 쌩하고 추월하지도, 뒤에서 겁주지도 않고 우리를 피해 천천히 돌아갔다. 순간 파리에 도착하면 이것보다 훨씬 더 교통이 복잡할 것 같다는 생각이 밀려왔지만, 아직 파리까지 대책을 세울 시간은 충분했다.

　커브를 도는데 갑자기 풀숲에서 엄청 큰 새 떼가 푸드덕 날아오르더니 공중에서 위아래로 움직이다 다시 풀숲으로 모습을 감췄다.

완벽한 행복의 순간이었다. 적어도 하키마가 신음 소리를 내기 전까지는.

"저기……, 있잖아. 정말 미안한데……. 나 배가 너무 아파."

아스트리드가 걱정스런 눈빛으로 나를 쳐다봤다. 아마도 내가 저 어린 하키마한테도 참고 그냥 가라고 할까 봐 그런 것 같았다. 일단은 상태를 파악하는 것이 우선이었다.

"하키마, 배가 어떻게 아파?"

"어제랑 비슷한데, 훨씬 더 아파."

"헐, 어제도 아팠어? 근데 왜 말 안했어!"

"방해되기 싫어서……."

"어휴, 바보야. 미리 말했으면 클루니에서 약국이라도 들렀을 건데! 배탈 난 것처럼 배가 싸르르 아파?"

내 소견으로는 하키마의 얼굴이 벌겋게 달아오른 것 같았다.

"그런 것 같은데, 아랫배가 아파. 왜 그런지 모르겠어. 이런 적은 처음이야."

하키마는 다시 신음 소리를 냈고 상태가 더 나빠졌다. 선샤인은 우리를 바라보며 무언가 말하려고 했지만 아무 말도 하지 않았다.

나는 하키마에게 다시 말을 걸었다.

"미리 경고하는데, 맹장이 터졌기만 해 봐! 여긴 길 한복판이야. 복막염까지 오면 너 그냥 두고 갈 거야."

아스트리드가 인상을 쓰며 내게 소리쳤다.

"하나도 안 웃기니까 그만 좀 해 미레유! 하키마, 잠깐 쉬었다 갈까?"

"아니……. 나 때문에 늦어지는 건 싫어."

하키마가 또 다시 신음 소리를 냈다.

하키마가 끙끙거리는 소리를 세 번 들었을 때 마음이 찢어졌다. 사실 나도 감수성이 풍부하고 속이 깊은 사람이다.

"당연히 쉬었다 가야지. 걱정 마. 내비게이션 보니까 다음 캠핑 장소가 그리 멀지 않은 곳에 있대. 저수지 근처인가 봐. 예정 경로에서 조금 벗어나서 여기 들렀다 가자. 가서 냉장고 배터리도 충전하고, 캠핑하는 사람들한테 소시지도 팔고, 너 상태가 조금 나아지면 다시 출발하는 거야. 알겠지?"

"그럼 몽소레민은……."

"몽소레민으로 안 갈 거야. 경로를 바꿔서 그냥 동쪽으로 바로 가자. 내비게이션 아줌마가 다시 경로를 탐색해 줄 거니까 걱정 마. 알겠지?"

하키마가 "응" 하고 대답했다. 눈물이 그렁그렁하고 울먹이느라 코가 막힌 목소리가 났다. 나는 하키마가 작년에 막 중학교에 입학했었다는 것을 잊고 있었다. 마음 같아서는 하키마를 품에 꼭 안아주고 싶었다. 하지만 당장은 아니다. 캠핑장까지 아직 20분은 더 달려야 하니까.

"미레유, 나 맹장이 터진 거면 어떡해?"

하키마가 쭈뼛거리며 물었다.

"복막염 같아. 근데 아직 모르니까 지켜보자. 그냥 잠시 음식을 잘못 먹고 배탈이 난 걸 수도 있어. 걱정 마 하키마. 버려두고 가지 않을 거니까. 그냥 장난친 거야. 조크지 조크. 힘 내! 거의 다 왔어. 이따 소시지 장사에서는 빠져 있어."

페달을 밟는 동안 선샤인이 나를 돌아보며 고개를 끄덕였다. 그의 입술이 '고마워'라고 말하고 있었다.

**

루세 저수지 캠핑장

내비게이션에 조그맣게 표시되어 있던 저수지는 실제로 가보니 엄청 넓고 주위는 나무와 풀이 무성했다. 산책 중인 가족들, 웃으며 술래잡기하는 아이들도 있었다. 햇빛이 비춰 유리 파편처럼 반짝이는 녹색의 저수지 수면 위로 구름과 낚시하는 사람들의 보트가 미끄러져 지나가고 있었다.

캠핑장 주인아줌마는 톰과 제리가 그려진 티셔츠를 입고 풍선껌을 질겅질겅 씹고 있었다. 이곳에서 몇 시간만 머물게 해 달라고 설득을 시도했지만 어림없다는 반응만 돌아왔다.

그런데 갑자기, 아주 기막힌 일이 일어났다. 우리를 알아본 것이다.

"너희 올해의 돼지들이구나!"

"아, 인터넷에서 우리들 기사 보셨나 봐요?"

"음, 그건 아니고 TV에서 봤지."

TV라고?! 대체 어디에 나왔다는 걸까? 주인아줌마는 채널을 여기저기 돌리다가 봤다며 기억나지 않는다고 했다. BFM TV 아니면 iTélé 아니면 France 3 아니면 LCI 아니면……. 아무튼 오늘 아침 TV에서 '부르캉브레스'를 떠나 여행을 시작한 우리 세 사람의 사진이 나왔다고 했다. 나는 하키마가 화장실에 간 동안 휴대폰을 확인했다. 일곱 통의 부재 전화가 와 있었다. 엘렌 베이라 기자에게서 두 통, 엄마에게서 한 통, 나머지는 모르는 번호였다.

그리고 여섯 통의 음성 메시지가 저장되어 있었다.

엘렌 베이라: 안녕 미레유? 이미 알고 있겠지만, 사람들이 너희들 여

행에 관심을 보이기 시작했어. 그러니까, 음, 내가 전화한 이유는 내가 너와 나머지 두 친구들 이야기에 독점권이 있다는 걸 잊지 않았으면 해서……. 그걸 확인하고 싶어서 연락했어. 아무튼, 너희들이 가는 곳에 언제든 갈 수 있으니까 다음 도착지만 미리 알려줄래? 전화 줘!

엄마: 미레유! 너희들 지금 어디니? 일이 아주 커졌어. 얼른 엄마한테 연락 줘. 절대 인터뷰 같은 거 하지 말고! 하키마네 부모님이 지금 엄청 걱정하고 계셔. 하키마가 BFM 기사에 달린 댓글을 보지 말았어야 할 텐데…….

수줍은 목소리: 저……. 안녕하세요 미레유 씨. BFM TV의 마크 포르셰 기잔데요. 오늘 저녁에 몽소레민으로 이동한다고 들었는데, 인터뷰를 좀 할 수 있을까 해서요. 제 번호는요…….

시끄러운 목소리: 미레유 라플랑슈 씨! 전 iTÉLÉ의 보조 기자 알리시아 피고트라고 해요. 전화로 몇 가지 물어볼 게 있는데, 가능하면 오늘이요! 번호는요…….

씩씩한 목소리: 안녕하세요! 파리지앵 신문사의 기욤 르그루앙입니다. 동료로부터 연락처를 받아 전화 드렸습니다. 여러분의 여행에 대해 기사를 하나 쓸까 하는데, 전화 주시겠어요?

엘렌 베이라: 나야, 미레유. 지금 어디에 있는지 모르겠지만, 하, 내 말

좀 들어 봐. 일단 너희가 앞으로 어떻게 할 건지 좀 미리 나한테 알려주지 않을래? 내일 아침에 종이 신문에 실을 예정이야. 하, 그리고 다른 기자들이 연락 오거나 그러지는 않았지? 그러니까, 뭔가 말하거나 그런 건 아니지? 하, 모르겠다. 아무튼 얼른 연락 줘.

전부 확인했다.

"와우. 무슨 일이 벌어지고 있는지 모르겠네. 근데 갑자기 사람들이 우리한테 엄청 관심을 갖고 있다는 건 잘 알겠다."

"아 왜 이렇게 안 잡혀. 사장님, 여기 와이파이 있나요?"

카데르가 투덜대며 휴대폰을 연신 두드리더니 주인아줌마에게 물었다.

"그럼요. 루세 저수지에 연결한 다음 신용카드 정보 입력하세요. 캠핑장에서 야영 안 하는 손님들은 와이파이 사용료 한 시간에 5유로예요."

카데르가 황당하다는 표정으로 주인아줌마에게 말했다.

"좋아요 사장님. 이렇게 하는 건 어때요. 무료 와이파이 비밀번호를 알려주는 대신, 기자들하고 인터뷰할 때 루세 저수지 캠핑장에 대해서 언급할게요. 물론 좋은 얘기들로요."

껌으로 풍선을 불던 주인아줌마는 순간 얼굴이 벌게져서는 헛기침을 몇 번 하더니 껌을 다시 입안에 넣고 말했다.

"크흠, 좋아. 하지만 다른 사람들한테 절대 알려주면 안 돼!

비밀번호가 뭐냐면, 크흠, 그러니까……. '장클로드는30cm'이 거야. 띄어쓰기 없이 숫자로 30, 소문자로 cm 쓰면 돼."

아스트리드가 물었다.

"장클로드가 누구예요?"

"내 남편. 아, 아니지, 아무것도 아니야! 너넨 몰라도 돼! 그냥 와이파이 설치 기사가 비밀번호로 숫자하고 영문하고 조합하라고 해서 만든 거야!"

선샤인은 음흉한 눈빛으로 무슨 말인지 알겠다는 듯이 휘파람을 불며 비밀번호를 입력했다. 그러는 사이 하키마가 화장실에서 돌아와서는 아스트리드의 귀에 대고 빠르고 격양된 목소리로 무언가 말했고, 두 사람은 함께 자리를 피했다. 나는 속으로 백의 천사 같은 아스트리드에게 박수를 보냈다. 아스트리드는 천사의 역할을 정말 잘했다. 왜냐면 나는 질질 짜는 것을 정말 극도로 너무 싫어한다. 엄마 뱃속에 있는 쟈크-오헬리엉도 첫 이가 날 때라도 징징거리지 않는 편이 좋을 거다. 그렇지 않으면 엄마랑 필립 뒤몽 아저씨는 내가 개를 돌보게 하기 위해서 꽤나 고생 좀 할 거다.

백의 천사와 그녀의 환자가 다시 돌아오기를 기다리는 동안 선샤인의 어깨 너머로 슬쩍 몸을 기울여 인터넷에 올라온 소식들을 보았다.

오늘의 뉴스 항목에서 '돼지들'이라고 검색하니 상황이 어떻게 돌아가고 있는지 금방 알 수 있었다.

"오늘 아침에만 기사가 열두 개나 올라왔네. 이것들 다 어디서 시작된 거지?"

선샤인이 중얼거렸다.

잘 모르겠지만, 모든 기사에서 거의 같은 말을 하고 있었다. 〈올해의 돼지들, 부르캉브레스를 떠나 소시지를 팔며 자전거를 타고 파리로 향하다〉, 그리고 또 〈가르송 데자르에 무단 침입했다는 소문도 있다〉, 에이, 또 없나? 〈'올해의 돼지들'의 모험이 페이스북과 트위터 등 SNS 사용자들 사이에 전무후무한 관심을 이끌어내고 있다〉, 리베라시옹에는 이렇게 쓰여 있었다. 도대체 왜지? 메트로 지를 보니 〈평범한 십대 여학생들의 로드 트립은 괴롭힘 당하는 청소년들의 기막힌 복수혈전이다〉라고 적혀 있었다. 르피가로에는 설명이 더 많았다. 〈학교 폭력과 외모지상주의가 만연한 현대 청소년 문화에서 자칭 '돼지들'은 아직 그 여행의 목적이 정확히 밝혀진 것은 아니지만 큰 반향을 일으키고 있다.〉

보아하니 우리도 모르는 사이에 '기지배시몬'이라는 닉네임의 페미니스트 블로거가 오늘 아침 올린 게시물을 수백 명의 네티즌들이 공유하면서 뭔가 불을 지핀 것 같았다. 블로거는 우리를 '본보기', '똑똑한 돌아이들'이라고 표현함과 동시에, "말랄라 유사프자이*의 뒤를 이을 주인공이 십대의 어린 여학생들이 될 수 있다는 것을 보여주는 증거"라며 지나칠 정도의 극찬으로 글을 마무리했다. 말로에 대해서는 "여성들의 얼굴과 신체를 평가하고 순위를 매기는 것이 자기들의 권리이자 '영역'인 줄 착각하고 있는 멍청한 마초 세대의 가엾은 시골 꼬맹이"라며 공개적으로 비난하기도 했다.

"어, 이건 예상 못한 건데……."

선샤인이 중얼거렸다.

솔직히 말해, 행복한 장미 한 송이가 된 기분이었다. 심장이 쿵쾅거리는 것이 내 고막까지 들렸다.(선샤인의 왼쪽 어깨가 내 팔뚝과 딱 맞닿아 있어서 그런 건가.) 아무튼, 나에 대해 이렇게 큰 관심을 가질 이유가 딱히 없다. 유명해지고 싶은 것도 전혀 아니다. 그냥 고요한 삶을 살다가 노벨상 한두 개쯤 받으면 좋고, 그게 전부다.

글쎄, 클라우스 폰 슈트루델이 비겁하게 배아 상태인 나를 버렸다는 것과 더불어 21세기 최고의 지성인, 바로 나 미레유 라

* 만 17세의 나이로 노벨평화상을 수상한 파키스탄의 여성인권운동가

플랑슈가 탄생하는 데 그가 결코 아무 것도 기여하지 않았다는 것을 인정하는 클라우스의 공식 회고록에 서명하는 것도 참 좋을 것 같다.

아, 아카데미 프랑세즈*에서 기조연설을 하게 될 때는 필립 뒤몽 아저씨한테 잘 키워 줘서 고맙다고 말해야겠다. 그러면 클라우스가 속에서 천불이 나겠지?

달콤한 상상과 함께 내가 말을 꺼냈다.

"뭐, 이거 아주 재밌게 됐네. 기자들이 아주 난리가 났겠는걸! 좋아, 그럼 냉장고 배터리부터 충전해 볼까? 아줌마, 이따 제 친구 두 명 돌아오면 우리가 저쪽에 있다고 말해 주시겠어요?"

"알겠다. 기자들이 오면 어떡할까?"

"그 사람들 지금 우리가 어디 있는지 몰라요. 어디 있는지 알아도 안 되고요."

갑자기 주인아줌마가 말을 더듬으며 이상한 소리를 했다.

"아, 그래? 뭐, 근데, 그, 예를 들어서, 내가 말이야……. 트위터에 올렸다거나 뭐……. 그럴 수도 있으니까."

* 프랑스의 가장 권위 있는 명예로운 학술기관

@campingrousset

#루세저수지캠핑장에 나타난#올해의돼지들!!!

***

"미레유, 얘기할 게 있어."

"나중에 해 아스트리드. 지금 한창 소시지 파는 중이잖아."

"그렇긴 한데……. 중요한 얘기야. 그리고 하키마가 카데르 없는 데서 말하고 싶대."

"소스는 뭘로 드릴까요 아줌마? ……알겠습니다! 하키마가 왜? 아 맞다. 사람들이 네가 만든 사과 소스 엄청 맛있다고 하더라."

"아 미레유, 심각한 얘기라니까."

"잠깐만, 잠깐만. 네 아저씨! 비건 소시지예요. 종교적으로도 아무 문제없어요. 맞아요, 팔라펠* 같은 거죠! 아, 당연히 냄비도 따로 썼죠! 보관도 다른 소시지랑 분리해서 했어요!"

"미레유!! 하키마 생리 시작했단 말이야!"

* 병아리콩 또는 누에콩을 갈아 둥글게 빚어 튀긴 요리

"엥? 오늘 할 줄 몰랐대?"

"아니⋯⋯. 첫 생리가 시작됐다고 이 멍청아."

***

하키마는 벤치에 앉아 아랫배를 잡은 채 웅크리고 있었다. 평생 다시는 따뜻한 코코아를 마실 수 없다는 소식이라도 들은 것처럼 세상 침울해 보였다.

"야! 하키마! 오늘 진짜 중요한 날이네! 축하해!"

"으으⋯⋯."

"진통제 먹었어?"

"응, 아스트리드가 줬어."

"탐폰 있지?"

아, 이런 멍청이. 말이 잘못 튀어나왔다. 하키마의 단추 구멍만 한 두 눈이 떨리는 게, 머릿속에 있는 온갖 무서운 것들은 다 떠올리고 있는 것 같았다. 총검을 들고 뒤죽박죽 뒤엉켜 서로 물고 뜯는 악마들이 있는 전쟁터 한복판에 겁에 질려 서 있는 모양새였다.

"아니 뭐, 생리대 있냐구."

"응······. 아스트리드가 화장실 자판기에서 하나 뽑아 줬어."

하키마의 옆에 앉아 물었다.

"생리 시작했다고 왜 말 안 했어?"

"그냥, 이 골칫덩어리 진짜 가지가지 한다고 뭐라고 할 것 같 았어."

웃음이 터졌다. 너무 웃어서 눈물이 찔끔 흐를 정도였다.

"야, 내가 그렇게 무섭냐?"

하키마가 풀이 죽은 채 고개를 저었다.

"그건 아니지만. 그래도 아스트리드는 절대 나한테 소리 지르 지 않을 거라고 생각했어. 그치 않아?"

"아스트리드는 절대 구박 안 해. 아스트리드는 들볶지도 않 아, 아스트리드는 잔소리도 절대 안 해. 응."

"근데 이거 이렇게 맨날 아파?"

"이거? 이거가 뭔데?"

"그거, 한 달에 한 번 하는 거······."

"옛날엔 달거리라고 했대. 왜 그런 줄 알아?"

"아니, 이거 맨날 아프냐니까?"

"달 손님이라고도 했다더라. 손님은 무슨."

"하 진짜! 이러니까 내가 아스트리드한테 먼저 말하지."

"그래도 봐, 신경이 좀 분산되잖아."

"음……. 그러네."

"내가 좀 생각이 깊지. 물놀이나 하러 가자. 아, 넌 안 되겠다. 그냥 옆에서 구경이나 해."

"엄마한테 전화하게 휴대폰 좀 빌려줄 수 있어? 오빠가 아는 건 싫어. 오빠한테 절대 말하면 안 돼. 약속할 거지?"

"당연하지. 절대 말 안 할게. 약속!"

(3분 전.

"내 동생이 초경이 시작된 것 같아. 그치?"

"그걸 어떻게 알아요?"

"애가 배가 아프다고 하더니 몇 살 더 많은 언니랑 화장실에 같이 들어가서 세 시간 동안 꼼짝도 안 했잖아. 그러더니 이번에는 셋이서 몰래 속닥거리는 걸 보니까 대충 그럴 것 같던데……."

"에이, 몰래 가서 뱃속의 애기를 떼어 내고 왔을 수도 있죠.")

17

우리는 루세 저수지에서 물놀이를 하고 오후 2시쯤 다시 출발했다. 아스트리드랑 내가 물에서 노는 동안 선샤인은 하키마를 돌보았다. 푸른 저수지에 몸을 완전히 담그고, 수영하는 사람들 사이에서 우리도 평화롭게 물장구쳤다. 우리는 친자매처럼 신나게 놀았다. 그때만큼은 내 모든 콤플렉스를 잊었다.

아니, 전부 거짓말이다. 실제로는 선홍빛의 포동포동한 뱃살과 거기에 딱 맞는 사이즈의 두툼한 허벅지, 질펀한 엉덩이가 다른 사람들의 눈에 띄지 않게 멀리, 아주 멀리 떨어져서 놀았다.

내 몸이 마음에 들지 않는 게 아니다. 그냥, 너무 싫다!

슬쩍 눈을 돌려 아스트리드와 나를 비교하기 시작했다. 역시, 그래도 내가 아스트리드보다는 확실히 더 마른 것 같아 기분이 좋았지만, 나보다 더 봉긋하게 올라온 균형 잡힌 가슴이 좀 신경 쓰이긴 했다.

그래, 나도 안다. 그런데 뭘 어쩌겠어? 평생 돼지로 산다는 게 얼마나 꿀꿀한 일인지 모른다. 난 열다섯 살이다. 동갑인 다른 여자애들은 나와 다르다. 찰리와 초콜릿 공장에 나오는 껌 좀 씹는 바이올렛 뷰리가드처럼 가냘프고 슬림한 몸매를 가지고 있으니 말이다.

물 밖으로 나오니 우리 또래의 남자애들이 "니들이 있던 곳으로 돌아가 이 물곰들아!"라고 우리에게 소리쳤다.

다행히도 우리를 알아보거나 사진 찍는 사람은 없었다. #비키니입은올해의돼지들 해시태그만큼은 절대 안 된다.

"괜찮아. 오늘 지방을 더 많이 태우면 돼."

아스트리드가 중얼거렸다.

"아, 그래서 물놀이한 거 아니거든!"

"그, 그건 그렇지. 그냥 쟤들 신경 쓰지 말라구."

"진짜 아름다움은 바로 내면에 있는 거야."

아스트리드에게 손가락질하며 소리쳤지만 머릿속에서는 오늘 소비해야 하는 칼로리를 계산했다.

다행인지 불행인지, 난 암산에 약하다.

기자들과 마주치지 않고 다시 길을 떠났다. 선샤인은 우리 이름으로 된 페이스북 페이지가 벌써 두 개나 있다고 말했다. 페이지 구독자들은 우리가 누구고, 어디 있고, 왜 이런 일을 벌이는 건지 궁금해 했다. 심지어 몽소레민에서는 우리를 맞이할 준비를 하고 있었다.

"아니 저 오토바이는 뭐야? 왜 안 지나가지?"

내가 이를 꽉 깨물고 페달을 돌리며 말하자 아스트리드가 힐끔 뒤를 쳐다봤다.

"우리한테 뭔가 신호를 보내고 있는 것 같아."

"경찰일까?"

하키마가 물었다.

"안 되겠다. 속도 줄여요 카데르! 잠깐 서 봐요!"

밀밭 옆 갓길에 멈췄다. 헬멧을 쓴 사람은 경찰이 아니었다. 기자였다.

휴대폰에 대고 기자가 고래고래 소리쳤다.

"오드레! 드디어 됐어! 내가 잡았다구! 그래그래, 맞다니까!"

"누굴 찾고 있는 걸까?"

"응, 그게 우린 거 같아 아스트리드."

"만나서 반갑다 얘들아. 나는 이스트프랑스의 마티유 코숑이라고 해."

기자가 전화를 끊고 우리에게 악수를 건넸다.

"죄송합니다. 인터뷰에 응하지 않겠습니다."

카데르가 중간에서 막아섰다.

"그쪽 말고 여기 있는 세 친구들이랑 얘기 좀 할게요."

"제가 이 친구들 보호자입니다."

기자는 어깨를 한번 으쓱하더니 누구한테 말을 걸까 눈으로 빠르게 탐색했다.

"미레유 라플랑슈, 네가 여기 대장 맞지? 몇 가지 좀 물어봐도 될까? 언제쯤 파리에 도착할 예정이니?"

"택도 없죠. 이런 식으로 길 한복판에서 일일이 대답하다 보면요. 애들아! 얼른 타. 가자!"

우리는 다시 출발했다. 하지만 코숑 기자는 오토바이를 타고 왼쪽 차선으로 붙어서는 차들이 뒤에 꼬리를 물든 말든 우리를 계속 따라왔다. 결국, 우리는 중천에 떠 있는 햇빛 아래서 한 시간을 달리는 동안 코숑 기자의 끊임없는 질문 세례를 받았다. 파리에는 왜 가니? 주위에서 말이 많은데 어떻게 생각하니? 경찰이 개입하지 않아도 괜찮다고 생각하니? 체중 감량을 의도해서 자전거로 이동하는 거니? 아니면 그건 그냥 부가적인 효과인가?

"그냥 우리 좀 내버려두면 안 돼요? 투르 드 프랑스가 아니에요 여긴. 우린 그냥 다음 목적지로 갈 뿐이라구요."

"다음 어디?"

깊은 한숨이 절로 나왔다. 내비게이션을 확인하고 말했다.

"규농이요. 거기 먼저 가 계실래요? 솔직히, 아저씨 때문에 좀 힘들어요. 아저씨 오토바이가 뿜어내는 배기가스를 하도 먹어서 천식 걸릴 것 같단 말이에요."

"그럼 거기서 사진사랑 같이 기다리고 있으면 되는 거지?"

"뉴스 촬영 장비든 뭐든 맘껏 알아서 하세요. 두 시간 뒤, 2시 30분에 중앙 광장에서 보는 걸로 하죠."

"알았다! 이따 보자!"

부르릉! 오토바이가 쌩하고 멀어졌다.

휴, 됐다.

아, 고요하다!

태양빛에 달궈진 짙은 회색의 조용한 도로가 낮은 산과 언덕 사이로 펼쳐졌다.

"다음 교차로에서 우회전하자."

"우회전? 규농으로 가려면 표지판 따라서 좌회전해야 해!"

"그러니까 우회전하는 거야 하키마."

몇 시간 후, 하키마는 다시 복통을 호소하기 시작했고, 아스트리드는 허리가 아프다고 불평했다. 심지어 선샤인도 손이 아픈 것 같아 보였다.(오, 나의 선샤인! 내가 당신의 손을 치료해 줄 수 있다면, 세상에서 제일 귀한 연고를 발라 줄 수 있다면, 당신이 그렇게 허락만 한다면! 아, 이런 생각만으로는 도저히 성에 차지 않는구나.)

그 순간, 우리 눈앞에 동화 속에 나오는 성이 나타났다.

***

갓길에 자전거와 푸드 트럭을 세웠다.

"헐, 저게 뭐야?"

"내비게이션에는 롱그모르성이라고 나오네."

"롱그모르? 대박! 가 보자!"

하키마가 난리를 피웠다.

선샤인은 무릎 위로 손을 모으며 웃었다. 자기 여동생이 페달 돌리랴, 사춘기 보내랴 지칠 만도 했으니 말이다.

아스트리드는 말을 잃었다. 나무 숲 주위로 툭 튀어 올라온 성을 물끄러미 바라보고 있었다. 성 위쪽에는 둥근 탑과 발코니가 큼직하게 나 있었다. 반면에 성 아래쪽에는 중세 시대 풍의 두껍고 붉은 성벽이 둘러져 있었다. 얼굴은 어린 소녀인데 다리는 아저씨처럼 털이 수북한 그런 느낌이었다.

"롱그모르성은 관광객에게 개방하지 않습니다."

갑자기 웬 염소 소리지 싶었는데, 정말 죄송하게도 나이 지긋한 어르신이(할머닌가? 할아버진가? 아무튼!) 꽃이 가득 담긴 수레를 밀며 한 말이었다.

"여기 들어가려는 거 아니에요."

아스트리드가 대답했다.

어르신은 기분이 언짢은 듯 했다.(희끗한 머리카락 사이로 귀걸이가 보였다. 그렇다면 할머니인가?)

"음, 아쉽네. 정원이랑 성 안은 아주 아름답거든."

"방금 전에는 안에 못 들어간다고 하셨으면서 이번에는 아쉽다고 하시는 거예요?"

"너희들이 아주 중요한 걸 놓치고 있다는 걸 말해 주고 싶었을 뿐이란다."

그래요? 아마도 할머니일 것으로 짐작이 되는 어르신이 장식이 화려한 철문을 열어 주었다. 안에 정원이 보였다. 시야에 들어오는 풍경은 정말 호화로웠다. 앵무새의 깃털처럼 푸른 녹색의 잔디, 새들이 쪼아 푹 파인 나무들, 그 뒤로는 프랑스풍의 돌로 만든 화분과 수풀이 하얀 성벽과 맞대고 있었다.

문을 다시 닫기 전에, 할머니는 우리를 쳐다봤다.

"근데 이 시간에 여긴 무슨 일이냐?"

"저희는 부르캉브레스부터 파리까지 자전거 여행을 하고 있어요. '올해의 돼지들'이라고 혹시 들어 보셨어요?"

아하, 할머니의 눈썹이 조금 움직였다. 다른 노인들처럼 분명 텔레비전에서 봤을 거다.

"왜 파리로 가느냐, 그게 기자들을 너무 궁금하게 한 거죠. 하도 쫓아와서 도망치다가 여기로 오게 된 거예요. 저희는 저녁 먹을 장소를 찾고 있어요. 그리고 다시 떠날 거예요. 할머니 성에 무슨 짓을 하려고 하는 거 아니에요. 그냥 한번 구경한 거예요."

할머니는 곰곰이 생각하는 듯 하더니 투덜대기 시작했다.

"내 성이라니, 난 그냥 관리인일 뿐이야. 글쎄, 그럼 우리 집에서 먹는 편이 좋겠어. 오늘은 이곳에 사람이 없거든."

"아, 감사해요. 하지만 초대해 달라고 그런 건 아니에요."

"아니야, 따라오렴.(왠지 표정이 밝아졌는데?) 난 괜찮단다."

우리는 할머니를 따라 롱그모르성 정원으로 이어지는 작은 문을 열고 들어갔다.

"우리 괜찮을까? 낯선 사람 쫓아가면 안 된다고 했는데……."

하키마가 작은 목소리로 말했다.

"왜, 마녀일까 봐? 그러고 보니 코가 좀 매부리인 것 같기도 하고."

"아, 장난치지 마 미레유!"

우리는 입을 꾹 다물고 잔디로 뒤덮인 성곽 둘레의 도랑을 따라 걸었다. 해가 져 주위가 어둑해지기 시작했다. 옅은 불빛에 비친 성은 거대한 검은 벽과 대조되어 순백의 백합처럼 하얬다. 꽃으로 가득 찬 정원의 잔디는 관리가 잘 되어 있었고, 덤불은 손톱깎이로 자른 것처럼 깔끔했다. 꿀벌들은 이리저리 날아다니며 장미꽃에 부딪히고, 이름은 모르겠지만 나팔처럼 생긴 하얀 꽃 위에 자리를 잡고 꿀을 빨았으며, 정원에는 윙윙거리는 소리가 가득 울려 퍼졌다.

"여기서 실제로 사는 사람들이 있나요?"

카데르가 놀란 목소리로 물었다.

"자주는 아니지만 가족들이 왔다 갔다 한다네. 여기 있는 사람들 대부분이 방문객들을 관리하고 있지."

할머니는 자기의 이름은 아드리엔느고, 올해 나이가 95세라며 별로 대수롭지 않다는 듯 우리에게 소개했다. 젊었을 때 빼고는 인생의 대부분을 이곳에서 살았다고 했다.(할머니는 성 바로 옆에 있는 조그만 집 현관문을 열기 위해 열쇠를 꺼냈다.) 오늘 저녁에는 도쿄에 있는 첫 조카 손녀의 탄생을 축하할 계획이라고 했다. 할머니의 조카가 일본 여자와 결혼을 했다고 한다.("그쪽 여자애들을 그렇게 좋아하더라고."라고 말하는 걸 보니 할머니는 꽤 이상하게 생각하는 것 같았다.) 그러면 첫 조카 손녀는 눈이 옆으로 조금 째져 있긴 하겠지만 뭐, 그게 그렇게 큰 문제는 아니지. 요즘에는 워낙 피부색도 다양하니 말이다. 이름은 로라, 미들 네임은 키미코라고 했다. 아무튼, 우리와 함께 첫 조카 손녀의 탄생을 축하할 수 있어서 좋다고 했다.

"내 두 자매가 세상을 떠나고 난 후부터 이곳에서 쭉 혼자 살고 있단다. 한 명은 10년 전에, 나머지 한 명은 작년에 죽었지."

집 인테리어는 시골에 사는 노인의 작은 별장처럼 꾸며져 있었다. 코바늘로 뜬 작은 식탁보, 이상한 향내와 쓰레기통 냄새가 섞인 꿉꿉한 냄새, 칙칙한 벽에 걸려 있는 빛이 바랜 사진들까지. 나는 쭉 둘러보다가 60대의 세 여성이 옷을 예쁘게 차려 입고 성 앞에서 찍은 사진을 발견했다.

"내 자매들하고 나란다."

할머니는 꽃 모양 걸이에 열쇠를 걸고는 우리에게 편히 앉으라고 권했다.(거실에는 조그만 원형 테이블과 의자와 빈 상자들이 곳곳에 놓여 있어서 선샤인의 휠체어가 지나가기 조금 힘들었다.)

우리는 소파 한가운데에 자리를 차지하고 엎드려 있는 개를 피해 소파 끝에 걸터앉았다.

펑! 병 따는 소리가 났다.

"샴페인 한 잔씩들 하렴!"

할머니는 샴페인 잔 다섯 개를 들고 와서는 우리에게 건넸다.

"감사합니다만 저와 제 여동생은 술을 마시지 않습니다."

"그럼 주스 같은 것 좀 줄까?"

"주스라면 사양할 것 없지요."

할머니는 찬장에서 주스를 꺼내 와 아스트리드와 나에게 샴페인을 한 잔씩 따라 주었다.

금발의 친구 아스트리드에게 내가 속삭였다.

"아스트리드, 만약에 네가 먼저 취해서 이상한 판타지에 대해서 막 말하잖아? 그럼 내가 그거 딱 절반만 적어 둘게."

211

"그럼 네가 먼저 취해서 테이블 위에 올라가 우리한테 팬티를 내보이면 내가 딱 세 장만 사진 찍을게. 오케이?"

"오케이!"

우리는 잔을 부딪치며 건배했다. 아스트리드는 샴페인이라면 사족을 못 쓴다는 것을 잘 알고 있었다. 반대로 나는 그 맛에 아직 익숙하지가 않다. 거칠고, 너무 차갑고, 바늘처럼 입안을 톡톡 쏘는 거품은 오래된 페리에를 마셨을 때보다 훨씬 더 혀를 쪼고 괴롭히는 그런 어지럽고 이상한 맛이었다.

"로라를 위하여!"

선샤인이 잔을 들며 외쳤다.

"로라를 위하여. 아 참, 너희들 저기 있는 기계 있잖니, 태블릿인가, 그걸로 애들이 사진을 보냈는지 한번 봐 줄래?"

선샤인은 행복한 부모들이 다양한 각도에서 찍은 37장의 일본 혼혈 조카 손녀의 사진을 할머니에게 보여 줬다.

"눈이 너무 째진 것 같지는 않니?"

"전혀요."

선샤인은 할머니를 '안심'시켰다.

"나는 얘가 왜 그렇게 일본으로 떠나고 싶어 했는지 도통 모르겠어. 자기 마음이긴 하지. 거기서 일본 여자애를 만나더라고. 근데 말이다, 그 여자애가 아주 상냥하더구나. 너희들처럼 말이야.(선샤인과 하키마를 바라보며 말했다.) 너희 둘처럼 아주 착해. 물론 너희가……."

"우리가 샴페인을 마시지 않지만요?"

"그래. 그래도 괜찮다. 다른 사람들이 더 마시면 되니까."

우리는 할머니를 도와 저녁을 준비했다. 정원에 있던 애호박, 냉동실에 있는 다진 소고기 스테이크, 정원에서 조심히 베어 온 양상추, 마트에서 사 온 방울토마토……. 아스트리드는 감사의 의미로 우리가 만든 소시지를 가지러 푸드 트럭으로 달려갔다.

저녁을 준비하면서 할머니에게 우리가 겪은 일들, 파리로의 여행, 그리고 그 이유에 대해 이야기했다. 할머니는 우리 이야기가 복잡하고 또 걱정스럽다고 생각하는 것 같았다.

"요즘 세상이 참 이상하다니까……. 난 말이야, 내가 가꾸는 정원과 조용한 이 성이 참 좋아. 그래서 내가 이곳에 살고 있지. 조금 떨어진 오래된 곳에서 조용하게 사는 게 참 좋단다. 르네상스 시대부터 성은 언제나 여기에 자리를 지키고 있어. 앞으로도 변함없이 말이다. 정원을 매년 같은 모습으로 유지하려면 잘 가꾸면 되고……. 난 영원히 지속되는 게 좋아."

아스트리드는 부엌으로 돌아와 낡은 냄비에 식용유를 두르고 소시지의 달인처럼 요리했다.

"근데요 할머니, 할머니도 언젠가는 움직여야 됐었잖아요. 아까 여기서 태어난 건 아니라고 하셨던 것 같아서요."

테이블 위에 있던 아까 따 놓은 샴페인을 들고 오며 내가 물었다.

"아, 그건 그렇지……."

할머니는 잠시 생각에 잠겼다가 말했다.

"하지만 그건 좀 다르단다."

우리는 체리색의 큰 식탁에 둘러앉아 집안 대대로 전해 내려온 것 같은 은으로 된 식기를 들고 조용히 식사를 했다. 나는 민감한 주제를 건드린 것 같았다. 흥미로운 이야기일 수도 있지만 민감한 이야기 말이다. 샴페인을 한 잔 더 들이킨 다음 내가 입을 열었다.

"할머니랑 할머니 자매들은 어렸을 때 어디서 살았었어요?"

"어렸을 때?"

할머니는 샴페인을 한 잔 더 마셨다. 그리고 입에 넣은 큰 빵 조각이 식도를 타고 꿀꺽 넘어가는 게 보였다.

"느베르. 여기서 차로 몇 시간 가면 나오지."

"느베르요? 우리 내일 거기로 가려고 했어요! 자주 가세요?"

아니, 할머니가 고개를 저었다. 할머니는 열여섯 살 이후로 단 한 번도 가 보지 않았다고 했다.

"그게 언제예요?"

"언제 느베르를 떠났냐고? 1945년에 내 자매들이랑 같이 떠났단다."

우와, 아스트리드는 흑백 영화에서나 나오는 아주 오랜 옛날 이야기에 놀란 것 같았다. 그 이후로 느베르는 아마도 할머니가 다시 돌아가기에 너무 많은 것이 변했을 것이다. 돌아가도 아무것도 남아 있지 않을 터였다. 할머니 기억 속에 있는 숲이나 작은 정원들은 모두 사라지고, 그 자리에 지금은 수많은 건물들과 주차장, 마트들이 즐비할 테니까 말이다. 할머니는 뭔가 말하고 싶은 것 같았다.

"단 한 번도 다시 돌아가고 싶었던 적이 없었어."

"왜 그렇게 어릴 때 느베르를 떠나신 거예요?"

이 질문에 할머니는 꽤 오랜 시간 동안 대답이 없었다. 르블로숑, 모르비에, 카베쿠 치즈를 자르고 샴페인을 한 잔 더 마시고 나서야 말문을 열었다.

"내 동생 마르그리트를 위해서, 그래서 떠났지."

정원에서 따 온 딸기를 포크로 찔러 먹으며 그 다음 이야기를 기다렸다. 그리고 마침내 이야기가 시작되었다.

"마르그리트는 15살이었어. 나는 16살이었고 언니 루실은 18살이었지. 우리는 참새처럼 아주 순수했단다. 우리에게는 아주 큰 꿈이 있었어. 평생을 셋이서 함께 살며 여행도 다니고 일도 하자고 말이야. 결혼이라는 건 생각도 못했어. 전쟁이 끝나면, 그때는 정말 전쟁 중이었고 느베르도 점령당했지. 아무튼 전쟁이 끝나면 아메리카 대륙으로 가서 가게를 열자고 했었단다."

"확실한 건, 그 꿈은 이루어지지 않은 거네요."

상처에 소금 뿌리기 선수인 아스트리드가 콕 찍어 말했다.

"그렇지. 마르그리트가 마을에 살던 남자와 사랑에 빠졌어. 거의 매일을 숲에서 들판에서 그를 만났지. 그 둘은, 음, 정말 아주 좋은 친구였어."

"그 남자는 레지스탕스였어요? 아님 독일군하고 내통하는 배신자였어요?"

하키마가 물었다.

"하키마!"

선샤인이 다그쳤다.

"어느 쪽도 아니었어."

할머니가 중얼거렸다.

"하키마. 레지스탕스랑 배신자만 있던 건 아니야. 그건 너무 이원론적인 시각이라구."

아스트리드가 유식해 보이는 말투로 말했다.

"그치만 학교에서 그렇게 배웠는데……."

"그럴 수 있어. 근데 중학교 1학년 때는 너무 복잡하게 생각할까 봐 쉽게 설명하기도 해. 근데 고등학교에 가면 말이야, 역사 시간에 배우는 전쟁 이야기는 조금 다를 거야. 여러 가지 의미가 담겨져 있거든. 아드리엔느 할머니도 그걸 말씀하시는 거야. 레지스탕스도 배신자도 아닌 어떤 남자가 살고 있었다, 그게 다라는 거지."

사실, 그게 다는 아니었다. 하지만 선샤인은 우리보다 더 잘 이해한 것 같았다.

"부인의 여동생과 사랑에 빠졌다는 그 분이 프랑스인이 아니었던 거죠?"

"그래. 프랑스인이 아니었어."

"그럼 어디 사람이었는데요?"

하키마가 물었다.

선샤인은 미간을 찌푸렸고 여동생의 귀에 무언가를 속삭였다.

"아, 독일인을 몰라 봐요? 글쎄, 음, 생각해 보니 모를 수도 있겠네요."

나는 한 명 알고 있다. 나의 존재를 모르는 독일인 말이다.

"그런데 그게 왜요?"

"왜냐니 하키마, 프랑스하고 독일하고 전쟁 중이었잖아."

"아, 알겠다. 그러니까 프랑스인하고 독일인은 서로를 죽여야 했던 거군요, 서로 어울려 지내는 대신에 말이에요. 그런데 생각해 보세요. 만약 모든 사람들이 다 같이 잘 어울리고 그랬으면 전쟁 같은 건 일어나지 않았을 거예요. 다큐멘터리에 나왔던 것처럼 유대인하고 팔레스타인 사람들도 같이 밥도 먹고 잘 살잖아요. 유대인들이 팔레스타인 사람들을 항상 죽이는 건 아니니까요."

선샤인은 헛기침하며 하키마의 귀에 대고 말했다. 하키마, 아스트리드 말이 맞아. 역사라는 게 그렇게 간단한 게 아니야. - 근데 오빠가 그랬잖아, 팔레스타인 사람들은 매번 유대인들한테……. - 하키마, 그만해.

아드리엔느 할머니는 고개를 끄덕였다. 하지만 돌이켜보면 그때의 역사는 꽤 단순한 문제가 아니었을까 생각하는 것 같았다. 간단하게, 할머니의 여동생이 사랑하는 사람과 절대 결혼할 수 없었다는 것이니까 말이다.

"그리고 열흘 정도 지났나, 느베르가 폭격을 당했단다."

"독일군이 그런 거죠?"

하키마가 물었다.

"아니, 동맹국이 그랬단다."

"누구의 동맹국이요?"

"프랑스의 동맹국들 말이야."

"네? 도대체 왜요?"

(중학교 교육 과정의 한계가 드러나는 순간이었다.)

"프랑스를 해방시키길 원했거든. 하지만 그 폭격으로 아주 많은 민간인들이 목숨을 잃었지. 아무튼 몇 달 후에 느베르는 해방되었단다."

"동맹국에 의해서요?"

"그래, 동맹국에 의해서."

(마침내 이해하는 데 성공했다는 듯 하키마가 만족스러운 미소를 지었다.)

"그리고……."

할머니는 말을 이어 갔다.

"그리고 거리에 있던 모든 사람들을 향해 총을 쐈단다."

"누구를요? 독일인들을요?"

"그래. 독일인에게 협력했거나 아니면 그런 의심이 드는 프랑스인들을 향해서도 말이야. 내 동생 마르그리트의 친구도 총에 맞았지."

"이럴 수가!"

하키마가 소리쳤다.

"너무 비극적인 이야기잖아요! 그래도 할머니 동생이 총에 맞은 건 아닌 거죠? 저기 할머니가 되어서 같이 찍은 사진도 있으니까!"

"그래. 여자들에게는 그렇게 총을 쏘지 않았거든."

하지만 선샤인과 아스트리드, 그리고 나도 잘 알고 있었다. 여자들에게 총을 쏘지 않는 대신 벌인 일들을 말이다.

"독일군과 잠자리를 가졌던 여자들의 머리를 전부 밀어버렸지. 그리고 사람들 앞에 세워 놨단다."

할머니는 딸기 꼭지와 치즈 껍질을 다른 접시에 옮겨 버리고, 거품이 다 빠진 샴페인을 비웠다.

"그리고 그들이 우리를 조금 의심했단다. 루실하고 나도 그 일을 똑같이 당했지."

"헐, 말도 안 돼요! 그건 부당하잖아요! 할머니들은 아무것도 안 했는데!"

할머니의 이야기에 푹 빠진 하키마가 소리쳤다.

"하키마, 그 '무언가'를 한 사람들한테도 그건 부당한 일이야."

아드리엔느가 고개를 끄덕였다.

"우리는 비쩍 말랐고 머리카락도 없으니 더욱 수치스러웠단다. 집 밖을 나서면 사람들이 우리에게 욕을 해댔어. 우리를 잘 모르는 사람들도 차마 입에 담기 힘든 말들을 우리에게 했으니까. 매일 매일이 수치스러웠어. 그건 정말 견디기 힘들었지."

"네. 그게 어떤 감정인지 저희도 잘 알아요."

아스트리드가 조금은 격양된 목소리로 말했다.

아스트리드 말이 맞다. 같은 경우는 아니지만 우리도 그게 뭔지 잘 안다.

"우리는 지하에 숨어 살았어. 부모님의 지하 창고에서 머리가 다시 자랄 때까지 말이다. 그 시간이 그렇게 끔찍하지만은 않았어. 우리는 늘 함께 놀았으니까. 오히려 그 전보다 더 가까워지기도 했고."

"좋은 전략이에요. 뭉치면 강해지거든요."

내가 말했다.

"일 년이 지나서야 밖으로 나갈 수 있었단다. 하지만 그래도 우리를 알아보는 사람들은 많았고 여전히 우리에게 욕을 했어. 그래서 떠날 수밖에 없었던 거야."

"아메리카 대륙으로요?"

"아니, 여기로. 롱그모르성에서 관리자 두 명을 찾고 있다고 이모가 우리에게 말해 줬었거든. 하지만 우리는 모든 일에 있어서 반드시 우리 세 명이서 함께하겠다고 했어. 다행히 허락을 받을 수 있었고 그렇게 여기에 머물며 지내게 된 거란다."

"80년 전부터요?"

"그래. 어쨌든 우리가 바랐던 것처럼 셋이서 같이 일하게 된 거지."

할머니는 의자에 몸을 기대고 천장에 달려 있는 반짝이는 샹들리에를 말없이 바라보았다.

"하지만 현실에서는, 할머니들은 세상으로부터 쫓겨난 거잖아요."

아스트리드가 슬픈 목소리로 말했다.

"음, 현실이라……. 세상은 우리가 원하는 것을 주지 않았어. 그런 모욕감과 수치심을 이겨 낸다는 건 정말 쉽지 않은 일이야. 전쟁을 극복하는 건 더더욱 그렇지. 그래서 우리는 침대 아래 숨죽이고서 다시는 밖으로 나가지 않게 된 거지. 무슨 말인지 알겠니?"

"네."

카데르가 부드러운 목소리로 대답했다.

"너희 네 사람의 이야기는 내가 텔레비전에서 봤단다, 알고 있니? 마음이 좀 그렇더구나."

그리고 할머니는 말을 마쳤다.

할머니의 마지막 말은 뭔가 절제되어 있었다. 할머니의 마음을 무언가가 건드릴 수 있다는 것을 인정하고 싶지 않은 것처럼 말이다.

잠자리에 들기 전, 할머니는 우리에게 자매들이 쓰던 침대에서 자도 된다고 했지만 왠지 기분이 이상할 것 같아서 우리가 가져온 텐트를 정원에 치고 자기로 했다. 나는 할머니에게 다가가 조금 떨리는 목소리로 물었다.

"할머니, 할머니 동생 말예요, 혹시 이용당했던 거라고 생각하지는 않으세요? 그러니까, 그 독일 남자요…… . 힘이 세고 강했을 테니까 할머니 동생을 굴복시키고 필요한 물건이나 식량을 얻어 내려고 말예요. 그 남자가 그렇게 이용하려고 했던 건 아닐까요?"

"오, 그건 아니야. 동생은 정말 그 남자를 사랑했단다. 그것 말고는 아무 문제도 없었어. 아주 친절한 사람이었지."

"그래도, 자기 권력이나 지위를 마음대로 휘두르는 남자들도 있잖아요."

"맞아. 물론 그렇지. 일어날 수 있는 일이야."

나는 느베르의 어린 소녀가 전쟁터에서 독일 애인의 품에 안긴 모습이 흑백 영화의 한 장면처럼 눈앞에 그려졌다. 왜냐하면 이건 아주 오랜 옛날이야기니까. 독일 남자가 총에 맞았다. 구멍 뚫린 제복 위로 피가 흘러나오고 그가 쓰러졌다. 흑백 영화니까 당연히 피는 검정색이다.

하지만 그 두 사람에게는 권리가 없었다.

같은 침대에서 함께할 수 있는 권리가 없는 경우가 때때로 있는데, 그게 바로 그 상황이었던 것이다.

예를 들어 보자. 만약 선생님이 자기 학생과 잠자리를 했다면 그건 프랑스 법에 따라 처벌을 받을 수 있다.

엄마의 이야기가 자꾸 생각이 나서 좀 그렇지만, 엄마는 그때 25살이었다. 25살은 자기 행동에 대한 책임을 질 줄 알아야 한다. 나는 엄마한테 이렇게 말했었다.

자기가 가르치는 학생과 사귀는 건 비윤리적인 행동이에요. ― 물론 그렇지, 하지만 그게 불법은 아니야. 지식인 아가씨. ― 비윤리적이에요. 한심하다고요. ― 비윤리적일 수 있지, 한심할 수도 있어. 하지만 내가 만약 그때 비윤리적일 수도 있는 행동을 하지 않았다면 미레유 넌 태어나지도 않았을 거야.

지방에 있는 작은 학교의 교사가 되기로 선택한 엄마가 자신의 시간을 허비하지 않았다는 것을 이제는 알겠다. 엄마는 오히려 시간을 가졌다. 클라우스에 대한 대답을 정리할 시간을 말이다.

〈존재와 경이로움: 지금까지 없던 새로운 철학 이야기〉. 나는 엄마가 쓴 원고를 읽었다. 거기에는 클라우스의 철학에 대항하는 내용이 담겨 있었다. 클라우스는 인간은 계획을 세우고 영역을 표시하는 본성을 갖고 있다고 말한다. 인간은 언제나 프로그래밍하고 계획을 짜고 지도를 그리고 또 예측을 하는 존재라는 것이다. 따라서 인간은 언제나 '내일'을 생각하고 예상하고, 준비하고, 예언하는 존재라고 생각한다.

파트리시아 라플랑슈, 엄마의 생각은 다르다. 엄마는 인간은 놀랍고, 예상치 못한 새로움을 발견하는 본성을 갖고 있다고 말한다. 물론 인간은 계획하고 영역을 표시하고자 하는 존재이지만 그렇지 않다고 해서 인간이 아니라고 할 수 없다는 것이다. 오히려 동물에게도 적용이 되는 논리이다. 왜냐하면 동물들도 계획을 세우기 때문이다. 예를 들어, 꿀벌은 벌집을 만들기 위해서, 고양이는 날아다니는 나비를 잡기 위해서 계산하고 움직인다.(물론 우리 집 고양이 뭉치는 나비 잡기 재능이 영 꽝이다.) 하지만 인간은 동물과는 다르다. 모든 것이 잘 정돈된 이 세계에서 새로움과 예상치 못한 우연함을 이끌어내는 존재이기 때문이다. 예술, 감정, 삶 등 이 모든 것들은 예상했던 것, 계획했던 것, 예측했던 것이 실제로는 실패로 이어졌을 때 비로소 완성되는 것이니까 말이다.

클라우스가 끼고 있던 콘돔이 찢어졌고, 계획에 없던 일이 발생했다. 예상치 못한 돼지 새끼 한 마리의 탄생, 그게 바로 나다.

엄마는 현실로부터 도망쳐 부르캉브레스에 간 것일까? 엄마는 클라우스에게 임신한 사실을 알리지 않았다. 엄마가 임신했다는 것을 알았을 땐 이미 둘은 더 이상 '만나지 않기'로 했기 때문이었다. 뱃속의 아기를 지우기에는 너무 늦은 상태였다. 몇 주 동안은 그냥 몸이 조금 아프다고 생각했는데, 얼마 후에는 아기를 기다리고 있는 자신의 모습을 발견했다고 한다. 그래서 엄마는 나를 낳기로 결정했다. 대체 왜? 클라우스와의 만남을 기념이라도 하고 싶어서? 아니다. 그렇게 해야 속이 편했다고 했다. 엄마가 내게 말해 준 유일한 설명이다. "미레유, 나도 모르겠어. 그걸로 엄마 좀 그만 괴롭혀. 그냥 그렇게 해야 속이 편했어. 그게 다야."

"나는 엄마가 잘못된 선택을 했다고 생각해요. 다시 생각해 봐도 그래요. 결과적으로 생각했을 때 나라면 아이를 지웠을 거예요."

"미레유, 네가 그런 끔찍한 생각을 멈추는 때가 오기를 엄마가 얼마나 바라는 줄 아니? 적어도 그냥 받아들이려고 노력은 할 수 있잖아."

"엄마는 납득이 돼요? 내가 존재하지 않았을 수도, 아니, 존재하지 않아야만 했었다고요! 그게 얼마나 머리 아프게 하는 줄 알아요?"

"나도 그래. 나도 지금 조용하고 평온한 나날들을 보낼 수 있었을 거라고. 내가 만약 널……."

"엄마 말 듣지 마, 미레유."

필립 뒤몽 아저씨가 끼어들었다.

"네가 없었으면 우린 아주 지루했을 거야."

20XX 7월 10일 부르캉브레스일보

'올해의 돼지들', 오늘 밤 느베르에 머문다

부르캉브레스일보가 독점 취재 중인 '올해의 돼지들' 여행의 대변인 미레유 라플랑슈는 그녀의 세 친구들과 이슈가 되고 있는 부댕 소시지 푸드 트럭이 오늘 낮 12시 경 니에브르 주의 소도시 세르시라투르에 도착할 예정이며 저녁에는 느베르에 머물 것이라고 밝혔다.

어젯밤, 규뇽에서 미레유 라플랑슈, 아스트리드 브롬발, 하키마 이드리스를 기다렸지만 그녀들은 나타나지 않았고 롱그모르성 근처에서 하룻밤을 보낸 것으로 보인다. "계획했던 일정에서 조금 늦어지긴 했지만 7월 14일 아침까지는 파리에 충분히 도착할 것"이라고 미레유 라플랑슈는 자신했다. 세 사람의 여행은 현재 블로거들과 SNS 사용자들 사이에서 예상치 못한 뜨거운 반응을 일으키고 있다. 하지만 세 사람이 프랑스 혁명 기념일에 맞추어 파리에 가고자 하는 이유는 여전히 오리무중이라 네티즌들의 궁금증을 더욱 자극하고 있다.

H.V.

'올해의 돼지들'은 주변의 관심을 받고 싶은 걸까?
아니면 파리로 가야만 하는 특별한 '이유'가 있는 걸까?
LeProgrès.fr에 지금 바로 접속하여 토론에 참여하세요.

내가 제일 잘 나가! 나도 TV에 나오고 싶어! 나도! 나도! 관심병에 걸린 저 여자애들한테 어떤 관심도 줄 필요 없음. 셀럽들은 다 관종임.
　─질스퀴르클로

아무도 이런 의문을 제기하지 않다니 놀라울 따름이다. 1.어린 여자애들이 소시지를 팔고 있는데, 엄연히 말해 사업을 하고 있는 건데, 사업 허가증이나 필요한 교육을 받기는 했나? 2.기간이 길고 험한 자전거 여행이 저 여자애들에게 큰 위험 요인이 될 수 있지 않을까? 3.다 비만이라 심장 마비를 일으킬 수도 있는 것 아닌가. 이대로 내버려 둔다면 아이들은 물론, 우리에게도 큰 위험을 초래할지 모른다!
　─걱정많은부모

샹젤리제에 폭탄 테러하려는 거 아님? 소시지 푸드 트럭 안에 뭐가 있는지 확인해 본 사람? 테러리스트들이 원래 저 나이 또래 애들을 이용한다던데. 정부는 가만있지 말고 뭐라도 해라!
　─마리프랑스75

18

"좋아, 우리 꿀꿀이들 그리고 카데르, 오늘은 지체하면 안 돼. 이미 계획보다 늦어졌어. 오늘 밤에는 무조건 루아르 강변에 도착해야 돼. 아주 힘든 하루가 될 거야. 예상보다 더."

아니, "예상보다 더"가 아니라 "최악의 하루"가 될 거다.

"오늘 폭풍우가 올 예정이라던데 일기 예보 봤니?"

어젯밤 쳐 놓은 텐트 앞 정원 잔디밭에서 아침 식사를 마친 뒤, 아드리엔느 할머니가 우리에게 말했다.

"에이, 날씨가 우리를 방해할 리 없어요. 지금까지 진짜 맑았거든요!"

버터 바른 바게트를 베어 물며 내가 말했다.

"그래, 하지만 사건은 늘 이럴 때 일어나는 법이지, 날씨가 좋아서 땅에 씨를 뿌리고 물을 줬더니 싹이 나서 쑥쑥 자라겠다 싶었을 때, 딱! 우박이 떨어지지. 농작물의 절반은 완전히 망가지는 거야. 파머 4에서는 자주 일어나는 일이거든."

게임 속 사장님 마인드에 푹 빠진 아스트리드가 끼어들며 말했다.

"그건, 너처럼 복잡한 상황을 스스로 만들고 즐기는 이상한 사람들한테나 그렇지. 현실 세계에서는 아침 7시부터 맑은 날에는 말이야, 하루 종일 날씨가 끝내 주는 법이거든!"

그리고 약 1시간 10분 후…….

……물에 잠겨 죽을 것 같았다.

주위를 온통 희뿌옇게 만드는 빗줄기 때문이 아니라 자전거 바퀴에 찰랑거리며 튀는 빗물 때문이었다. 오, 이런. 코너를 따라 돌다가 거대한 물웅덩이 위를 지나는 바람에 엄청난 물이 튀었다. 땅 위의 모든 것들이 회녹색 빛으로 물들었다. 하늘을 뒤덮은 석탄처럼 까만, 마치 뭉치가 게워 낸 털 뭉치 같은 먹구름을 우뚝 솟은 나무들이 머리꼭대기로 간지럽히는 것 같았다. 하늘과 땅 사이에 물이 떨어지는 건지 올라가는 건지 구분이 어려웠다. 움푹 파인 도로는 진흙탕이 되어 우회해야 했다. 정수리, 어깨, 내 앞에 있는 선샤인의 두 팔 위로 오일을 바른 것처럼 빗물이 번들번들하게 줄줄 흘러내렸다. '티셔츠가 다 젖어서 선샤인의 근육질 몸통에 찰싹 달라붙어 있겠네?' 하는 생각이 들었지만, 이마저도 오래가지 못했다.

우리는 홀딱 다 젖었다. 물먹은 스펀지 같았다. 하키마의 곱슬곱슬한 앞머리도 물미역처럼 이마에 달라붙어 있었다.

"한 시간 동안 겨우 2km밖에 못 왔어."

"그래도 가고 있는 게 어디야."

그리고 마침내, 우리는 폭우를 벗어났다. 희뿌옇던 주위 풍경이 다시 나타났다. 거무튀튀한 구름 뒤로 태양이 살짝 고개를 내밀었다. 우리는 힘을 내어 계속 달렸다. 중간에 작은 마을에서 화장실에 다녀오려고 잠깐 멈춘 게 전부다.

(마을 공용 화장실의 상태는 끔찍했다. 변기 레버는 고장 나 있었고, 양쪽 발판 사이에는 엄청 큰 똥 덩어리가 쌓여 그 주위로 파리들이 윙윙거리다 못해 소리를 지르는 것 같았다. 그래서 그냥 풀숲에 들어가서 해결했다.)

(역시, 선샤인의 티셔츠가 울퉁불퉁한 몸에 착 달라붙어 있었다. 환장하겠다.)

(젠장, 내 티셔츠도 물에 젖어 겹겹이 접힌 뱃살 사이에 끼어 있네.)

우리는 다시 출발했다.

오후 1시, 예정보다 45분 정도 지체됐다. 우리는 세르시라투르에 도착하여 꽃장식이 되어 있는 다리로 갔다. 검정색 안내판에는 아론이라고 적혀 있었다.

"와, 나는 엄청 작은 시골 동네인 줄 알았는데, 저기 보니까 장도 열었나 봐. 다리 위에 사람들 좀 봐."

진짜 사람들이 엄청 많았다. 장이 열렸나? 성지 순례하는 사람들인가? 동네에 클럽 파티라도 열렸나? 아, 사람들이 플랜카드를 들고 있네. 저기 보인다. 파란색, 하얀색, 빨간색 플랜카드에는 이렇게 적혀 있었다.

돼지 여러분 환영합니다!

***

사람들은 우리를 아론 강변으로 데리고 가서는……

"오, 아직 샴페인 못 마셨어요?!"

콜라, 레몬에이드, 과일주스, 초콜릿, 빵, 꽃, 감자튀김 등등을 가져다주었다. 이 도시의 시장은 물론, 주위 12개 도시의 시장들을 포함하여 아직 휴가를 떠나지 않은 아이들, 세르시 주민들 모두와 이웃 동네에서 온 많은 사람들로 북적북적했다.

당연히 기자들도 있었다. 우리를 쫓아왔던 그……

"몽소레민에서 왔어요! 어젯밤에 거기서 여러분들을 기다렸거든요!"

"느베르에서 왔습니다. 지역 라디오 방송국 리포터인데

요……."

"이스트프랑스와 짧게 인터뷰 가능할까요? 오늘 아침 낭트에서……."

"저희는 파리에서 왔습니다! 라플랑슈 씨 몇 가지만 질문해도 되겠습니까?"

"부르캉브레스일보와 독점 취재 계약을 맺으셨나요?"

"7월 14일에 파리에서는 무슨 일을 벌일 계획입니까?"

"소시지 진짜 맛있어요!"

"부모님들이 별말씀 없으시던가요?"

"여러분!! 이 어린 소녀들을 좀 가만히 내버려 두세요!"

솔직히, 이 어린 소녀들은 사람들이 그들에게 보이는 관심을 즐기고 있었다. 아스트리드는 구내식당 아줌마처럼 프로페셔널하게 소스를 담았고, 하키마는 동에 번쩍 서에 번쩍 주문을 받고 종이 접시와 플라스틱 수저를 챙겼다. 나는 타닥타닥 소리를 내며 익어 가는 소시지의 상태를 살폈다.

그러고 나서, 우리도 강둑에 앉아 허기를 달랬다.

사람들이 우리보고 먹으라며 준 것들은 전부 다 맛있었다.

심지어 플라스틱 컵에 담긴 콜라마저도 맛있었다. 버터만 바른 빵도 맛있었다. 견과류를 곁들인 소시지, 강에서 잡아 그릴에 구운 생선, 엄청 큰 렌틸콩 샐러드, 토마토, 얇게 채 썬 당근,

해바라기 씨, 그리고 손으로 대충 뜯은 빵조각 위에 바른 올리브 오일,(와, 트러플이 들어갔다니!) 산딸기가 들어간 선홍빛의 윤기가 흐르는 요거트, 이미 녹기 시작한 초콜릿과 반짝이는 프랄린이 담긴 바구니까지……

"너희들 샴페인 정말 안 마셔도 괜찮니?"

"괜찮아요, 아시다시피 아직 갈 길이 멀어서요."

"원래 저희가 여러분한테 음식을 드리려고 한 건데!"

입안 가득 타프나드*소스를 우물거리며 아스트리드가 말했다.

"진짜 기분 좋아요!"

우리들 주위에는 우리의 팬이 되었다는 특이한 사람들이 그룹을 지어 모여 있었다. 팬들 사이에는 우리의 이동 경로를 추적하는 〈돼지들은 어디 있을까?〉 페이스 북 페이지를 만든 사람이 바로 자기라고 하는 사람도 있었다. 나머지 사람들은 아주 격렬한 토론을 벌였다. 우리가 이토록 흥미진진한 여행을 어떻게 왜 계획했는지. 대충 20세~40세 사이의 12명 정도 되는 사람들이었는데, 한쪽 구석에 모여서 아주 어색해 보였다.

"저는 여러분 세 사람에게 물어보고 싶은 것들을 굳이 감출

---

* 블랙 올리브, 케이퍼, 앤초비에 올리브 오일을 넣고 갈아 만드는 프랑스 프로방스 지역의 대표 요리

생각이 없어요. 혹시 대통령님께 부르캉브레스 산 닭고기의 위험성에 대해 알리려고 가는 건가요?"

한 젊은 남자가 시선을 피하며 우리에게 물었다.

"부르캉브레스 산 닭고기요?"

"네.(목소리가 기어들어 갔다.) 여러분들이 부르캉브레스 출신이라고 했을 때부터 느낌이 왔거든요. 감마선을 쬐인 닭고기 말예요. 건강 상 아주 위험하죠. 방사선을 쬐인 닭고기라니. 소비자들에게 암을 유발할 수도 있죠. 여러분도 그걸 알고 대통령님께 가서 알리려는 거잖아요."

"감마선이요? 암 유발이라니요?"

"알아요, 알아요."

이상한 남자가 우리의 등을 토닥이며 대단한 용기라고 속삭였다.

그리고 나서 우리는 사인회를 시작했다.

다시 말한다. 우리는 '사인회'를 시작했다.

"나는 사인이 없는데! 한 번도 해 본 적 없단 말이야!"

하키마가 몹시 당황스러워 했다.

사람들은 우리에게 사인을 요청했고, 대부분 우리 이야기가 실린 신문지 위에 받았다. 그리고 정말 신기했던 것이, 최소 여덟 개 이상의 신문사에서 우리 이야기를 다루고 있었다. 심지어

오주르디엉프랑스의 일 면은 우리들로 장식되어 있었다.

"헐, 세계에서 제일 못생기게 나온 사진이네! 야 미레유, 그래도 너는 운 좋다. 아래를 보고 있을 때 찍혔네."

정면에서 찍은 사진이었다. 도로 위 우리 넷의 모습은, 맨 먼저 남신처럼 엄청난 잘생김을 뿜어내는 선샤인은 현대판 벤허 같았고, 그 뒤로 보이는 돼지 세 마리의 모습은 자비라곤 하나도 없었다.

"대체 누가 찍은 거지? 어떻게 우리가 모를 수 있지?"

사진 밑에는 르네 라트뤼라고 쓰여 있었다. 기사를 읽어 봤다. 놀랍게도 정보가 무척 구체적이고 정확했다. 우리 엄마가 부르캉브레스에 있는 학교의 철학 선생님이라는 것도, 아스트리드가 스웨덴 혼혈이라는 것도, 헉, 심지어는 카데르 이드리스가 프랑스 군대가 현재 내부 조사 중인 사건의 중심 인물이라는 것까지 전부 다 나와 있었다.

게다가, 선샤인은 호기심 넘치는 기자들의 관심 집중 대상이었다.

"이드리스 씨, 당신의 이번 동행에 관한 관심이 매우 뜨겁습니다. 한편에서는 '올해의 돼지들'이 주위를 분산시키기 위한 것일 뿐이고, 실제로는 당신이 이 여행을 이끄는 실질적 리더라는 이야기도 있는데요, 현재 군 내부에서 조사 중인 사건과 관련하여 당신의 권리를 주장하기 위해 이번 7월 14일 프랑스 혁명 기념일 군사 퍼레이드를 방해하려는 의도 아닌가요?"

선샤인은 밝은 표정으로 대답했다.

"저는 제 여동생과 그 친구들의 여행에 그저 보호자로서 따라왔을 뿐입니다. 바뀐 제 신체 상태에 익숙해지기 위하여 일종의 육체적인 도전을 펼치는 것이기도 하죠. 프랑스 군대의 명예를 훼손하는 그 어떤 행위도 벌일 의도가 전혀 없습니다. 저 또한 프랑스 군인이기 때문입니다. 비록 그것이 저만의 생각이라고 하더라도 말이죠. 그게 전부입니다. 감사합니다."

너무 먹은 탓에 식곤증이 쏟아졌지만 우리는 다시 자전거에 올랐다.

"곧 다시 보겠죠. 아직 갈 길이 멀어요. 한참 남았거든요."

기자들이 탄 오토바이가 우리를 계속 따라 붙었다. 팬클럽 회원들이 탄 자동차 한 대는 멀찍이 떨어져 거리를 두고 우리를 쫓아왔다.(아까 부르캉브레스 방사능 닭고기 타령하던 남자는 아니길.) 아직까지 하늘은 맑았지만 비가 내릴 것 같았다.

"배 아파……. 아랫배에 돌멩이가 잔뜩 있나 봐. 배 속을 굴러 다니면서 박박 할퀴는 것 같아."

하키마가 말했다.

"돌멩이 맞아. 엉켜 붙은 핏덩어리들이 쌓여 있거든."

울먹거리는 하키마에게 내가 장난을 쳤다.

"진짜 울고 싶어……."

"아프지 하키마? 그게 얼마나 아픈지 내가 잘 알지. 많이 아플 거야. 진통제 하나 더 먹을래?"

아스트리드가 물었다.

"안 먹을래. 자꾸 먹어 버릇 하다가 나중에 잘 안 들면 어떡해."

"무슨 소리야. 이건 항생제랑 달라!"

"진짜?"

"당연하지! 내가 몇 년째 계속 먹고 있거든. 좀 일찍 시작해서."

"언제 시작했는데 아스트리드?"

"음, 8살 때."

"헐, 8살 때?!"

"응. 그때 이미 가슴도 나오고 생리도 시작했지. 진짜 최악이었어. 수영장도 못 갔거든."

"와, 말도 안 돼. 불쌍해 아스트리드!"

"맞아. 불쌍하지? 그래서 엥도신 노래 들으면서 방안에만 처박혀 있었어. 그러니까 하키마, 진통제 먹어야 해. 앞으로 평생 생리할 때나 머리 아플 때 먹으면 돼. 항상 어딘가 쑤시고 아플 거야. 여자로 산다는 건 아주 귀찮고 성가신 일이지."

우리의 젠틀맨 선샤인은 대화를 듣지 않는 척했다.

앞으로 전진, 또 전진 했지만……, 길은 끝이 보이지 않았다. 하지만 우리는 마침내 느베르에 도착했다. 얇은 빗줄기를 맞으며 기진맥진하고, 지치고, 물에 잔뜩 젖은 상태로 말이다. 그리고 당연히, 환영 인파가 우리를 기다리고 있었다. 토할 것 같았다. 죽을 것 같았다. 안녕하세요, 어떤 소시지로 드릴까요? 아뇨, 인터뷰는 나중에 할게요, 일단 소시지 좀 팔고요.

19

느베르에서의 밤은 추웠고, 아스트리드는 코를 골았다.

피곤해서 죽을 것 같았는데 막상 잠이 오지는 않았다. 가만히 누워서 텐트 천장을 바라봤다. 중심에 웬 끈 두 개가(뭐에 쓰는 물건이지?) 대롱대롱 매달려 X자로 겹쳐 있었다. 가로등처럼 환한 달빛이 희끄무레한 텐트 천을 물들였다. 그 위로 수십 마리의 작은 모기들과 이리저리 춤추는 나방의 그림자가 일렁였다.

조용히 텐트 밖으로 나왔다. 캠핑장은 온통 어둠으로 뒤덮여 있었다. 새까만 잔디 위에 중국식 랜턴을 켜 놓은 텐트들이 있었다. 텐트 안에 아직 깨어있는 사람들의 실루엣이 비쳤고, 그 중에는 한창 뜨겁게 사랑을 나누고 있는 연인의 그림자도 있었다. 약간 노출증이 있는 사람들이거나, 아니면 밖에서 다 보인다는 걸 모를 수도 있다. 고개는 뒤로 젖혀지고 입이 반쯤 벌려진 여자가 남자 위에 앉아 움직이고 있었다. 저렇게 하면 무릎이 아프지 않나? 하는 생각이 들었지만, 그것도 얼마나 오랫동안 하느냐에 따라 다르겠지만, 생각해 보자. 저 자세로 시간이 조금만 지나도 무릎이 엄청 아파서…….

"괜찮니 미레유?"

갑작스런 목소리에 소스라치게 놀라며 뒤를 돌아봤다. 선샤인이 그의 전용 마차를 타고 캠핑장 중앙에 있는 건물로 이어지는 자갈밭 위에서, 아이폰 화면 불빛에 얼굴이 하얗게 빛나고 있었다.

"아, 카데르! 안녕! 그럼. 괜찮고말고. 아주 좋아요!"

"너 뭔가…… 혼란스러워 보이는걸?"

"아냐 아냐. 그냥 생각할 게 조금 있어서……."

"도와줄까?"

"오, 아니에요! 절대 그럴 필요 없어요. 하나도 안 중요한 거예요. 그냥…….(빨리 생각해. 야한 자세 이야기 빼고 아무거나 빨리!)
그냥, 텐트 꼭대기에 매달린 끈이 뭘까 생각하고 있었어요! 그
게 뭐예요, 대체?"

"등유 램프를 걸 때 쓰는 거야."

"아, 그렇구나!(나는 이마를 시원하게 한 대 때렸다.) 한참 생각했
네. 근데, 안 자요?"

"응, 그냥 산책 좀 하고 싶어서."

나는 선샤인에게 조금 더 가까이 다가갔다.(얼굴이 조금 붉어
지기는 했지만 주위가 온통 까매서 다행이다. 선샤인이 알아채지만 않
는다면 괜찮다.) 살짝, 선샤인의 호흡이 얕고 빨라지는 것이 느
껴졌다.

"어, 음, 그럼 한밤중에 너도 산책하고 있었던 거니?"

선샤인이 앞으로 슬쩍 움직였다. 조금 불편한 목소리였다.

"응, 왜요? 무슨 문제 있어요?"

"전혀."

"그럼 잘 자요. 내일 봐요."

선샤인은 깊은 숨을 내뱉으며 이마를 닦았다. 휴대폰 화면 불
빛에 비친 선샤인을 보다가 목덜미의 쇄골에 땀방울이 맺혀 있
는 것이 눈에 들어왔다. 나는 가까이 다가가 웅크려 앉았다. 달
처럼 창백하고 핏기 없는 선샤인의 얼굴을 살폈다.

"괜찮아요 카데르?"

"난 괜찮아. 너……. 네가 그러다 감기 걸릴까 봐. 잘 자."

선샤인은 내 머리를 가볍게 쓰다듬었다. 마치 그가 키우는 고양이한테 하듯, 그의 여동생에게 하듯 말이다.(그러고 보니 갑자기 머리를 이틀 동안이나 감지 않았다는 게 번뜩 떠올랐다. 선샤인의 손톱 아래에 나의 두피에서 떨어져 나온 기름진 분비물이 끼었을 거라고 생각하니 끔찍했다.) 선샤인이 탄 휠체어가 몇 미터 멀어져 갔고, 휠체어에서 무언가 툭 떨어졌지만 선샤인은 알아채지 못하고 계속 앞으로 나아갔다. 나는 그를 불러 세웠다.

"저기, 카데르. 이거……. 목욕 가방 떨어뜨렸어요."

선샤인이 뒤를 돌아봤다. 땀에 젖은 얼굴이 나를 조금 긴장하게 만들었다. 우물쭈물 말을 걸었다.

"샤워하러 가요? 괜찮다면 내가 같이 가 줄게요."

오, 완벽하다. 선샤인에게 샤워하러 함께 가자고 물어보다니! 나는 미친 사람처럼 웃었다.

"에이, 당연히 같이 씻자는 말 아닌 거 알죠? 전 이미 다 씻었거든요. 하루에 샤워를 두 번이나 하다니요! 그건 정말 터무니없는 물 낭비라구요. 그러는 동안 북극곰들이 죽어가니까요."
(멍청아, 자꾸 이렇게 큰 소리로 떠들어대면 캠핑장에 있는 사람들 다 깬다구.)

"그냥, 혹시라도 도움이 될까 해서요. 눈 감고 귀 닫고 있을게요."

내 말에 선샤인은 웃음을 터뜨렸다. 이빨을 보이며 킥킥거리기도 했다. 저러다가 달빛 아래서 갑자기 우락부락한 근육이 터져 늑대인간으로 변신하는 건 아닌가 싶었다. 그리고 마침내 대답했다.

"좋아. 고마워."

보다시피, 지금까지 목적 없이 이리저리 방황하고 떠돌던 우리의 존재가 내면에서 다시 합쳐지는 그런 순간이었다. 내 귀로 내면의 목소리가 계속해서 소리쳤다. 그는 내가 도와주기를 원하고 있어! 선샤인은 내게 휠체어를 밀어 캠핑장 중앙 건물로 가 달라고 했다.

건물 안에는 파리들로 가득 차 있었다.

샤워장에 들어서자 램프가 깜빡거리며 켜졌고, 옅은 주황색의 불빛이 주위 생물들의 잠을 깨웠다. 벽에는 작은 벌레들이 기어 다니고 있었다. 엄청나게 큰 모기들은 꼭두각시처럼 정처 없이 이리저리 날아다니다 수도꼭지에 부딪히고 끈적이는 비눗물에 빠져 죽었다. 샤워 부스 중 한 곳에는 고슴도치가 있었다. 진짜 고슴도치.

캠핑장 규칙 제1항: 한밤중 샤워 금지. 인간을 위한 시간이 아니니 말이다.

얼룩덜룩 지저분한 큰 거울에 반사된 불빛 아래서 선샤인이 탄 마차를 밀고 있는 나의 그림자가 눈에 들어왔다. 둘 다 시들어버린 꽃 같았다.

"조금 더 일찍 왔어야 했는데, 안 그래요?"

"사람드…… 들이 없는 게 조…… 좋아서."

"카데르, 진짜 괜찮은 거 맞아요?"

"으응. 저기 제일 안쪽 샤워실로 좀 데려다 줄래?"

장애인 샤워실이었다. 나는 문을 열어 비눗물이 덕지덕지 묻어 있는 희뿌연 벽 바로 옆쪽으로 휠체어를 밀어 넣었다. 단 한 번의 빠른 움직임으로 선샤인은 벽에 달린 손잡이를 잡고 휠체어에서 내린 다음, 작은 발받침 위에 앉아 입고 있던 티셔츠를 벗었다. 한껏 수축한 삼두근, 빨래판 같은 복근, 거북이 등딱지처럼 갈라진 등 근육을 관찰할 수 있는 아주 최적의 순간이었다. 하지만 이런 상황에서, 파란색 타일로 양 옆이 막혀 비좁고, 머리만 빼꼼히 위로 올라온 이런 환경에서는 선샤인의 근육 쇼를 보고 감동을 느낄 여유가 없었다.

1초 만에 선샤인은 바지도 벗었다. 미레유, 눈 감을 필요 없어. 속옷 입고 있잖아. 아랫도리만 가린 남자들은 수영장에서도 많이 봤잖아? 눈 감을 필요 없어.

물론, 수영장에서 본 남자들은 의족이 아닌 진짜 다리가 있었다.

고개를 숙인 카데르는 마치 불에 타는 사람처럼 숨을 거칠게 내쉬고 작은 욕설과 함께 신음했다.

"괜찮아요 카데르?"

같은 질문만 하도록 설정된 기계처럼 연신 "괜찮아요 카데르?" "괜찮아요?", "괜찮은 거예요?" 하고 물었다. 팔을 부르르 떨며 고통스럽게 신음하는 카데르를 바라보았다. 이 샤워실 안에 있는 모든 것들이 불편해 보였다. 카데르의 모습을 보니 '세 집에 사는 카데루셀'이라는 노래가 머릿속에서 가사만 바뀌어 떠올랐다. 두 다리가 잘린 카데루셀, 두 다리가 잘린 카데루셀, 빨갛고 갈색이죠, 빨갛고 갈색이죠…….

정말 그랬다. 카데르의 왼쪽 다리는 무릎 바로 위부터 잘려 있었고, 오른쪽 다리는 전부 절단된 상태였다. 잘려진 부위의 양쪽 끝은 뭉뚝했고 마치 불에 타 적갈색으로 변한 나무처럼 검붉게 그을려 있었다.

"괜찮아요 카데르?(젠장.) 왜 그래요?"

"항상 있는 일이야. 샤워 가방 좀 줄래?"

나는 가방을 건네주었다. 그러고 나서 아주 자연스럽게 샤워기를 잡고 물을 틀었다. 온도가 알맞은지 확인한 다음 비누칠을 하고 있는 선샤인에게 물을 뿌렸다. 카데르의 얼굴은 창백했고 몸은 덜덜 떨렸다. 나는 숙제를 잔뜩 받은 초등학생처럼 신중하게 물을 뿌렸다. 뱀처럼 늘어진 샤워호스가 구멍 났는지 물이 새어 나왔다.

"이제 됐어. 그만해도 돼. 수…… 수건 좀 줘."

카데르의 이가 따닥따닥 부딪혔다.

카데르는 천천히 물기를 닦았다. 붉어진 양쪽의 절단 부위를 살피고는 그 위를 가볍게 툭툭 두드렸다. 고개를 들어 아직 물기가 남아 있는 머리를 흔들어 털고, 가방에서 튜브에 담긴 크림을 꺼냈다. 카데르는 상태가 거의 정상으로 돌아온 것 같았다.

"발한 증상이야. 그리고 마찰열이 오르는 거지. 이쪽 부위의 피부는 다른 데하고 조금 달라서, 열이 자주 올라. 염증도 생기고 습진도 생기지. 그래서……(왼쪽 다리에 크림을 바르느라 말을 잠시 멈췄다.) 그래서 이렇게 매일 크림을 발라 줘야 하는데, 요즘 땀 흘릴 일이 많아서 그게 쉽지 않아."

크림을 바르니 절단 부위가 분홍 소시지처럼 불긋하고 반들거렸다. 그 위로 흰색 파우더를 뿌리니 피부 위에 하얀 눈이 소복이 내린 것 같았다. 그걸 보고 있자니 "괜찮아요 카데르?" 대신에 던질 수 있는 아주 획기적인 질문이 떠올랐다.

"좀 나아요 카데르?"

"음, 가방 안에 갈아입을 새 티셔츠랑 잠옷 바지 있어."

가방에서 옷을 꺼내 주고, 머리와 팔을 잘 넣어 입을 수 있게 도와주었다. 선샤인은 이제야 깔끔하니 따뜻해 보였고, 건강한 아기에게서 나는 기분 좋은 비누향도 났다. 선샤인이 휠체어에 다시 올라탈 수 있도록 휠체어 손잡이를 손으로 감싸 쥐었다.

"솔직히, 우리한테 말할 수도 있었잖아요. 그럼 도와줄 수 있었을 텐데요."

"항상 혼자 했으니까. 그리고 여행 중에는 주위에 아무도 없을 때가 더 편해서."

"아, 알겠다. 내가 주위에 아무도 없을 때 물놀이하는 거랑 비슷한 거네요. 물론, 카데르는 별로 놀라지도 않겠지만요."

"에이, 그렇지 않아!"

선샤인이 갑자기 웃음을 터뜨렸다.

내가 하고자 하는 말을 제대로 이해하지 못한 게 분명했지만, 한 가지 내가 이미 알고 있던 사실이 다시 한번 증명되는 순간이었다. 카데르는 정말 상냥한 사람이다.

"여행 내내 계속 혼자 처리한 거예요?"

"음, 아니. 여행 첫날밤에는 길에서 노숙하는 바람에 못했지. 어제는 아드리엔느 할머니 댁 욕실이 정말 최악이었잖아. 욕조에 온통 화분 투성이라 아무것도 할 수 없었지."

"아, 맞네! 그거 진짜 이상했잖아요. 거기 왼쪽에 샤워스펀지 봤어요? 완전 돌처럼 굳은 거?"

"아아, 내 엉덩이 찌른 게 샤워스펀지였어? 난 무슨 쿠션이 그렇게 딱딱한가 했네."

"그러니까요. 완전 뼈다귀 같았다니까요!"

"노인네들은 참 이상하단 말이야."

기분 좋게 수다를 떨면서 우리는 텐트로 향했다.

"아무튼 고마워."

"에이 별것도 아닌데요."

"좀 징그러웠지."

"전혀요! 자연스러운 거죠."

"아니, 그렇지 않아. 이건 치료야. 자연스러운 거였다면 난 죽었을 거야. 자연에 다리가 잘린 사람을 위한 자리는 없으니까."

이번에는 내가 선샤인의 머리를 헝클어뜨렸다. 오늘 밤은 하고 싶은 대로 다 했다. 선샤인의 머리카락은 얇고, 물에 젖어 있었고 미역 줄기처럼 조금 미끌미끌했다. '걱정 마요 선샤인, 다리가 잘린 사람을 위한 자리가 바로 여기 내 마음 속에 있으니까요.' 라고 말하고 싶었지만 그 대신,

"그래도 어쨌든 상체가 잘생겼잖아요." 하고 말했다.

그 말에 선샤인도 웃었다.

텐트로 천천히 이동하는데, 멀리서 누군가 우리의 텐트 쪽으로 다가오는 게 보였다.

"저기 봐요. 누가 우리 푸드 트럭에 기웃거리는 것 같아요."

"팬이겠지. 사진 찍으려고 그러는 것 아닐까."

"한밤중에요? 좀 이상한 것 같은데, 저 남자."

네모난 불빛이 비추고, 남자는 우리가 세워 둔 자전거 쪽으로 몸을 기울였다.

"이런, 우리 자전거 브랜드가 어떤 건지 보나 봐요. 비싼 게 아니라서 아쉬워하겠는 걸요?"

남자는 한참을 자전거 앞에 머물러 있었다. 너무 멀리 있어서 뭘 하고 있는 건지 잘 보이지 않았다. 어두컴컴한 밤하늘에 박쥐들이 울며 퍼덕였다.

"뭘 하고 있는 건지 가서 물어봐야겠어."

선샤인이 말했다.

우리는 천천히 접근했다.

"카데르, 내 생각에는 우리가 여기 캠핑장에 묵는다는 걸 알고……."

이게 무슨 소리지?

박쥐도 아니고, 매미 울음소리도 아니고, 텐트 밖으로 코고는 소리가 나오는 것도 아니었다. 풍선 바람이 천천히 빠지는 소리 같았다.

아니면 바퀴 바람이 빠지는 소린가?

"미친, 이게 무슨……."

남자는 우리를 발견했고 벌떡 일어나 냅다 뛰기 시작했다. 캠 핑장에서 한밤중 소란이라니! 공포영화의 한 장면처럼,(뺑 아니 고) 달빛이 칼날에 반사되어 반짝였다.

선샤인은 이미 나보다 몇 미터 더 앞에서 울퉁불퉁한 잔디밭 위로 바퀴를 굴리며 텐트 사이를 지그재그로 달리며 캠핑장 출 구 쪽으로 도망치는 남자의 그림자를 뒤쫓았다.

선샤인을 기다리는 동안 자전거 상태를 봤더니…….

젠장.

그 미친놈이 우리들 자전거 바퀴 여섯 개 중 총 다섯 개를 펑 크 냈고, 심지어는 체인을 전부 끊어 놨다.

격분한 상태로 결국 혼자 돌아온 선샤인의 말을 들어 보니, 그 미친놈이 캠핑장 담장을 뛰어 넘어 도망갔다고 했다. 아, 선 샤인한테 다리만 있었어도, 제길, 그래서 쫓아갈 수만 있었어 도…….

"대체 누굴까요?"

"누굴 것 같아? 캠핑장 입구 가로등 불빛에 비쳐서 분명히 봤 어. 머저리같이 자른 머리를 보니 금방 알겠던데? 너희를 올해의 돼지로 불리게 만든 장본인."

20XX 7월 11일 부르캉브레스일보

[단독] '올해의 돼지들', 괴한의 방해 공작에 발 묶여

부르캉브레스일보가 독점 취재 중인 '올해의 돼지들' 여행의 대변인 미레유 라플랑슈가 기물 파손 피해를 입어 계획에 차질이 발생할 것이라 전해 왔다. 오늘 아침, 세 사람은 타이어가 터지고 체인이 절단된 자전거를 발견했고, 누군가 고의로 기물을 파손한 것으로 보인다고 밝혔다. 느베르의 자전거 수리점 세 곳에서는 세 사람의 여행을 응원하는 차원에서 무상으로 수리를 제공하기로 했다. 현재 '올해의 돼지들'이 묵은 캠핑장에서는 사건 현장의 CCTV를 확인 중이다. 하지만 미레유 라플랑슈는 "반드시 7월 14일에 파리에 도착할 것"이라며, 이런 종류의 사건 사고는 어느 정도 예상했었기 때문에 아직 시간 여유가 충분하다고 입장을 밝혔다.

H.V.

@simonedegouges
어젯밤 느베르 캠핑장에서 자전거를 파손 당한 #올해의돼지들을 응원합니다!

@zarabelle
어느 미친놈이 #올해의돼지들에게 저지른 만행. #가엾은프랑스 #정의
는 어디에

@campingnevers
#올해의돼지들에게 위로의 말씀을 전합니다. 그동안 우리 캠핑장에서
단 한 번도 없던 무단침입 사건이 발생했습니다. 1/2

@campingnevers
#올해의돼지들의 캠핑료는 받지 않기로 했으며, 가능한 빨리 조사하
겠습니다. 2/2

@mairiedeparis
파리 시장 부인 엘리즈 미숑은 #올해의돼지들을 응원합니다. #파리에
무사히 도착하기를 기원합니다.

20

느베르의 자전거 정비사
가스통, 졸탄, 필루를 위한 찬가

미레유 라플랑슈(일일 시인)

그대들은 바퀴만 바꾼 것이 아닙니다
상냥하고 친절한 정비사들이여!
그대들이 더 좋은 바퀴로 바꾸어
한 시간에 100km는 달릴 수 있습니다
그대들은 체인만 바꾼 것이 아닙니다
아름다운 장인 정신으로
그대들은 무에서 유를 창조했습니다
최첨단 연결 시스템을 만들었습니다
그대들은 안장도 바꾸어 주었습니다
인정과 덕을 베풀어 준 그대들에게,
더 아름답게 펼쳐질 이 길 앞에서,

우리는 이제 더 이상 옆구리가……

"관둬 미레유. 세련미라고는 하나도 없거든? 애초에 시가 시작부터 이상했다고."

"이보세요, 키친러쉬 사장님! 학교 운문 시간에 시험 점수가 아주 형편없었던 걸로 제가 알고 있습니다만?"

"난 왜 네가 저 이상한 시를 아저씨들한테 보내는지 도통 모르겠다니까? 쓸데없는 짓이야."

"진심에서 우러나오는 감사의 표시인데 왜 그래!"

"그래서 소시지 엄청 많이 드렸잖아!"

"이봐요 아스트리드 씨. 저는 그쪽하고 달라서 고작 소시지 하나로 진심을 표현할 수 없거든요? 자, 뒷부분은 어떤지 마저 들어봐."

아, 마음도 푸드 트럭도 가볍게
큰 아쉬움을 안고 우리는 그대들을 떠납니다
절대, 결코, 앞으로, 다시는, 네버,
느베르에서 만난 그대들을 잊지 않을 것입니다

"네버, 그거 진짜 이상해. 하나도 안 어울려."

"시적 허용이라는 걸 정말 눈곱만큼도 모르는구나. 엥도신 팬이라고 할 때 진작 알아봤다 내가. 에이, 됐어! 이대로 우표 붙여서 보낼 거야."

"다 된 거야 그럼?"

자전거에 올라타고 있던 하키마가 기다리기 힘들다며 재촉했다.

"어서 가!"

우리는 엉덩이를 푹신푹신한 안장에 올렸다. 톱니 모양의 두꺼운 자전거 바퀴는 자갈밭 위, 움푹 파이거나 울퉁불퉁한 도로 위를 씩씩하고 우렁찬 소리를 내며 달렸다. 기분 끝내준다!

푸드 트럭 견인 시스템이 완전 새로워졌다. 우리의 위대한 자전거 정비사 가스통, 졸탄, 필루 세 사람은 우리에게 맞춤형 견인 장치를 만들어 주었다. 특히, 천재적인 수리 솜씨의 졸탄은 푸드 트럭에 특수 브레이크를 설치해서, 내가 브레이크를 잡을 때 따라 멈출 수 있게 해 주었다. 이제 브레이크를 급하게 잡아도 푸드 트럭이 앞으로 밀려 우리를 칠 위험도 없어졌다.

"여보세요? 엘렌 기자님? 미레유예요. 잘 들려요? 핸즈프리로 통화하고 있죠 당연히. 전해 드릴 소식이 있어서요. 다 잘 해결됐고 훨씬 상태가 좋아졌어요. 부르캉브레스일보 홈페이지에 큰 글자로 적어 주실래요? 우리에게 이런 짓을 벌인 테러리스트의 계획은 처참히 실패했다고요. 네네, 저희 지금 훨씬 더 빨리 달리고 있어요. 오후 2시쯤이면 상세르에 도착할 것 같아요. 일단 지체된 일정부터 빠르게 소화해야겠어요. 잘 받아 적으세요. 악당은 지옥에 떨어져 활활 불탈 것이고, 모든 악당들의 웃음거리가 될 것이다! 네네, 제가 지은 말이에요. 알겠어요! 얘들아! 엘렌 기자님한테 인사해!"

"안녕하세요!"

루아르 강변을 따라 달리는 길은 고요했다. 중간 중간 조깅하는 사람들이 불쑥 튀어나왔다. 하키마와 아스트리드는 새들을 셌다. 길게 꼬부라진 목에 모히칸 머리 스타일을 가진 황새가 강 한가운데에 삼각형으로 쌓인 모래 위를 거닐고 있었다. 오리와 그 뒤를 졸졸 쫓아가는 새끼들은 낚시하는 사람들 주위에서 물장구를 쳤다. 올망졸망 모여 있던 참새들은 달려오는 자전거 바퀴에 놀라 후다닥 강둑 아래로 다이빙했고, 까마귀들은 쓰레기통을 뒤지며 남은 샌드위치 조각을 골라내고 있었다. 많은 사람들이 우리를 알아보고 사진을 찍으려 휴대폰을 꺼냈지만 우리는 이미 쌩하고 자리를 떴다.

"우리들 왠지 점점 유명해지고 있는 것 같아."

하키마가 말했다.

오늘 아침 선샤인과 아스트리드와 나는 진정한 어른들의 대화를 나누면서 현재 상황을 하키마에게는 알리지 않기로 결정했다. 파리 시장이 "하루 빨리 만나고 싶다"고 트위터에 올린 것을 프랑스의 하원의원, 상원의원, 영향력 있는 언론인들이 너도나도 리트윗했다는 것도, '기지배시몬'이라는 블로거가 라리베라시옹에 우리들 이야기를 주제로 한 칼럼을 썼다는 것도, 뒤에 멀찍이 떨어져서 우리를 쫓아오는 자동차와 오토바이가 어쩌면 BFM TV 취재 차량일 것이라는 것도 하키마에게는 전부 숨기기로 했다.

그렇게 하기로 한 건, 하키마가 이 모든 이야기를 듣고 우쭐대고 허세를 부릴까 봐서가 아니다. 어떤 사람이 우리에게 와서 직접 '멋있다, 강하다, 똑똑하다, 훌륭하다'고 말하기도 했지만, 그럴 때마다 또 누군가는 SNS에 '못생겼다, 뚱뚱하다, 더럽다, 쿵쾅거리는 돼지년들, 오크년들'이라며 글을 써대고 있으니 말이다. 대체 어떤 사람들이 그러는 걸까? 의문투성이다. 실제로 존재하는 사람들일까? 차마 입에 담기도 힘든 저 욕 뒤에 정말 우리랑 같은 세계에 살고, 먹고, 웃고, 춤추고 어울리는 그런 사람들이 있는 걸까?

아스트리드는 괜찮아 보였고, 아주 철학적인 관점에서 이 사태를 바라보기 시작했다. 물론 나도 이미 오래전에 해탈의 경지에 오른 상태였기 때문에 더 이상 이런 일에 상처 입을 것도 없었다. 하지만 아주 가끔, 유독 심한 악플이나, 특히 나를 저격하는 잔인한 댓글을 볼 때면 자존감이 와르르 무너지기도 한다. 예를 들어, 르몽드 홈페이지에 올라온 댓글이 그랬다. "저 세 명의 어린 여학생들은 참 불쌍하다. 그중에서도 스스로를 영리하다고 생각하는 미레유 라플랑슈는 참으로 안타깝다. 본인이 가장 멍청하고 못생겼다는 것도 모르고……. 모든 방송 채널에 낱낱이 공개되는 세 사람의 모습은 불쌍하기 짝이 없다." 부르캉브레스일보 홈페이지에 익명으로 올라온 댓글도 그랬다. "미레유 라플랑슈랑 같은 반임. 반에서도 애들 선동하고 그래서 선생님들이 엄청 싫어함."

뭐, 그런가……. '돼지년들' 이런 댓글도 있지만 '존못임ㅋㅋ' 이런 게 타격은 더 큰 것 같다.

선샤인이 말했다.

"댓글 그만 읽어 미레유. 안 그러면 휴대폰 뺏어 버릴 거야."

자, 그래서 하키마한테는 모든 사실을 숨기기로 결정한 것이다. 경지에 다다른 나도 이렇게 극복하기가 어려운데, 하키마한테는, 아직 어린 우리 하키마에게는 차마 알릴 수 없다.

계속 페달을 밟았다. 오늘 아침 질문 자판기처럼 "괜찮아요 카데르?"라고 또 물으니, "응, 괜찮아 미레유"라고 대답이 돌아왔다. 얼굴을 보니 휠체어 바퀴를 돌리는 동안 고통을 참는 것처럼 보이지는 않았다.

루아르 강둑의 자전거 도로는 정비가 아주 잘 되어 있었다. 항상 시야에 강이 들어오는 것은 아니었지만 나무 뒤로 물이 잔잔히 흐르고 있다는 그 존재감은 충분히 느낄 수 있었다. 우리가 자전거 도로를 따라 달리다 보니, 취재 차량을 타고 따라오던 기자들도 우리를 가만히 내버려둘 수밖에 없었다. 오르막길이나 내리막길도 거의 없고, 날씨도 우리를 더 이상 괴롭히지 않았다. 여행을 시작하고 처음으로 차분하고 평온하게 수 킬로미터를 달린 것 같다. 시작하고 처음 이틀 정도 느꼈던 근육통도 이제 근육계와 신경계가 서로 동맹을 맺었는지, 통증이 거의 느껴지지 않았다. 장딴지는 고무공처럼 딱딱하게 부풀어 올랐고 감각도 거의 마비된 상태였다. 그렇다, 우리는 점점 끈기 있고 냉정하게 페이스 조절을 하며 상체를 숙이고 엉덩이를 치켜올린 프로 사이클리스트가 되어 가고 있었다.

"내가 그 머저리 같은 놈을 잡았어야 했는데. 걔 이름이 뭐라고?"

선샤인이 물었다.

"말로요."

내가 이를 꽉 깨문 채 대답했다.

"나쁜 놈. 우릴 계속 따라오고 있을까?"

"글쎄요, 걔가 우리한테 왜 그런 짓을 했는지 모르겠어요. 그래서 얻는 게 뭐가 있죠? 대체 뭘 위해서 그러는 건지."

"심리적으로 불안한 거야. 우리가 창피를 당했으면 좋겠는데 자꾸 유명해지니까 맘에 안 드는 거지."

아스트리드가 말했다. 어쩌면 아스트리드의 말이 맞을지도 모르겠다. 그렇지만……. 자전거를 망가뜨리려고 여기까지 쫓아왔다고? 대체 어떻게 왔지 그 멍청한 꼬맹이 말로가? 스쿠터 타고 부르캉브레스부터 쫓아왔다고? 나는 도저히 이해가 되지 않았다. 이런 걸 원했던 걸지도 모르겠다. 우리를 혼란에 빠뜨리고 정신없게 만들어서 스트레스를 받도록 하는 것 말이다. 하지만 그 예상과 정반대로 우리는 더 집중해서 레이스를 펼치고 있다.

따르릉! 따르릉! 자전거 차임벨 소리가 들렸다. 자전거 타고 지나가던 사람들이 우리를 알아본 것이었다.

"안녕 돼지들!"

"멋있다 돼지들!"

"힘내라 돼지들!"

"괜찮니 돼지들아?"

"돼지들, 너희가 최고야!"

그래, 실제 눈앞에 존재하는 모든 사람들은 다 우리를 응원하는 것 같다. 이렇게 인터넷에 올라오는 댓글과 우리가 직접 만나는 사람들이 하는 말 사이에는 아주 큰 차이가 있다! 그리고 제일 이상한 것은 바로 이 인기다. 사람들이 나에게 웃어 주는게 도통 적응이 안 된다. 주위 사람들이 건네는 안부 인사도 낯설다. 어쩌면 이런 것들이 나를 아름답게 만들어 주는 것인지도 모르겠다. 아름다운 사람들은 주위로부터 미소와 안부 인사를 끌어당기니까 말이다. 사람들은 아름다운 사람들이 괜찮지 않은 모습을 보고 싶어 하지 않는다. 반대로 못생긴 사람들은 당연히 늘 괜찮지 않고, 그래서 못생겼다.

하지만 지금 우리는 마침내 사람들의 안부 인사와 미소를 받을 수 있는 권리를 얻은 것이다!

***

"귀여운 우리 돼지 아가씨들, 멋쟁이 보디가드 님, 드디어 상세르에 도착했습니다!"

"어디어디?"

"저기!"

"저기? 저 언덕 위에?"

"응 맞아, 어때, 멋있지? 끝내주잖아. 내가 구글어스로 미리 한번 살펴봤거든? 저 뒤로 조금 돌아가는 길이 있어. 성 꼭대기가 요새로 쓰였었는데……."

"잠깐만 미레유. 엄청 멀잖아! 게다가 엄청 높아!"

"워워, 아스트리드. 넌 항상 너무 과장하는 경향이 있다니까. 우리한테는 새 발의 피지!"

"아니 근데, 왜 저길 꼭 가려고 하는 거야?"

"곧 알게 될 거야 하키마."

***

"이곳 상세르에 오신 여러분을 환영합니다! 상세르는 세계적으로 와인과…….."

"크로탱 드 샤비뇰 치즈로 유명하죠!"

"맞습니다, 라플랑슈 양. 치즈 생산에 아주 심혈을 기울이고 있지요!"

상세르 시장 부인이 내게 악수를 건네며 말했다.

"저기 미레유, 지금 이 높은 언덕까지 우리를 데리고 온 이유가 설마 네가 제일 좋아하는 치즈를 만드는 마을을 구경하기 위해서는 아니지?"

"우리 스웨덴 산 돼지 아가씨, 생각을 해 봐. 이런 기회를 어떻게 놓칠 수 있겠어! 절대 안 되지!"

"아무리 그래도 그렇지, 크로탱 드 샤비뇰 치즈는 어디서든 살 수 있잖아! 여기서 먹는다고 별 차이 있겠어?"

"일종의 성지순례 같은 거야 아스트리드. 내 종교적 신념을 좀 존중해 줄래?"

아스트리드와 하키마가 구석에서 나를 흘겨보며 구시렁대는 동안(뒤에서 다른 여자들 흉보는 것 말고 뭐 있겠어?) 나는 이 세상 최고의 맛을 담은 치즈가 도착하기를 끈기 있게 기다렸다. 아! 내가 기대했던 대로, 어떤 젊은 남자가 한쪽에는 하얀색 크로탱 드 샤비뇰을 피라미드처럼 쌓아 올린 쟁반을, 다른 한쪽에는 빵을 잔뜩 담은 쟁반을 들고 우리에게 다가왔다. 아스트리드와 하키마는 동네 사람들에게 소시지를 팔았고, 선샤인은 예쁘장하게 생긴 여자가 화이트와인 한 잔을 건네자 "고맙습니다만 술을 마시지 않아서요."라며 정중히 거절하고 있었다. 그사이 나는 상세르 시장 부인과 이야기를 나누었고, 두 대의 카메라가 우리를 집중 조명했다.(끈질기게 따라온 BFM TV와 France 3의 취재 기자들이었다.)

"사모님, 감히 말씀드리는데, 저는 제 평생을 크로탱 드 샤비

눌의 팬으로 살아왔습니다. 생후 2개월 반 정도 지났을 때부터 모유를 끊고 유제품은 오직 크로탱 드 샤비뇰만 먹었지요."

"그렇다면 아주 잘 오셨네요, 라플랑슈 양. 원한다면 치즈를 생산하는 곳을 직접 방문하여 맛을 보고……."

"오! 제발 저를 유혹하지 말아 주세요! 오늘 밤에 우리는 브리아르에 도착해야 하거든요. 서둘러서 얼른 출발해야 해요. 나중에 이곳을 다시 들를 때 데려가 주시겠어요?"

"물론이죠!"

"제가 더 이상 유명하지 않아도요?"

"글쎄요, 아주 오랜 시간 동안 이름이 널리 알려질 것 같은데요?"

나는 얼굴을 붉히며 입안에 끊임없이 크로탱 드 샤비뇰을 집어넣었다. 겉은 바삭하고 속은 촉촉한 것이 아주 적당하게 굳어 있었다.(오! 이건 오래 건조해서 향이 짙다, 오! 이건 아주 신선하고 시큼하네!) 기자들이 옆에서 이것저것 물어봤지만 절반만 대답했다. 어제 자전거를 망가뜨린 범인이 누군지 짐작 가는 사람이 있습니까? 어떤 머저리 같은 놈이요. 7월 14일 파리에서는 어떤 계획이 있으신가요? 군사 퍼레이드와 관련이 있습니까? 불꽃놀이와 관련이 있습니까? 바스티유를 습격할 계획이신가요? 미레유 양, 나이에 비해 놀라울 정도로 성숙한 것 같습니다. 특별한 계기가 있나요?

"글쎄요, 아마도 못생긴 외모가 절 더 성장하게 만든 것 같아요."

@bfm_yv
#올해의돼지들의 대표 미레유 라플랑슈(15세), "못생긴 외모가 나를 성장하게 만들어."
4910명이 리트윗했습니다

@madmoizelle
"못생긴 외모가 나를 성장하게 만들어" #올해의돼지들 외모지상주의에서 탈피하자!

@Genre !
#못생겨서성장했어 해시태그로 여러분의 이야기를 들려주세요! #올해의돼지들
249명이 리트윗했습니다

@alexalaurentin
못생긴 청소년들, 겉으로만 사람을 평가하지 말자 #못생겨도괜찮아 #올해의돼지들

@yannick1993

얼굴이 예쁜 것도 좋지만 마음씨도 고와야 진짜지! #못생겨도괜찮아 #올해의돼지들

@leonardo19

진짜 못생겼다ㅋㅋㅋㅋ #올해의돼지들

그리고 처음으로 티셔츠를 협찬 받았다.

마트에서 판매되는 돼지고기를 대량으로 생산하는 업체에서 만든 티셔츠였다.

"애들아, 우리가 이번에 소시지도 생산하기 시작했거든."

완전 파리지앵처럼 도도하고 시크해 보이는 담당 여직원이 하이힐을 신고 팔에는 티셔츠를 여러 장 든 채 말했다.

"아, 그래요? 그런데 저희는 부르캉브레스 시장에서 파는 레이몽 아저씨의 소시지를 팔고 있어요. 공장식으로 대량 생산하는 그런 소시지 말고요!"

"너희들한테도 수익이 조금 있을 것 같은데, 어때? 저기 카메라 없는 데서 이야기 좀 나눌까?"

그 순간, 정의의 사도 선샤인이 나타나, 여직원과 내 사이를 그의 탄탄한 팔로 가로막았다.

"죄송합니다만, 제가 이 친구들 보호자예요. 그런 식으로 아

이들을 광고에 이용하는 것은 제가 용납할 수 없습니다."

선샤인의 이런 결정은 내가 확신하건데, 아주 의미 있고 또 오랫동안 회자될 것이다. 오늘 밤에는 실시간으로 올라오는 댓글들에서 지역 상품을 장려하고 대량 생산 식품 산업에 반대하는 사람들의 의견을 볼 수 있을 것이다.(라플랑슈 양, 여러분의 자전거 여행이 우리 지역 특산품 판매에 긍정적인 영향을 준다는 것을 알고 계신가요? 뭐 이런 거지.)

"미레유, 나 너무 힘들고 더워. 그만 갈까?"

"그래, 하키마. 곧 출발하자."

"양이…… 오늘은 양이 너무 많아."

"더 지나면 괜찮아질 거야."

나는 하키마를 터질 듯이 꽉 끌어안았다.

우리는 다시 출발했고, 갑자기 이상한 비가 내리기 시작했다. 보슬보슬 내리는 이슬비도 아니고, 후두둑 떨어지는 폭우도 아니고 애매했다. 구름 한 점 없는 하늘에서 떨어지는 비였다. 왠지 나무 뒤쪽 저 멀리서 머저리 같은 놈이 큰 샤워기 헤드를 하나 들고 우리를 뒤쫓아 오는 것 같은 의심이 들었다. 굵은 빗방울은 10분마다 이슬비로 바뀌었다 말았다 했다. 우리는 하늘에 뜬 오묘하고 반짝거리는 환상적인 무지개 아래를 달렸다.

여보세요, 미레유? 엄마야. TV에서 봤어. 하루에 한 번 이상은 문자 답장 좀 해 줄래? 상세르에서 또 술 마신 건 아니지? 엄마 한테 전화 줘.

사랑하는 엄마, 상세르에서 진심으로 한 잔도 안 마셨어요. 걱정 마요.

안녕 미레유. 네 엄마는 조금 화나긴 한 것 같은데, 난 네가 너무 웃긴다! 보고 싶구나.

자전거 페달을 밟으면서 오븐에 구운 닭고기처럼 부드러운 필립 뒤몽 아저씨를 생각했다. 글쎄, 마음을 놓아선 안 된다. 아저씨의 진짜 아들, 특이한 그 외모를 쏙 빼닮을 친아들이 태어나고 나면 내가 쓰던 큰 방에서 나를 끄집어내리려고 할 테니 말이다. 미레유, 쟈크-오헬리엉한테 방을 내어 주고 너는 계단 아래 수납장에서 자도 괜찮지? 헐, 완전 해리포터랑 똑같네! 아저씨가 나한테 진짜 그렇게 할까?

하지만 솔직히 나는 아저씨가 그렇게 하지는 않을 것 같다. 지난 몇 년 동안 아저씨는 아무런 대가 없이 나에게 잘해 줬으니 말이다. 내가 아무리 갖다 버리고 망가뜨려도 항상 선물을

사다 주었다. 내 맘대로 굴고, 말썽피우고, 청개구리 같이 말 안
듣고 못되게 구는데도 왜 그렇게 계속 잘해 주는 걸까? 필립 뒤
몽 아저씨는 어쩌면……, 정말 이상한 사람이다.

엔도르핀이 돌다가 마침내 행복감이 극에 달해서 그런지는
모르겠지만, 우리 셋은 오늘 오후 컨디션이 아주 좋았다. 아스
트리드는 하키마와 내 어깨너머로 수다를 떨었다. 스위스에서
지내는 동안 있었던 이야기를 하는 중이었다.

"……. 그래서 두 시간 정도 그 수녀님 뒤를 쫓아갔는데, 스카
우트 대장님 집에 들어가는 거야! 그 분하고 뭔가 그렇고 그런
사이였던 거지! 홀아비에 애가 일곱이나 딸린 남자랑!"

하키마는 자전거 핸들에서 손을 떼 입을 가리며 말했다.

"헐, 그래서 그 다음에는 어떻게 됐어?"

"교리 공부 다 그만두고 수녀원을 떠났어. 그리고 두 사람 결
혼식에 초대 받았지."

"휴, 그래도 해피엔딩이라서 다행이다."

하키마는 결말이 해피엔딩인 이야기를 좋아한다. 다행히도,
아스트리드는 그런 종류의 이야깃거리를 더 알고 있었다. 자기
가 키우던 강아지가 산으로 도망쳤는데, 다행히 그날 저녁에 바
로 되찾았다는 그런 이야기라든가, 끈질긴 라이벌 한 명이 어느
날 일기장을 훔쳐 갔는데, 다행히 펼쳐보지는 않았다는 그런 이

야기라든가, 아빠가 자기를 버리고 스웨덴으로 다시 떠났지만, 그로부터 일주일 후에 엥도신을 알게 되어서 잠들기 전까지 최소 오십 번씩 노래를 듣느라 아무 생각도 하지 않을 수 있었다는 그런 이야기라든가.

"아빠랑 엥도신 이야기는 좀 다르네."

하키마가 조용히 이의를 제기했다.

"맞아, 엥도신이 더 낫지. 엥도신은 적어도 내게 무언가 메시지를 주거든."

아스트리드가 단호하게 대답했다.

휴, 하키마가 안도의 한숨을 내쉬었다.

위선적인 우리 독자님들은 어떤가?

우리의 모험이 어떻게 끝나기를 바라는가? 말로가 푸드 트럭을 불태우고, 파리에 도착하지 못하고, 평생 우리가 못생기고 뚱뚱하게 살기를 원하는가? 아니면, 여러분은 따뜻한 마음씨와 맑은 영혼을 갖고 있어서, 내 친아빠가 내 앞에 무릎을 꿇고 나를 용서해다오, 사랑스런 나의 귀염둥이 미레유! 네가 보낸 편지에 일일이 답장은 못했지만 언제나 너를 생각했단다. 자, 여기가 네 이복형제들이란다. 조엘, 노엘, 시트로엥, 어서 인사해라! 라고 말하기를 원하는가?

독자님 여러분, 어떤 결말이었으면 좋겠는가?

23살의 신사 조엘의 경우, 파리로 향하는 우리의 여행을 응원한다는 트윗을 올렸다. 내가 이복동생이라는 것은 꿈에도 생각 못할 테니 그럴 수 있지. 만약 알았다면…, 만약 알았더라면……. 조엘의 트위터 계정 아이디 옆에 있는 조그만 프로필 사진을 봤다. 다행히 친아빠의 추한 유전자는 물려받지 않은 것 같다. 까맣고 곱슬거리는 머리가 꼭 엄마를 닮았다. 파리의 명문 고등학교를 나오고 지금은 시앙스포*에 다닌단다.

나는 파리의 명문 고등학교도, 시앙스포도 별로 가고 싶은 생각이 없다. 거길 다니면 뭉치 털 빗겨 줄 시간도 없고, 글을 끄적거릴 시간도 없을 것 같다. 매일매일 공부만 해야 하고, 귀한 집 자녀들과 어울려 다니기나 해야 하고…… 싫다. 지금 이 상태가 나와 훨씬 더 잘 어울린다. 지금 내 눈앞에는 고요하고 평온한 길이 펼쳐져 있다. 자전거 앞바퀴는 힘차게 길을 가르며 달린다.

클라우스, 내가 당신을 만나게 되었을 때, 엘리제 궁 한쪽에 내가 지낼 자리를 잡고, 나도 파리의 명문 고등학교에 갈 수 있는지 물어봐도 될까요? 사실 저는 발전 가능성 만큼은 일등이거든요! 선생님이 그랬어요. 미레유는 크게 성공할 아이입니다.

* 파리정치대학

그럼 뭉치는 어떡하지? 엄마랑 쟈크-오헬리엉이랑 필립 뒤몽 아저씨는? 오, 클라우스. 모두를 부르캉브레스에 남기고 오라는 그런 요구는 하지 마세요. 할머니 할아버지와 식당에서 만드는 필레피에르와 스테이크는?

아스트리드, 하키마, 선샤인은? 그래, 선샤인 몸에 오한이 들고 또 열이 날 때 내가 곁에 없으면 어떡해! 평생 혼자서 해결할 수는 없잖아!

솔직히 말하면, 클라우스와 만나서 뭘 어떻게 하고 싶은 건지 나도 잘 모르겠다.

이번에는 하키마가 아스트리드에게 자기 이야기를 하기 시작했다. 나한테는 한 번도 그런 말을 한 적이 없다. 하키마는 미레유를 무서워 하니까……. 쫑긋 귀를 기울였다.

"알다시피 난 수줍음이 많았어. 보통 수줍은 게 아니라 아주 심각할 정도로 부끄러움이 많았거든. 엄마랑 빵집에 같이 가서 '안녕하세요.', '고맙습니다.', '잘 가.' 이런 간단한 인사도 못했거든! 사람들이 날 쳐다볼 때면 울음이 터졌어. 한 번은, 버스에서 누가 나한테 신발 끈이 풀렸다고 말했는데, 몇 시간 동안 벌벌 떨면서 울기만 했다니까."

"진짜 심각했네. 언제까지 그런 거야?"

"2년 전까지만 해도 그랬어."

"근데 어떻게 극복했어?"

하키마가 대답을 망설였다. 아마도 선샤인이 살짝 뒤를 돌아봤기 때문인 것 같다. 하지만 곧 입을 열었다.

"아동 심리치료사를 만나서 치료를 받았어."

"아 진짜? 그게 효과가 있었던 거야?"

"응, 그래도 시간이 꽤 걸렸어. 맨 처음 만났을 때 내가 한 마디도 말을 못했거든. 의자에 심리치료사는 앉아서 움직이지도 않고 가만히 있기만 했어. 내가 스스로 입을 열 때까지 몇 주 동안을 지켜보기만 했어. 그래서 아빠가 아무 말도 안 하고 가만히 앉아만 있는 저 심리치료사한테 시간당 100유로나 주다니! 그러더라구."

"그래서? 심리치료사가 감춰진 옛날 기억을 막 끄집어냈어? 심각한 트라우마가 있어서 그런 거래? 뭐, 살인 사건을 목격했다거나 그런 거 있잖아."

"아냐. 내가 그냥 그런 성향의 사람이었던 거지. 선생님은 연습을 많이 시켰어. 같이 대형 마트에 가서 캐셔 아줌마한테 '안녕하세요.' 인사도 시키고, 산책하면서 모르는 사람에게 시간을 물어보라고 하기도 했어. 식당에 전화해서 테이블 예약하는 것도 시켰어. 근데 그렇게 할 때마다 매번 울음이 터졌어. 겁나고 혼란스러웠어. 한 번은 버터를 빌려 오라면서 옆집 초인종을 누르라고 했는데, 와, 그땐 정말 눈앞이 캄캄하더라구."

"그래도 효과는 있었네. 이제는 괜찮잖아."

"음, 그치. 아냐, 사실 그렇지 않아. 나는 주변에 사람들이 많은 게 정말 싫어. 모르는 사람들 앞에서 말하는 것도 싫어. 심리치료사 선생님이 내게 준 치료법은, 내 앞에 있는 사람들이 엄마나 카데르라고 상상하라는 거였어. 근데 지금도 난 사람들이 많은 게 싫어. 정말 너무 싫어. 모르는 사람들이 나한테 말을 걸때는 더 싫어."

"그치만 하키마, 벌써 3일 동안이나 모르는 사람들이 우리에게 말을 걸어왔는걸!"

아스트리드가 놀라서 물었다.

"맞아. 근데 난 그게 정말 너무 싫어. 봐, 지금 이렇게 자전거탈 때는 괜찮아. 근데 이제 우리는 파리에 도착할 거고, 그걸 생각하면……. 너무 무서워서 속이 울렁거려."

"뭐? 근데 왜 우리한테 이제껏 아무 말도 안 했어?"

"아, 그건, 그냥 방해하고 싶지 않아서……."

"넌 아주 잘 이겨내고 있는 거야 하키마."

앞에 있던 선샤인이 갑자기 입을 열었다.

"네가 이제는 아주 많이 나아졌다는 게 보여. 심리치료사 선생님이 치료해 주었기 때문이 아니야. 네가 비로소 강하고 자신

감 넘치는 여자로 성장한 거지.″

음, 선샤인이 심리치료사들을 그리 좋아하지 않는 게 분명했다. 하키마의 아빠처럼 선샤인도 더 크다 보면 자연스레 해결될 문제라고 생각한 거다. 아, 혹시 선샤인도 심리치료사를 만난 적이 있나? 그럴 리가. 군인이 심리치료사를 만나러 간다니. 절단된 부위에서 열이 나고 쓰라려서 그랬을지도 모르겠지만, 마음만큼은 군인의 자세로 냉정하고 차분하지 않았을까.

해가 떨어지고 저녁이 되어서야 우리는 브리아르에 도착했다. 도착 시간에 관계없이 사람들은 우리를 기다리고 있었다. 저쪽은 시장님이랑 사모님인 것 같고, 정장을 입고 있는 아저씨는 국회의원 같았다. '전적으로' 우리를 '반갑게' 맞이하는 사람들에게 우리도 매우 '반갑게' 소시지를 팔았다. "여러분을 이렇게 직접 만나게 되어 정말 반가워요. 그 말을 들으니 저도 덩달아 반갑네요. 오, 아니에요. 저희가 만든 소시지도 좋아하셨으면 좋겠네요. 푸드 트럭도 멋지죠? 여러분도 정말 멋져요!"

조금 과장해서 말하는 것도 있지만, 뙤약볕에 얼굴이 많이 탔다. 아스트리드의 머리카락은 노랗게 빛이 바랬다. 코끝은 햇볕에 그을렸고 나머지 노출된 부위는 밤나무처럼 까맣게 탔고, 두드러지게 올라온 주근깨에 여드름이 전부 가려졌다. 하키마의 피부도 검은 머리카락보다 더 까만 구릿빛으로 타서 껍질이 다 벗겨지고 있었다. 그 어느 때보다 잘생긴 미모의 선샤인은 휠체어에 앉아 멋짐을 뿜어내고 있었다. 나도 피부가 좀 탔다. 웃긴 게 뭐냐면, 그래서인지 조금 갸름해 보인다는 점이었다. 그도 그렇게, 솔직히 살이 조금 빠지긴 했다. 팔뚝 살도 좀 빠진 것 같고, 종아리 근육도 이제야 살을 뚫고 보이기 시작했다. 수백 킬로미터를 자전거로 달리니 살이 빠지는 건 당연한 이야기다.

"라플랑슈 양은 이제 '십대 다이어트' 블로그를 구독하는 모든 여학생들의 우상이 되었습니다. 라플랑슈 양처럼, 뭐랄까, 사람들의 눈에 비친 모습을 싫어하고, 살을 빼고 싶어 하는 십대 여학생들의 우상이죠. 블로그 구독자들 모두 라플랑슈 양의 이야기를 궁금해 하고, 또 어떻게 하면 다이어트를 할 수 있을지 묻는 질문들도 많이 올라오고 있는데요, 인터뷰를 좀 할 수 있을까요?"

"절대 안 합니다."

저리 꺼지세요. 초콜릿 아이스크림을 한 입 베어 물고 웅얼거리며 한 마디 더 했다.

시청에서 하루 호텔 숙박을 제공해 줬다. 괜찮다고, 그럴 수 없다고, 마음만 받겠다고 거절했는데도 우리를 그대로 호텔에 밀어 넣었다.

"이것 봐, 미레유! 린스가 있어!"

샤워실은 아주 깨끗했다. 비눗물 자국 하나 없었다. 십 년은 족히 묵은 것 같은 때와 땀과 선크림으로 얼룩진 피부를 씻어 내었다. 진정한 행복 같았다. 일회용 면도기로 겨드랑이 털도 얼른 밀었다. 샴푸에서는 은은한 월계수 향이 났고, 린스에서는 로즈마리 향이 났다. 두피가 뽀득뽀득해질 때까지 머리를 헹궜다.

샤워실 밖으로 나왔을 때, 아스트리드는 엄청 큰 사이즈의 침대에 드러누워 차를 마시며 TV를 보고 있었다.

"TV 뭐 볼 만한 것 있어?"

"아니. 개그 프로밖에 없어."

"좋네! 지금 우리한테 필요한 건 딱 그런 개그 프로지."

TV를 보며 잘 준비를 했다. 개 한 마리가 집 앞을 청소하고 있는 여자의 엉덩이를 콱 깨물었다. 여자가 깜짝 놀라서 빗자루를 위로 던졌고 지나가던 남자 머리 위로 떨어졌다. 아이고 배야!

밤 12시, 자정 뉴스 시그널 음악 소리에 잠에서 깼다. 하, 아스트리드, 하키마, 선샤인, 꿈속에서 귀가 꽤나 간지럽겠는데? 뉴스 첫 소식부터 우리 이야기가 나오고 있었다. '올해의 돼지들'이 브리아르에 도착했고, 내일 몽타르지로 향한다는 뉴스였다.

호박같이 큰 내 얼굴, 트위터와 페이스북에서 우리를 응원하는 팔로워들의 인터뷰, 느베르 캠핑장 텐트 사이를 뛰어다니는 말로의 모습이 찍힌 CCTV 화면, 노릇노릇 익어가는 소시지와 맛을 보는 사람들……. 이 머스터드소스 정말 맛있군요! 한 사회학자가 나와서는 사람들이 우리에게 열광하는 이유에 대해 설명했다. "우리는 세 사람이 하루 빨리 파리에 도착하기를 기대하고 있습니다."라고 말하는 엘리즈 미숑 파리 시장 부인의 인터뷰도 나왔다. 하지만 대체 그들은 파리에서 무엇을 하려는 걸까요? 아직 수수께끼입니다.

20XX 7월 12일 부르캉브레스일보

'올해의 돼지들', 폭풍우가 몰아쳐도 계속 달린다

오늘 아침 미레유 라플랑슈, 하키마 이드리스, 아스트리드 브롬발은 루아레 주에 속한 도시 브리아르를 떠나 하루 동안 긴 여정을 보낼 예정이다. 낮 12시, 몽타르지에 도착해 점심시간에 맞춰 소시지를 팔고 저녁에는 퐁텐블로 숲으로 이동한다. 프랑스 메테오의 일기 예보에 따르면 일드프랑스 남부지역에 폭풍우를 동반한 먹구름이 몰려들 것으로 예상되지만 세 사람의 뜨거운 열정을 식히기에는 역부족으로 보인다.

미레유 라플랑슈는 "비가 오고 바람이 불어도 우리는 7월 13일 저녁에 반드시 파리 외곽에 도착해, 14일 정오에는 파리 시내로 입성할 것"이라고 밝혔다. 네티즌들의 끝없는 질문에, 세 사람은 혁명 기념일 군사 퍼레이드에 어떤 해를 끼칠 생각은 없다며 연신 답했다. 한편, 느베르의 경찰서장 트리스탄은 캠핑장 CCTV에 찍힌 영상을 바탕으로 '올해의 돼지들'의 자전거를 파손시킨 용의자를 밝혀내는 데 성공했다고 말했다.

H.V.

("여보세요?"

"여보세요? 미레유니? 안녕, 드니 아저씨야. 말로 아빠."

"아, 안녕하세요."

"미레유…… 며칠 전에 말로가 사촌 펠릭스하고 차를 끌고 부르캉브레스를 떠났어. 남부로 요트 타러 간다고 말하고 나갔는데……. 느베르 캠핑장에서 찍힌 영상을 보니 말로처럼 보이더구나."

"아, 아저씨도 엄청 닮았다고 생각하셨나 봐요?"

"미레유, 잘 들으렴. 일단 너희에게 일어난 일은 정말 미안하구나. 대신 사과하마. 너도 알다시피 말로가 아주 어렸을 때 엄마를 잃었잖니. 기억하니? 그래서 애가 조금 불안정해. 새엄마하고도 잘 못 지내고 말이야……. 그래서 말인데, 좀 걱정이 돼서. 혹시라도 경찰이 네게 말로에 대해서 뭔가를 물어본다면, 그러면 혹시……. 말로를 조금 보호해 줄 수는 없을까? 응? 미레유. 내 말 들리니?"

"네, 듣고 있어요. 아저씨, 우리 엄마가 '올해의 돼지들' 선발 대회가 맨 처음 열렸을 때 찾아갔던 것 기억하세요?"

"물론이지. 우리가 할 수 있는 건 다 했잖니. 말로를 다그치기도 하고……."

"그럼 두 번째 선발 대회가 열렸을 때 찾아갔던 건요?"

"아, 미레유, 그건 정말 유감……."

"그럼 말로네 엄마가 돌아가셨을 때, 그때 우리가 초등학교 4학년이었잖아요. 제가 매일 다른 맛 케이크를 구워서 말로에게 갖다 줬던 것도 기억하세요? 매일매일요."

"그래 미레유. 기억나지, 기억나……. 그래, 네게 말로를 보호해 줄 이유가 전혀 없다는 것도 잘 안다. 하지만 미레유…….")

21

여러분이 나라면 어떻게 할 텐가? 한때 벌거벗고 같이 샤워도 했던, 전직 베스트프렌드였던 소꿉친구가 여러분에게 등을 돌리고 2년 연속으로 목에 올해의 돼지 금메달을 걸어 주고, 그다음 해에는 동메달을 걸어 주더니, 이번에는 돼지에게 어울리는 수모를 겪게 해 주겠다고 여러분의 자전거 여행을 방해할 요량으로 자전거도 망가뜨렸다면, 경찰이 포위망을 좁혀 오니 새하얗게 질려 걸음아 나 살려라 도망치다 힘없이 이리저리 흔들리는 갈대가 되어버린, 전직 베스트프렌드가 화장실에 가는 길에 우연히 딱 나타났다면 어떻게 할 텐가? 만약, 보잘 것 없는 칼 한 자루를 손에 쥐고 허공에 휘두르면서 볼을 타고 턱까지 두 갈래로 줄줄 눈물을 흘리고 있다면 어떻게 할 텐가?

몽타르지, 오후 1시 15분이다. 사람 한 명 없는 길에 공중화장실이 있다. 길 끝에 있는 광장에는 선샤인과 돼지 두 마리가 우리의 팬이라고 하는 사람들에게 소시지를 팔며 이야기를 나누고 있었다. "괜찮아요 카데르?"라고 물으니 "응, 괜찮아." 하고 대답했다. "하키마, 너는?" 아스트리드가 무슨 사탕을 주듯이 진통제를 준 덕에 하키마는 다행히 배가 덜 아픈 것 같았다. 아스트리드가 "야, 미레유, 언제부터 이렇게 주변에 관심이 많아졌어? 전에는 남이 괜찮든 말든 신경도 안 썼잖아."라고 하기에, 나는 "이봐, 아스트리드. 노파심에 물어본 거야. 계획에 차질이 생기는 게 싫으니까."라고 대답하면서 화장실로 이동했다.

그래서 난 지금 여기, 황량한 길 위, 아스팔트의 검은 얼룩에서 오줌 냄새가 코를 찌르는 이곳에 서 있다. 금지 표지판 옆으로 펼쳐진 박스들이 쌓여 있고, 철창이 있는 창문 그 사이로 말로가 나를 노려보고 있었다.

"말로, 너 지금 여기서 뭐 하고 있는 거야?"

"내가 경고했지. 나를 엿 먹이려는 거면, 망신을 주려는 거면, 뱃가죽에 구멍을 내 줄 거라고!"

말로가 딸꾹질을 하며 말했다.

말로는 격한 울음을 터뜨렸고, 누가 옆에서 전기 충격기라도 꽂은 건지 어깨가 엄청나게 들썩였다.

콧구멍에서 뽀얀 진주알 같은 콧물이 뚝 떨어졌다.

"내가 대체 너한테 무슨 망신을 줬다는 거야?"

나는 팔을 벌려 '무장 해제'를 알리고 진정하라고 다독였다. 생존 가능성 0프로. 만일 정말로 내 뱃가죽에 구멍을 낸다면, 나는 살아남기 힘들 것이다. 간이나 다른 장기를 잃게 되겠지. 물론 내 뱃살 지방이 꽤 두껍다. 더구나 말로가 들고 있는 칼은 너무 조그맣다.

"네가(딸꾹) 나를 웃음거리로(딸꾹) 만들었잖아……."

여기서부터 말로는 하염없이 눈물을 흘렸다. 콧물이 콧구멍을 들락날락했다.

크게 두 번 흐느끼는 사이에 말로는 아주 빠르게 말했다.

"너랑 그 빌어먹을 돼지년들이 나를 쪽팔리게 만들었잖아.(딸꾹) 니들의 그 빌어먹을 꿍꿍이가 뭔지 내가 다 안다고!(딸꾹) 파리로 가서 나에 대해 사람들한테 말해서 나를, 나를 욕먹게 만들고, 나를 쪽팔리게, 나를……."

말이 끊겼다.

조금 떨리는 목소리로 내가 말했다.

"말로, 잘 들어. 이건 너랑 아무 상관없어. 네가 자전거 타이어를 펑크 내지 않았다면 여행 내내 우린 너를 단 1초도 생각하지 않았을 거야."

말로는 다시 울음을 터뜨리며 내 쪽으로 걸어왔다. 안 그래도 16살밖에 안 된 놈이 저렇게 질질 짜고 있으니까 고작 12살, 13살짜리 애 같았다. 울먹이는 목소리가 마치 필립 뒤몽 아저씨가 만들어 준 설탕 소스 크레이프를 먹으러 우리 집에 놀러 왔었던 그때 그 꼬맹이 말로 같았다.

"경찰이, 경찰이 나를 찾고 있어."

"응, 알아. 그러게 왜 그런 바보 같은 짓을 해! 우리한테 대체 왜 그런 거야?"

"사람들이(딸꾹) 다 나를(딸꾹, 딸꾹, 딸꾹) 비웃어. 왜냐면 너네가……, 돼지라고 불리기 시작한 게……."

"아, 뭐 너한테 저작권이라도 있다 이거야? 우리가 쓰는 게 싫어서 그런 거구나?"

말로가 한 걸음 더 다가왔고, 난 한 발짝 물러섰다. 그러고는 갑자기……, 뱃가죽 어디에 구멍을 낼지 훑어보는 것 같았다. 어둡고 푸르스름한 빛이 아른거리는 악몽 속에 있는 것 같았다. 나는 종종 누군가 나를 죽이는 꿈을 자주 꾼다. 딱 지금 같은 상황이다. 갑자기 내 몸이 두 동강 나는 그런 느낌, 영혼이 몸에서 빠져나가는 그런 느낌.

"젠장, 멈춰 말로!"

다행히 다친 곳 없이 말로를 밀쳐 냈다. 여러 번 경고했던 만큼 나를 진짜로 찌르려고 했던 건 아니었던 것 같다. 칼이 팔을 살짝 스치는 바람에 상처가 조금 났다. 이번에는 내 어깨를 찌르려고 다시 덤벼들었지만 내가 막았다.

말로는 갓 태어난 망아지처럼 힘없이 다리를 휘청거리며 흐느끼더니 칼을 손에 꽉 쥐고 한 걸음 물러섰다.

"말로, 네 사촌 펠릭스는 어디 있어?"

"펠릭스는 떠났어. 겁이 나서 나 혼자 두고 도망갔어."

"좋아. 잘 들어. 경찰서로 가. 그게 제일 쉬운 방법이야. 어쨌거나 넌 감옥에 가기엔 너무 어리니까 처벌하지 않을 거야."

"무서워."

"괜찮아. 내가 너를 변호할게. 네가 원한다면, 네가 일부러 자전거를 망가뜨린 게 아니라 내가 너를 그렇게 만든 거라고 그렇게라도 말해 줄게. 뭐랄까……. 왜 그때 있지? 중학교 1학년 때 내가 너한테서 엄청 중요했던 물건을 훔쳐 갔었잖아. 그래서 네가 나를 엄청 싫어하는 거지. 그러니까 그건 내 잘못인 거야. 그치? 경찰한테 가서 그렇게 말하면 분명 널 더 이해할 거야."

말로는 눈물과 콧물로 뒤범벅이 되어 일그러진 표정으로 나를 쳐다봤다. 그러고는 땅바닥에 주저앉았다.

"아냐. 아니야, 미레유. 그만둬. 젠장. 그만두라고."

"뭘 그만둬?"

말로는 칼을 땅에 내려놓았고 나는 재빨리 그걸 주웠다.(정신이 나가서 그런 건 아니다.) 말로 옆에 웅크리고 앉았다. 말로는 서럽게 울기 시작했다. 얼굴을 양손으로 감싼 채 큰 소리로 왜 자기에게 이렇게 잘해 주는 거냐고, 몇 년 동안이나 자기는 미친 놈처럼 나에게 못되게 굴었는데, 지금 당장이라도 화가 나서 얼굴에 주먹을 한 대 날려도 모자랄 판에 왜 이러는 거냐며 울먹였다.(아냐, 나도 너 한 대 때리고 싶어.)

순간 기막힌 대답이 떠오르고 오줌이 너무 마려워서 말로에게 얼른 말했다.

"말로, 나는 심리치료사는 아니야. 하지만 지금 널 보니까, 네가 마초병에 걸린 멍청이였다는 걸 깨닫고 나에 대해 죄책감을 느끼고 있는 것 같다는 생각이 들어. 여자애들을 막 괴롭히면서, 사실 걔네들은 아무 잘못도 없는데 괜히 못되게 굴면서 넌 마초가 된 기분을 느끼고 그걸 계속 반복했던 거야. 그런데 이제는 그 여자애들이 널 무서워하지도 않고 오히려 무시하더니, 자전거를 타고 프랑스 땅을 활보하면서 올해의 돼지 창조주의 허락도 받지 않고 유명세를 얻게 된 거지. 내 말이 맞아?"

말로는 두 손으로 얼굴을 가린 채 고개를 끄덕였다. 눈물과 콧물로 범벅이 된 폴로 셔츠를 입고 같은 말을 웅얼거렸다.

"너 싫어. 나쁜 년. 못생긴 돼지년아."

"나도 알아."

"젠장, 그렇게 말하지 말라고! '내가 널 얼마나 도와줬는데(딸꾹) 어떻게 나한테 이럴 수 있어?' 이렇게 말하란 말이야!"

"내가 왜 그렇게 말하길 바라는 건데?"

"그래야,(딸꾹) 그래야 공평하다고! 제길. 대체 왜 그렇게 말하지 않는 거냐고."

"어…, 왜냐하면 말로…….. 글쎄, 잘 모르겠다. 내가 이미 경지를 넘어선 것 같아. 예전에 우리가 친했었다는 것도 다 상관없고, 네 엄마가 돌아가시고 나서 몇 시간 동안이나 너를 진심으로 위로했었다는 것도 다 필요 없고, 내가 너한테 빌려 준 액션맨 낙하산을 네가 멍청이 같이 브르타뉴 절벽에서 떨어뜨려 잃어버렸던 것도 신경 안 써."

"넌 내가 한 행동이(딸꾹) 부당했다고 생각하지 않는 거야?"

"당연히 그렇게 생각하지. 하지만 너에게 벌을 줄 사람은 내가 아니야. 그건 네가 너무 재밌어 할 것 같거든."

말로를 바닥에 앉혀 두고 오줌을 누러 갔다. 다시 돌아왔을 때 말로는 사라지고 없었다. 모두가 푸드 트럭 주위를 둘러보며 나를 찾고 있었다. 미레유 어딨어? 아! 저기 있다! 야, 미레유, 너 대체 어디에 있었어! 괜찮아? 웃음이 났다.

그날 오후, 한껏 신난 목소리의 엘렌 베이라 기자로부터 전화를 한 통 받았다. 말로가 자수를 했다는 소식이었다.

***

메테오 프랑스의 일기 예보가 완전히 틀리진 않았나 보다.

"이런 상황에서도 우리를 찍다니, 재밌어요?!"

아스트리드가 소리 질렀다.

솔직히, 그런 것 같았다. 기자들은 진짜 즐거워 보였다. 우리는 자동차 세 대와 시끄러운 소리를 내며 따라오는 오토바이들에 둘러싸인 채 움직였고, 모든 카메라는 정확하게 우리를 향해 있었다. 비는 수평으로 내리는 건지 뺨을 계속 할퀴었고, 바람은 우리가 갑자기 길가로 밀려나가지 않게 뒤에서 밀어댔다. 하지만 우리들 주위로 내리치는 천둥과 번개가 이 여행의 종말을 알리는 것 같았다.

"미레유, 거의 다 왔어?"

"아니, 아직……."

내비게이션에 뜬 우리의 '현재 위치'는 큰 변화가 없었다. 평소 속도보다 3배는 느리게 달리기 때문이었다. 우리의 오늘 목적지 퐁텐블로 숲을 가리키는 흑백의 체크무늬 깃발은 아직 화면에 보이지 않았다. 팔다리가 천근만근 무거웠다.

나는 아스트리드와 하키마의 몸 상태, 리듬, 호흡 패턴, 현재 피로도가 어떤지 잘 안다. 하키마의 왼쪽 종아리 근육통은 나와 상태가 비슷해 보여서 알았고, 아스트리드의 발목 통증은 오른쪽 다리를 내밀 때 왼쪽 발을 디디지 못하는 걸 보니 그것도 나와 똑같아서 이해할 수 있었다. 두 사람의 거친 숨소리와 지친 기침 소리도 전부 다 내가 그랬던 대로였다.

그런데 선샤인은 어떻게 자신의 팔 힘만을 사용해서 이렇게 폭우가 쏟아지는 와중에도 앞으로 나아갈 수 있는 걸까? 비와 땀에 젖은 몸이 불덩이처럼 열나고 있을 게 분명했다.

"이러다 벼락 맞겠어!"

하키마가 소리쳤다.

최악이다. 하키마의 말이 맞았다.

우리는 정말 벼락을 맞았다.

BFM TV 홈페이지에 아주 재밌는 영상이 하나 올라오게 생겼다. '올해의 돼지들'의 푸드 트럭에 친 벼락! 푸드 트럭 천장에 붙여 놓은 태양열 충전기가 망가졌다는 데에 내 전 재산을 걸겠다. 아, 맞다, 냉장고! 젠장, 냉장고는 멀쩡해야 할 텐데! 다행히 우리는 괜찮았다. 바퀴가 고무인 덕에 땅과 분리되었으니까 말이다. 무사히 벼락을 피했다. 전류 따위 무섭지 않다! 아무것도 우리의 앞길을 막지 못한다.

퐁텐블로 숲에 도착하니 거의 자정이 되었다. 소시지를 팔기에는 시간이 너무 늦었고, 기자들의 인터뷰에 응하기에도 너무 늦은 시간이었다. 기진맥진한 상태로 자전거에서 내려와, 축 처진 몸을 이끌고 겨우 텐트로 들어갔다.

하지만 좀처럼 잠을 잘 수가 없었다.

오늘 하루 종일 페달을 돌리고, 돌리고, 또 돌린 탓에 다리가 허공에서 계속 돌아가고 있는 느낌이었다. 밤새 누워서 페달을 돌리고, 잠깐 잠든 순간에도 꿈에서 페달을 돌렸다. 깜짝 놀라 잠에서 깨어 아스트리드를 돌아봤다.

"너도 페달 돌리는 꿈꿨어?"

"헐, 어떻게 알았어? 머릿속에서 온통 자전거 페달 돌리는 생
각만 나."

20XX 7월 13일 부르캉브레스일보

'올해의 돼지들', 순탄치만은 않은 마지막 여정

미레유 라플랑슈가 '악몽' 같았다고 표현한 거친 폭풍우가 한바탕 몰
아친 오후, 번개까지 내리쳤지만 '올해의 돼지' 세 사람과 보호자 카데
르 이드리스는 아침 일찍 퐁텐블로 숲을 떠나 오늘 밤 슈아지르루아로
향해, 그곳에서 하룻밤을 보낼 계획이다. 자전거를 타고, 이제는 너무나
도 유명한 소시지 푸드 트럭을 끌고 구불구불한 센느 강변을 따라 이동
하고 있으며, 그들이 어디서 점심 식사를 할 예정인지는 아직 자세히 밝
혀지지 않았다. 슈아지르루아 시장은 이미 네 사람에게 시내의 한 호텔
에서 무료로 머물 수 있게 할 것이라고 발표했다. 세 명의 십대 여학생
들이 자전거 여행을 떠나게 된 이유가 밝혀질 시간이 얼마 남지 않았다.
내일, 파리 중심에 도착한 세 사람의 이야기에 관한 추측이 무성하다.

H.V.

@lepoint

독점: 느베르 캠핑장 사건의 범인, #올해의돼지들 선발 대회 주최자로 밝혀져. http://...

@lexpress

"돼지들이 나를 망신 주려는 거라고 생각했다", 말로(14세), #올해의돼지들 자전거 사건의 범인이라고 자수해. http://...

@lefigaro

교육 전문가 나탈리 폴로네: #올해의돼지들은 현 교육 시스템 실패의 상징. http://...

@grazia

학교에서 #돼지로 뽑히지 않을 12가지 #뷰티 조언 http://...

22

오늘 아침, 아스트리드는 감기에 걸렸다.

"어제 비를 너무 많이 맞았나 봐. 편두선이 부었나?"

덜덜 떨면서 말하는 얼굴이 너무 처량해 보였다.

"편도선! 그냥 감기야, 그거."

아스트리드의 귀와 목에서 뜨끈뜨끈한 열이 났다. "아아"하고 아스트리드가 입을 벌려 소리를 내었는데, 새빨갛게 부어오른 목젖이 꼭 나무에 열린 대왕딸기 같았다. 차오르는 짜증을 가라앉히고 이해심 넓은 사람처럼 고통에 충분히 공감해 주고 싶었는데, 도저히 그럴 수가 없었다.

"아스트리드, 제발 부탁인데, 코 그만 먹고 그냥 풀면 안 돼?"

"나도 그러고 싶은데, 자전거 타면서 코를 어떻게 풀어!"

코가 꽉 막혀서 맹맹한 소리로 아스트리드가 대답했다.

"한 손으로 핸들 잡고 한 손으로 풀면 되잖아! 코 먹을 때마다 콧물이 목구멍을 타고 뱃속에 흘러 들어가는 게 자꾸 상상돼서 더럽단 말이야."

"그렇게 생각하는 네가 이상한 거지!"

선샤인이 끼어들었다.

"미레유, 우리 늦지 않았어. 하루 정도는 푹 쉬었다가 가도 내일 제시간에 도착할 수 있을 거야."

"절대 안 돼요. 아스트리드의 면역력이 시원찮은 바람에 이미 굼벵이처럼 느릿느릿 기어가고 있는걸요! 다시 한번 말하지만, 슈아지르루아에 폭신한 호텔 침대가 우리를 기다리고 있다는 걸 다들 잊지 마! 페이스 조절을 해야 돼. 지금 이렇게 천천히 가면 나중에 엄청 밟아야 될 거라고."

"하지만 지금 저 상태로 아스트리드는 소시지 팔기도 어려울 것 같은데. 사람들한테 편도선염을 옮길지도 몰라."

"편도선염 아니고 감기라니까! 자, 얼른 밟아."

센느 강변은 루아르 강변을 달릴 때보다는 덜 거칠었다. 너른 들판 위에는 산책로가 나 있고, 비둘기와 황새들이 놀고 있었다. 엄마 아빠한테 자전거 타는 법을 배우고 있는 아이들도 있었다. 우리는 파리 교외의 도시에서 도시로 이동했고, 나도 처음 보는 곳이었다. 회색빛의 센느 강은 일렬로 선 건물들과 작은 상점들로 둘러싸여 있었고, 강둑에 걸터앉아 담배를 태우는 젊은 남자들의 모습은 그 옆을 지나갈 때 시선을 사로잡았다. 나는 시골 동네와 작은 마을 풍경에는 익숙했지만, 이렇게 시멘트가 넓게 깔린 땅에 간간히 나무들이 심어져 있는 도시의 모습은 조금 낯설었다.

아무 냄새도 나지 않았다. 사람들이 분명 파리에서는 담배 냄새와 오줌 냄새가 진동하고 환경 오염도 심하다고 했는데, 오히려 도심에 가까워질수록 내가 느낀 강한 인상은 아무 냄새도 없다는 것이었다. 자전거를 타면서 잠시 눈을 감고 냄새를 들이마셔 보았지만, 공기 중에는 농작물 밭에서 나오는 먼지 냄새도, 코를 찌르는 물 고인 냄새도, 뿌리가 큰 나무에서 풍기는 신선하고 강한 냄새도 없었다. 무엇보다, 여러 냄새가 뒤섞여 있지 않았다. 이곳에서의 냄새들은 향수병을 하나씩 꺼내어 맡듯 차례대로 느껴졌다. 개똥 냄새, 피자 가게 냄새, 쓰레기통 냄새, 여자 향수 냄새, 자동차 배기가스 냄새…… 각각의 냄새가 혼합되지 않고 전부 다 자기주장이 강했다.

하키마가 물었다.

"퐁텐블로 숲 동네가 훨씬 더 넓은데, 사람들은 왜 다들 여기서 사는 거지? 그리고 거기가 더 예쁜데."

"그치, 근데 더 멀잖아."

"어디서 멀다는 거야?"

(오늘 아침, 퐁텐블로 숲을 나오는데, 길 한가운데 앉아 있는 큰 사슴 한 마리가 자리에서 일어나기를 무려 10분 동안이나 가만히 바라보고 있었다.

"꼭 사파리 공원 게임 같네. 동물이 지나갈 때까지 멈춘 채 기다려야 돼. 동물들은 항상 길목에 나타나거든."

게임의 여왕 아스트리드가 꽉 막힌 코를 훌쩍이며 말했다.

큰 사슴을 가까이서 본 것은 처음이었다. 말처럼 통통하고 배도 볼록 튀어나왔지만 다리는 더 길고 가늘었고, 벨벳 같은 털가죽 위로 뼈와 근육이 튀어나와 있었다. 사슴은 어기적거리는 모양새로 일어나 고개를 양쪽으로 저으며 나뭇잎을 뜯어먹다가 조용히 떠났다.)

"파리에서 너무 멀다는 소리야."

선샤인이 하키마에게 말했다.

"사람들은 왜 다 파리를 좋아하는 거야?"

"보면 알 거야. 파리는 참 아름다운 도시거든."

"그걸 네가 어떻게 알아 미레유? 일곱 살 때 딱 한 번 가 봤다고 하지 않았어?"

"그치, 근데 구글 스트리트뷰로 거의 다 가 봤지."

"아, 그 소리구나."

망했다. 내비게이션 전원이 더 이상 들어오지 않았다. 어제 태양열 충전기에 벼락이 내리치는 바람에 우리 여행의 소중한 동반자를 충전할 수 없던 탓이었다.

"돼지 아가씨들, 이제 더 이상 내비게이션을 쓸 수 없겠어. 강을 따라 쭉 가자. 그게 유일한 방법이야."

모두의 분위기가 무거워졌다. 특히 선샤인은 급격하게 지쳐 보였다. 오늘 아침에는 "괜찮아요 카데르?"라고 묻는 나에게 "응, 팔하고 어깨가 좀 쑤시긴 하네."라고 대답했다. 난 선샤인을 잘 안다. 분명 많이 아픈 상태일 것이다. 퐁텐블로 숲에서 크림을 잘 발랐는지 모르겠네. 화끈거리는 상처 부위의 열을 밤새

기꺼이 식혀 줄 수 있었는데 선샤인은 나에게 아무런 부탁도 하지 않았고 내 자원 봉사 계획도 무산됐다. 이 와중에 아스트리드는 더럽게 재채기와 코 먹기를 계속 반복했고, 하키마는 그런 아스트리드를 걱정스럽게 쳐다보고 "불쌍한 아스트리드, 미레유 우리 잠깐 멈췄다 가자, 응?" 하며 징징거리는 데에 쓸데없이 에너지를 낭비했다. 나는 우리를 알아보는 사람들에게 유일하게 손을 흔들며 인사했다.

다리를 넘고 넘어 강변을 달리고 또 달리니 하늘은 알루미늄 회색빛으로 변했고 강물도 조금 성나 보였다. 여행하기에 딱 좋은 날씨는 아니었다.

결국 잠시 멈췄다 가기로 했지만 손님들도 거의 없었고, 우리에게 치즈나 초콜릿을 가져다주는 사람도 없었다. 엘렌 베이라 기자가 내게 말했다. "오늘은 기자들이 많이 없을 거야. 내일 있을 혁명 기념일 특집 뉴스 촬영 준비가 한창일 테니까. 뭔가 특종을 건질 수 있지 않을까 기대하면서 너희를 뒤따르던 견습 기자들도 전부 다 에펠탑 불꽃놀이 촬영을 준비하려고 임시 막사에 모여 있거나 헬리콥터를 타고 사전 조사하고 행사 담당자들을 만나고 있을 거야."

뭐, 그래도 우리가 다시 출발할 때 보니 오토바이 한두 대는 여전히 우리를 쫓아오고 있었다.

"여보세요? 미레유니? 엄마야. 신문 봤어. 너희 어제 벼락 맞았니?!"

"맞다, 아침에 문자로 말한다는 게 깜빡했어요."

"깜짝 놀랐잖아! 별일은 없지?"

"우리 다 돌연변이가 된 것 같아요. IQ 지수가 한 100씩은 올라간 것 같거든요. 우주로 텔레포트 할 수 있을 지도 몰라요."

"휴……. 미레유, 오늘 아침에 경찰이 왔다 갔어. 말로에 대해서 우리 진술이 필요하다고 하더구나. 경찰들이 그러던데, 너 뭐 말한 것 있니?"

"으으으음, 조금요. 오늘 아침에 우리도 경찰들을 만났거든요."

"그래서? 그래서 너, 경찰들한테 말로네 엄마가 죽기 전에 말로에게 남긴 사진첩인지 선물인지를 몇 년 전에 네가 훔쳤다고 말했어? 가져다가 불태웠다고?"

"아, 맞아요. 나 진짜 나쁘죠? 못된 미레유."

"미레유, 경찰한테 왜 거짓말한 거야?"

"그래야 말로가 나한테 복수하려고 그런 짓을 벌였다는 게 경찰들도 납득이 될 테니까요. 안 그러면 말로가 진짜 곤란해지잖아요."

"그 멍청한 놈한테 너무 잘해 주는 거 아니니?"

"그러게요. 내가 너무 착해서 탈이네요."

슈아지르루아에 도착할 시간이었다. 한 발 한 발 페달을 돌리는 게 너무 고통스럽고, 커브 길을 돌 때마다 정신이 혼미했다. 우리 모두 한 마디도 없었다. 하키마는 몸이 점점 움츠러들더니 마치 센느 강이 하키마를 괴물의 뱃속으로 밀어 넣고 있는 것처럼 보였다. 선샤인은 이제 우리들 뒤에서, 한참 뒤쳐진 채 바퀴를 굴리고 있었다. 십 분마다 길을 멈추고 선샤인을 기다렸다.

"괜찮아요, 카데르?"

"으음……."

"자! 여기서 멈추자."

"야, 너 장난해? 나랑 하키마가 힘들다고 할 때는 눈도 깜빡 안 하더니, 카데르가 힘들고 어깨 아파하니까 이렇게 바로……."

"너네랑은 다르지."

아스트리드는 심술이 난 듯 했지만 그래도 얼굴을 보니 쉬었다 가자는 말에 매우 만족한 것 같았다. 그러고는 하키마와 함께 근처에 빵집을 찾으러 갔다.

두 사람을 기다리는 동안, 선샤인의 옆에 앉아 혹시나 도와달라고 하지는 않을까 눈치를 살폈다. 선샤인의 휴대폰 알람이 울렸다. 메일이나 문자가 도착한 것 같았다. 선샤인이 비밀번호를 눌러 잠금을 풀었다. 스냅챗 메시지가 와 있었다. 곁눈질로 한 3초 정도 살짝 훔쳐봤다. 자말의 여자 친구 아니사였다. 봤더니, 아니사가 화장실 거울 앞에서 나체로 찍은 사진이었다.

선샤인은 휴대폰을 끄고 옆에 내려놨다. 나는 얼굴이 화끈거렸고 목구멍에 뭐가 걸린 것 같았다.

"원한다면 잠깐 자리를 피해 줄게요. 그러니까, 뭐, 자세히 봐야 할 게 있으면⋯⋯."

선샤인은 배꼽을 잡고 웃었다.

"하하하, 미레유, 괜찮아. 그런 거 없어, 하하하."

"혹시⋯⋯. 아니사랑 사귀는 거예요?"

"아니, 전혀! 아니사가 나한테 이것저것 자주 보내긴 하는데 난 답장 하나도 안 해. 자말은 내 불알친구나 다름없어. 그런 친구의 애인하고 사귄다는 건 있을 수 없는 일이지."

"카데르는 여자 친구 없어요?"

"없지. 야, 미레유⋯⋯. 최근에 내 모습에서 다 보이지 않아?"

"그렇긴 하죠."

선샤인이 쓸쓸한 미소를 지었다. 나는 목소리를 한 톤 높여 말했다.

"뭐, 그래도 연애할 수도 있는 거잖아요, 안 그래요? 그러니까 내 말은……. 꼭 그래야 하는 건 아니지만 그래도 그럴 수 있다면 해 볼 수는 있잖아요, 안 그래요?"

"너 진짜 오지랖이 넓구나! 그래, 그럴 수야 있지, 네가 그러고 싶다면."

내가? 당황해서, 자연스러움이라고는 1%도 없는 표정으로 웃었다.

"하하! 무슨 소리하는 거예요! 내 얘기한 거 아니거든요!"

선샤인은 옆에서 계속 킥킥거리며 웃었고 나는 쪽팔려서 센느 강에 뛰어내려야겠다고 생각했다. 선샤인이 다시 말했다.

"너도 알겠지만, 나는 사람들을 많이 만나는 편이 아니야. 외출도 잘 안 해. 틴더앱을 깔고 몇 번 시도는 해 봤는데 별로더라고. 한번은 중학교 때 국어 선생님 프로필하고 매칭이 됐는데 어찌나 우울하던지."

"그럼 나가서 놀아요! 클럽도 가고!"

글쎄, 하면서 선샤인이 어깨를 으쓱했다.

"마땅치 않아. 휠체어 타고 돌아다니는 게 얼마나 짜증나는 일인데."

"무슨 소리예요! 지금까지 휠체어 타고 수백 킬로미터를 달려서 공원에도 가고 캠핑장에도 갔잖아요! 그러니까 내 말은, 상황이 어떻든 간에 다 해냈다고요. 지난번에는 금발머리의 그,

그(솔직히 조금 짜증이 났지만 이를 꽉 깨물고 참았다.) 금발머리 여자애랑 춤도 추고……. 그러니까 클럽에 가서도 춤추면서 충분히 잘 놀 수 있어요!"

"뭐, 그래. 나중에……. 나중에 가 볼게. 조사 결과가 나오면 그때는 춤추러도 갈게. 내가 피해자라는 걸 사람들이 인정하는 날, 그래, 그때는 클럽에도 놀러 갈게. 의족도 사서 끼고 혼자서 걷는 연습도 할게. 하지만 지금은……. 지금의 나는 아직 감옥 안이야. 내가 무죄라는 걸 인정받는 날, 그때는 여자 친구도 사귀고 말이야."

"무죄라니요?"

"내 동료들을 죽음으로 몬 죄. 부모님이 반대했는데도 내 멋대로 군에 입대한 죄에 대한 무죄 말이야. 그날은 국방 및 시민권의 날이었어. 그때 난 열여섯 살이었고 인도주의적 활동이라는 말이 너무 멋있었어. 진짜 전쟁을 의미하는 게 아니었거든. 그거 알아? 난 늘 반에서 1등이었어. 공부를 엄청 잘했었는데다 그만두고 군에 입대했어. 그날 내 눈앞에서 재생되는 비디오 속의 멋진 군인처럼 되고 싶었어. 비디오 속의 군인처럼 소말리아 내전에서 구한 어린 아이들을 품에 안아 주고……, 그런 걸 나도 하고 싶었어. 군에 입대하고 처음 몇 년 동안은 좋았어. 그러다 갑자기 펑! 전쟁이 터진 거야. 인도주의적 활동 차원에서 파견되는 거라고 생각했는데……. 사실은 애초부터 나는 진짜 전쟁을 위해 투입된 군인이었던 거야."

"그건 사신 장군의 책임이지, 카데르의 잘못이 아니에요."

"나도 부모님한테 그렇게 말했어. 장군님은……, 장군님은 우리한테 거기에 가면 함정에 빠질 거라고 알려 줬어야 했어. 하지만 나도, 일단 상황이 벌어졌으면 그 상황에 맞춰 행동을 했었어야 해. 나도 그렇게 했었어야 하는데……. 글쎄, 수천 번 넘게 생각하고 또 생각했어. 내가 다르게 명령을 내릴 수 있었더라면, 내가 다른 해결책을 찾을 수 있었더라면, 내가 다르게 행동했더라면……!"

"카데르도 몰랐던 거잖아요."

"맞아. 그게 바로 군인의 숙명인 거야. 명령에 복종하는 건 누구나 다 할 수 있지만, 예상치 못한 사건에 올바르게 대응하는 게 일반인들과는 다른 거지."

우리는 한동안 아무 말 없이 서로의 온기를 느끼며 가만히 앉아 있었다. 그러다가 시시콜콜한 일상 대화를 나눴다. 카데르도 그랬다. '우리가 하키마를 위해 한 일'에 대해 정말 고맙게 생각한다고 말했다. 왜요? 우리가 뭘 했는데요? 하키마를 보듬어 주고 친구가 되어 주었잖아. 하키마도 나에게 친구가 되어 주었으니 나도 고맙죠. 그전에는 친하게 지내는 친구들 없었니? 네, 이렇게 일주일 동안이나 같이 자전거 타 줄 친구는 더더욱요.

"유후! 우리 왔어! 미레유, 카데르는 어때? 어깨 마사지 좀 해 줬어?"

뺑 오 쇼콜라 여러 개와 레젱록* 잡지를 손에 들고 아스트리드가 소리치며 걸어왔다.

이번 레젱로 티블 커버의 주인공은 엥도신이었다. 아스트리드는 엥도신에 관한 모든 기사를 소리 내서 읽어 주며 왜 그들이 최고의, 끝내주는, 위대한 록 밴드인지 우리를 이해시켰다.(막힌 코나 좀 뺑 뚫리면 좋겠네!)

그리고 우리는 다시 출발했다.

귀에 울리는 비행기 소리를 들어 보니 이 근처 어딘가에 공항이 있는 것 같았다. 언제나 올바른 길로만 우리를 이끌어 주던 소중한 내비게이션이 명을 다 해서 잘은 모르겠지만, 아마 샤를 드골 공항이 아닐까 싶었다. 하지만 선샤인은 내 말에 동의하지 않았다. 오를리 공항일 거라고 했다.

콧속이 꽉 막힌 아스트리드가 먹먹한 목소리로 말했다.

"뭐, 그게 중요한가? 둘 중에 어떤 공항인지 알게 뭐야!"

하키마가 거들었다.

---

* 프랑스 록 전문잡지

"맞아, 상관없지. 그냥 비행기 소리 때문에 귀가 아픈 것만 빼면!"

시계는 벌써 저녁 8시 30분을 가리키고 있었다. 강물은 이미 새까맣고, 나무들이 새들을 다 집어삼켰다.

"얘들아, 기뻐해! 드디어 슈아지에 도착했어."

우리가 이곳에 도착하기를 기다리는 사람들이 그래도 몇 명은 나와 있었다.

***

"이리오세요, 여러분! 시청 정원에서 소시지를 팔 수 있을 거예요."

슈아지르루아 시청 건물은 플레이모빌 대저택처럼 근사하고 멋있었다. 정원에는 잔디가 폭신하게 깔려 있고 분수대도 있었다. 오늘 밤은 오직 우리만을 위한 슈아지 시민들과 브라스밴드의 공연이 준비되어 있었다.

"헐, 미레유가 또 반드시 들려서 설명을 들어야 하는 역사적인 기념물들을 계획에 넣었나 봐."

하키마가 투덜거렸다.

아쉽지만 그건 사실이 아니다. 슈아지 시장 부인은 꽤 편안한 저녁 식사를 마련해 주었다. 소시지를 팔고 나서 야외에서 울려 퍼지는 브라스밴드의 음악 소리를 들으며 사람들과 이야기를 나누었다. 도시의 젊은 사람들이 무대 위로 올라와 각자 쓴 시를 낭독했고, 그걸 듣고 있으니 기분이 조금 우울했다. 왜냐하면 나도 그런 것들을 쓰고 싶기 때문이다. 내 인생에 대한 하드코어적인, 지적인, 흥미로운 그런 이야기들에 나의 진지함과 정치적 아이디어를 녹여 낸 시를 쓰고 싶다. 하지만 부르캉브레스에서의 내 삶은 엄마, 필립 뒤몽 아저씨, 고양이 뭉치뿐이다.

나는 무대에 올라가 시를 낭독한 사람들 중 지모라는 사람에게 다가가 말을 걸었다. 그는 유리로 만들어진 탑 주위를 공전하는 자신의 삶에 대해 시를 썼는데, 알고 보니 창문을 닦는 일을 하는 사람이었다. 매일 아침, 슈아지에서 출발하는 기차를 타고 파리에 가서, 저녁에는 땀 냄새가 밴 옷을 그대로 입은 채만원 기차에 올라 사람들의 경멸 어린 시선을 받으며 슈아지로 돌아온다. 날씨는 너무 덥고, 전부 퇴근하는 사람들인 데다, 비좁은 기차 칸은 깨끗하지도 않고, 천장이 너무 낮아서 키가 큰 사람은 매일 출퇴근을 할 때마다 머리를 옆으로 기울이고 있어야 한다. 지모는 유리창을 닦으며 높은 탑에서 보이는 풍경을 관찰한다. 창문에 얼룩진 구름, 독수리의 매서운 눈으로 탑 아

래의 개미만 한 크기의 사람들을 바라보면 어지럽다. 건물 사이
사이로 도망치는 저 모든 생명들이 우리 프랑스인인가? 투명한
창문으로 보이는 회의실 화면에는 숫자 0이 무수히 달린 액수
가 쓰여 있고, 창문 밖에서 2시간을 일하고도 고작 20유로밖에
벌지 못해 눈물을 흘린다.

"있잖아요, 지모, 나는 절대 이런 글은 쓰지 못할 거예요. 내
삶은 너무 쉽고 평탄해서 고양이 뭉치의 털을 빗겨 주는 일 말
고는 아무 것도 없기 때문에 이런 글을 쓴다면 그건 전부 거짓
일 테니까요."

내 말이 웃겼는지 지모가 말했다.

"아니, 이제 겨우 열다섯 살 아니야? 하고 싶은 말이 있어도
잘 전달하기 어려울 나이야. 재밌고 그럴싸한 이야기들은 그렇
게 어린 나이에 쓸 수 없어. 아직 성숙하지 않으니까. 네 또래의
남자애들이 쓰는 글을 보면 진짜 경험도 안 해 본 주제에 죄다
섹스에 대한 헛소리나, 근처에 가 본 적도 없으면서 감옥에 대
한 쓸데없는 이야기들뿐이거든."

선샤인이 거들었다.

"미레유, 넌 분명 재미있는 글을 쓸 수 있을 거야. 사람들을
기분 좋게 하는 그런 글 말이야. 그게 네 전문이거든."

나는 아주 진지하게 서글픈 목소리로 대답했다.

"나도 그러고 싶어요. 근데 그럴 수 없어요. 노벨 문학상을 받고 싶은데 코믹 작가들한테는 그런 상을 안 주잖아요."

"왜 노벨 문학상을 타고 싶은데?"

"수상 소감 때 내 친부의 이름을 쏙 빼놓고 말할 거거든요."

"아하, 그래?"

선샤인과 지모는 내 큰 야심을 이해하고 존중한다고 했다.

그런데 갑자기 어디선가 40대의 어떤 여자가 우리에게 다가와 말을 걸었다.

"안녕? 나는 발레리라고 하는데, 음, '기지배시몬'이라고 하면 알려나? 페미니스트 블로거?"

"헐! 당신이 '기지배시몬'이에요?!"

아스트리드가 놀라 소리쳤다.

"음, 그런데 왜?"

"어, 근데 왜 머리가……."

"머리가 왜?"

"아니, 왜 머리가 숏컷이 아닌 거죠?!"

"훗, 관찰력이 좋구나."

발레리, 아니 기지배시몬이 웃으며 말했다.

"레즈비언은 아니죠?"

"음, 얘들아, 페미니스트라고 해서 꼭 레즈비언은 아니야. 레즈비언이라고 해서 무조건 숏컷인 것도 아니고. 아무튼······."

"에이, 그래도 거의 그렇잖아요."

코가 맹맹한 아스트리드가 대꾸했다.

"아무튼 얘들아, 너희를 정말 만나고 싶었어. 인터넷에서 너
희들에 대한 이야기가 처음 나올 때부터 쭉 따라왔단다. 너희도
알고 있는지 모르겠지만, 나는 두 가지 목표를 위해 싸우고 있
어. 하나는 너희 나이의 여학생들이 외모로 평가 받는 것이 당
연하지 않다는 걸, 특히 같은 또래 남자애들한테 평가 받는 것
은 더욱 안 된다는 걸 알리기 위한 거고, 또 하나는 여자들이 운
동을 하는 이유는 결코 다이어트를 위해서가 아니라 자기 자신
의 건강을 위해서라는 걸 알리기 위해서야. 그래서 체육 교육의
실천을 장려하는 구체적인 정책을 마련할 수 있도록······."

(됐어, 가자. 환상의 짝꿍인 하키마와 아스트리드가 말했다. 두 사람의
멍한 눈동자는 페미니즘에는 관심 없다는 눈빛으로 뷔페로 차려진 음식
들을 쓱 훑었다.)

"음, 그래서, 너희가 딱 그 핵심적인 역할을 해 줄 수 있지 않
을까 해서, 그래서 이렇게 너희를 찾아왔단다."

"페멘* 회원이세요? 페미니즘 때문에 페멘 단체 회원들이 가

---

* 우크라이나 출신의 여성운동가들이 만든 여성주의 단체

습을 다 내놓고 다닌다는 거 알아요?"

하키마가 물었다.

"음, 아니…….(기지배시몬은 엄청 당황한 듯 보였다.) 그런데 너희들……. 페미니즘이 뭔지는 알고 있는 거지?"

"미레유한테 물어보는 게 좋을 거예요. 모르는 게 거의 없거든요."

하키마가 날 가리키며 말했다.

"귀여운 하키마. 그래, 내가 설명해 줄게. 페미니즘이라는 건 말이지, 네가 여자로 태어난 것이 아니라 그냥 한 인간으로 태어났다는 걸 의미해. 하지만 돼지 선발 대회 같은 걸 계획하는 남자들이 판치는 이 세상에서 그런 생각을 갖고 산다는 건 지독하게 힘든 일이야."

"맞아. 나도 그렇게 알고 있어. 페미니스트들은 엄청 급진적이야. 우리 엄마는 페미니스트는 아닌데, 왜냐하면 페미니스트들은 남자들이 없는 세상을 원한대. 자기 복제만 있기를 바란다는 거지."

"자기 복제?"

"클론을 만드는 거죠."

"아하, 클론……."

기지배시몬이 단어를 곱씹으며 중얼거렸다.

나는 그녀가 머릿속으로 페미니즘이 무엇인지 학생들에게 제대로 가르치지 않는 학교 교육의 실패에 대해 블로그에 올릴 글을 생각하고 있는 것 같았다. 솔직히, 잘 아는 사람들은 굳이 그걸 겉으로 드러내지 않는다. 나도 저 사람의 블로그뿐만 아니라 유명 페미니스트들의 블로그와 여러 책을 읽었다. 하지만 그렇다고 내일 당장부터 내가 페미니스트라고 자처하고 다니지는 않을 것이다. 스스로를 돼지라고 부르는 것은 별것 아니지만, 스스로를 페미니스트라고 내세우는 것은 죽음이다.

(아무튼, 혹시 모르니 그녀가 말하는 단체에 어떻게 가입해야 하는지 물어봤다.)

"너희들 정말 관심 있니? 너희가 우리 단체 회원이 된다면 정말 끝내줄 거야, 미레유!"

"쉿! 다른 사람들이 들어요!"

"뭐 어때? 불법도 아닌데."

"아뇨, 그것보다 훨씬 더 나빠질 수도 있으니까요."

조금 뒤, 완전히 어두운 밤이 찾아오고 모기가 여기저기서 우리를 물어뜯고 있을 때쯤, 멋지게 옷을 차려입은 덩치 큰 남자가 코에 조그만 티타늄 안경을 걸치고 큰 우산을 쓴 채 우리의 시선을 사로잡으며 말을 건넸다.

"안녕하세요, 여러분이 만든 소시지가 참 맛있네요. 저를 소개하죠. 저는 프랑스 대통령의 비서 업무를 담당하는 쥘스 드 로쥬입니다."

우리는 그에게 악수를 청했다. 아저씨는 손가락이 길고 뼈가 툭 튀어나와 있었고 끈적끈적한 땀이 느껴졌다.

"대통령님께서 여러분과 카데르 이드리스 군이 내일 엘리제 궁에서 열리는 혁명 기념일 연례 가든파티에 참석하시어 자리를 빛내 주시길 바란다며 저를 이곳에 보내셨습니다."

"그게 무슨 소리예요?"

아직 이해를 못한 하키마를 위해 담당 전문 통역사인 내가 설명했다.

"그러니까, 대통령님이(버락 오바메트 있잖아.) 우리를 엘리제 궁 가든파티에 초대했다는 소리야."

"아, 좋네! 하지만 원래 우리 계획이……."

당황한 아스트리드가 말을 더듬었다.

"여기, 여러분들의 이름이 적힌 공식 초대장이 있습니다. 특별한 계획이 없으시다면 오셔서 자리를 빛내 주세요."

내가 잽싸게 대답했다.

"물론이죠! 다른 계획 없어요. 말 그대로죠. '다른 계획'은 하나도 없어요."

비서 아저씨는 공식 초대장 네 장을 우리에게 건넸다.

"가든파티는 낮 12시에 시작합니다. 입고 올 만한 옷은 있으신가요? 대통령님과 그 가족분들이 정원으로 들어가기 전에 엘리제 궁 앞 계단에서 여러분을 맞이하실 겁니다. 짧은 담화가 있을 예정이에요. 그런 다음 대통령님과 만나 몇 분 정도 대화를 나누실 수 있을 겁니다. 대략 4천 명 이상의 사람들이 참석할 예정이고, 대부분 비영리 협회 및 스포츠 자선 단체에서 온 인사들입니다. 웰컴 드링크도 제공될 예정입니다."

"그럼 우리 푸드 트럭은 어디다 주차하죠?"

비서 아저씨는 화려하게 색칠된 우리의 푸드 트럭을 바라보면서 난처한 표정을 지었다.

"음, 글쎄요. 걸리적거리지만 않게 길가에 주차하면 되지 않을까요."

***

"미레유, 우리 원래 내일 무단으로 침투하려 했잖아!"

"그치, 그럴 생각이었지."

"근데 초대를 받으면……, 무단이 아니게 되잖아!"

"음……. 그렇지."

"그럼 이제 어떡해?"

"예상하지 못한 일이야. 일단은 초대에 응하자. 그리고 엘리제 궁에 들어간 순간에 우리 계획을 실행하자."

"무슨 계획? 도통 이해를 못하겠네. 우리가 계획이 있었어?"

"당연하지. 돼지가 셋이라 계획도 세 개였잖아. 하나, 클라우스 폰 슈트루델 망신 주기. 하나, 사신 장군의 훈장 갈취하기. 하나, 엥도신 만나기."

아스트리드는 심각한 표정으로 한참 생각하더니 입을 열었다.

"다시 생각해보니까, 그거 진짜 바보 같은 계획인 것 같아."

선샤인이 고개를 끄덕였다. 하키마도 그랬다. 하지만 난 아니다. 오랜 시간 힘들게 달려와서 하겠다는 일이 정말 멍청한 계획이라고 해도 말이다.

20XX 7월 14일 부르캉브레스일보

[단독] '올해의 돼지들', 대통령과 함께하는 피크닉

'올해의 돼지들'에게 반가운 소식이 생겼다. 버락 오바메트 대통령이 직접 엘리제 궁 가든파티에 세 사람을 초대했다. 아스트리드 브롬발, 하키마 이드리스, 미레유 라플랑슈. 카데르 이드리스는 오늘 파리에 입성할 계획이고, 곧장 엘리제 궁까지 자전거를 타고 들어갈 예정이다. 여전히 '올해의 돼지들'의 여행 목적은 오리무중이지만, 미레유 라플랑슈는 그 비밀이 오늘 오후에 밝혀질 것이라고 입장을 전했다. 한편, 유명 헤어스타일리스트와 패션 디자이너들은 '올해의 돼지들'이 가든파티에 참석하기 전에 세 사람에게 무료로 메이크업 서비스를 제공할 계획이다.

H.V.

@jpgaultier_officiel
장 폴 고티에, #올해의돼지들에게 가든파티 드레스 입히고 싶어…….
– ITV @lepoint http;//...

@top_model_news
#돼지를 위한 시크룩이 궁금하다면? 뷰티 멘토 클라리사가 전하는……. http://...

@simonedegouges
#올해의돼지들이 공주가 되기를 바라는 사람이 너무 많아 속상하다.

@palaisdelelysee
가든파티 레지옹도뇌르 수상자 공식 리스트 http://...

"소시지 이제 없어."

"하나도?"

"응, 하나도. 전부 다 팔았어. 그리고 내비게이션도 없어."

"돈은 얼마나 남았어?"

"많이."

"우리 진짜 엘리제 궁 가든파티에 가는 거야? 그냥 파리나 구경하자!"

"아님 부르캉브레스로 돌아가는 건 어때?"

"안 돼. 우리 여행의 목표는 언제나 가든파티에 가는 거였잖아. 엘리제 궁으로 가자."

"그럼 깨끗한 신발이라도 하나씩 사서 신고 가자."

"안 돼. 그냥 운동화 신고 가."

"왜?"

"도망쳐야 될 수도 있으니까."

PART 3
파리

23

아침 9시, 드디어 파리로 들어왔다. 아침 9시 30분, 파리 6구에 도착했고 바로 앞에 소르본 대학이 보였다. 미레유, 소르본에는 왜 온 거야? 아, 그건 말이지, 여기가 바로 우리 엄마랑 클라우스가……

그렇다. 여기가 바로 거기다. 하얗고 오래된 그냥 건물이잖아? 별거 없네. 그래도 안에는 왠지 멋있을 것 같다. 국경일이라 휴교했지만 말이다.

햇빛이 우거진 나뭇가지들을 비춰 그림자가 아른거리는 인도 위를 걸으며 산책했다.

"있잖아, 미레유. 여기도 구글 스트리트뷰로 둘러봤던 곳이야?"

하키마가 또 질문을 퍼붓기 시작했다.

"그렇지 뭐. 근데 그때 본 거랑 다르다. 구글 스트리트뷰에서는 지금처럼 5분에 한 번씩 뒤에서 빵빵거리는 자동차도 없었고, 부딪히고 지나가는 사람들도 없었어. 다 가만히 멈춰 있고 얼굴은 뿌옇게 칠해져 있었거든."

"저 아저씨처럼?"

하키마가 건물 입구에서 담배 연기를 내뿜고 있는 남자를 가리키며 말했다.

아스트리드는 말없이 선샤인의 휠체어를 밀었다. 오늘 아침, 선샤인은 내게 조용히 다가와서 아무래도 어깨에 이상이 생긴 것 같다고 말했다. 그러면서 어깨를 좀 주물러 달라고 했다. 내가 선샤인의 어깨를 주무르다니, 내가 선샤인의 어깨를 주무르다니!(감동에 겨운 내 목소리가 들리는가?) 나는 선샤인에게 "괜찮아요 카데르? 크림 잘 발랐어요?"라고 좀 더 진화된 버전의 질문을 던졌고, 선샤인은 "응. 고마워 미레유."라며 웃었다.

아침에 해 준 마사지가 효과가 있었는지는 잘 모르겠다. 그래서 어깨에 붙이는 파스를 사려고 약국에 잠깐 들렀다.

"신기하다. 이 동네에는 우리를 알아보는 사람이 거의 없네."

하키마가 의아하다는 듯 말했다.

솔직히 말하면, 사람들은 우리를 아예 쳐다보지도 않았다. 뜨거운 햇살 아래에서, 국경일의 조용함을 만끽하며 시선은 앞만

보거나 땅만 보면서 멍하게 걸어가는 사람들이 대부분이었다. 낙서가 조금 그려진 안내판에는 생미셸이라고 적혀 있었다. 대로변에 나와 있는 가족들 중에는 엄마, 아빠, 아이들이 같은 디자인의 신발을 신고 있는 경우가 많았다.

"진짜 멋있다! 그렇지 않아 미레유? 진짜 끝내줘! 저 건물 좀 봐. 꼭 보트같이 생겼어. 헐! 스페이스 인베이더다!"

아스트리드는 편도선염인지 뭔지도 벌써 다 나은 것 같았다. 불치병에 걸렸다가 오랜 시간 치료를 받고 마침내 완치된 환자처럼 넘치는 에너지를 주체하지 못했다. 사람들은 보트처럼 생긴 건물 발코니에 기대어 전화를 하거나 담배를 피우거나 저 멀리 수평선을 바라보고 있었다. 대로를 따라 걸으니, 중고책방 두 군데만 문을 열었고, 그 안에서 사람들은 만화책과 페이퍼백 도서를 보고 있었다. 이 도시에는 개가 진짜 많았다. 자판기 옆에는 어린 집시 여자아이가 앉아 구걸하고 있었다. 차들은 빨간불인데도 막 지나갔다. 우리들 옆으로 한 커플이 스쳐 지나갔는데, 여자는 잔뜩 화가 나서 남자에게 짜증을 부리고 있었지만 남자는 별로 신경 쓰지 않는 것 같았다.

"저기 봐 미레유! 봐! 진짜 웅장하다. 저게 뭘까? 꼭 노트르담 성당처럼 생겼어!"

"응, 노트르담이야."

"저것도 구글 스트리트뷰로 봤어?"

"그래, 하키마."

"와! 저기 봐 미레유! 유리창 색깔 좀 봐!"

나는 아스트리드가 불안해하기는커녕 대체 왜 저렇게 신이 난 건지 도통 이해가 가지 않았다. 엥도신 콘서트도 보러 가야 하고, 클라우스 폰 슈트루델이 내 친부라는 것도 사람들에게 알려야 하고, 사신 장군이 살인자라는 것도 밝혀야 하는데 말이다. 하키마와 선샤인은 나처럼 말이 없었다. 정오까지 이렇게 거리를 배회하는 것 말고는 딱히 할 일이 없었다.

"군사 퍼레이드라도 보러 가자."

퍼레이드도 금세 지루해졌다. 어떤 의미가 있는지도 모르겠고, 최면에 걸린 것 같은 병사들의 행진은 우리를 더 지치게 만들었다. 하지만 선샤인은 다 이해하는 것 같았다. 입가에 진 쓸쓸한 주름은 몽트라지와 퐁텐블로에서 만났던 폭풍우가 차라리 더 나을 것 같다는 말을 하고 있는 것 같았다.

"저기 말들 좀 봐 미레유! 엄청 예쁘게 꾸며 놨네."

그래도 몇몇 사람들이 우리를 알아보고는 옆에 와서 셀카를 찍었다. 우연히 우리를 마주친 한 방송국 팀은 군사 퍼레이드를 본 소감이 어떠냐고 물었다. 아스트리드에게 대답하라고 했다. 방송국에서 원하는 멘트를 아스트리드가 아주 제대로 말할 것 같았기 때문이다. "진짜 끝내줘요! 굉장하다구요! 이렇게 햇살이 화사하게 비추는 곳에서 퍼레이드라니……. 헐! 에어쇼다! 파란색, 흰색, 빨간색, 삼색기를 그리고 있어요! 환상적이에요!"

기자들의 표정이 만족스러워 보였다.

시간이 점점 가까워져 왔다. 그렇다면 여기서 질문. 우리에게 메이크업과 헤어스타일링을 해 주겠다는 저 스타일리스트들과 헤어디자이너의 제안을 받아들여야만 하는 걸까? 내 마음속 음울한 자아가 싫다며 소리친다. 클루니에서처럼 치렁치렁한 드레스와 풀어헤친 머리를 하고, 뱃살이 단추 사이사이로 삐져나올 게 분명했다. 기지배시몬의 말이 맞다. 사람들이 우리가 공주로 변하는 모습을 보고 싶어 한다는 건 정말 우울한 일이다.

그래, 물론 클라우스가 거기 있을 것이다. 클라우스에게 "내가 당신의 딸입니다."라고 말할 거다. 그러니까 조금은 꾸미고 가도 나름 괜찮지 않을까? 하지만 내 안의 저 깊은 곳에서는 지금의 내 모습 그대로, 자연스러운 진짜 내 모습으로 가고 싶다는 생각이 들었다. 그렇게 해도 사람들이 "있는 그대로의 모습이 정말 공주가 따로 없네. 그건 저 아이의 잘못이 아니야. 꾸미지 않은 것뿐이지. 자연스러운 모습이 정말 아름다운 걸! 저게 바로 페미니즘에서 말하는 진정한 아름다움이지!"라고 말할지도 모른다. 지금의 나에게는 그게 훨씬 어울린다.

"저기 봐, 미레유! 미쳤어. 완전 발이 딱딱 맞아! 저렇게 하려면 대체 얼마나 연습해야할까?!"

군인들의 부츠 신은 발은 리듬에 맞추어 완벽하게 움직였고, 팔다리는 실을 박는 재봉틀처럼 정확하게 교차되어 움직였다. 선샤인은 더 이상 저들 무리와 함께할 수 없었다. 그에게 남아 있는 것이라고는 박수치며 환호를 보내는 팔뿐이었다. 하지만 선샤인은 박수도 치지 않았다. 하늘 위를 날아다니는 TV 중계 헬리콥터만 올려다보고 있었다.

"저거 그렇게 어렵지 않을 걸, 아스트리드? 우리도 일주일 내내 저렇게 손발 맞췄잖아."

"그렇긴 한데, 저 정도는 아니었지. 근데 저 사람들은 누구지?"

"공과대 학생들."

선샤인이 중얼거렸다.

공과대 학생들은 전부 남색 유니폼을 입고 있었다. 웃음기 하나 없는 얼굴로 위풍당당하게 서 있었다. 사람들이 계속 박수를 보냈다. 옆에 있던 아줌마는 우리에게 자기 조카 레오폴딘이 공과대 학생인데, 작년 군사 퍼레이드에 참여했었다고 말했다.

"이제 그만 갈까?"

선샤인이 물었다.

우리는 자리를 옮겼다. 도시의 길 대부분이 통제되었다. 큰 곤충처럼 새까만 전투복을 입은 기동대원들이 바리케이트 뒤에 서서 만일의 상황에 대비하며 경계하고 있었다. 우리는 아파트 건물 사이사이를 한두 시간 정도 돌아다녔다. 어느 작은 공원의 분수대에서 시원하고 달콤한 물을 마셨다. 한참 시끄럽게 떠들어대던 아스트리드도 이제는 진짜 지쳤는지 입을 다물었다.

"아스트리드, 긴장되지 않아? 곧 엥도신을 만나러 갈 텐데!"

하키마가 물었다.

"당연히 긴장되지. 하지만 뭐랄까……. 카푸치노 위에 올릴 우유 거품처럼, 엄청 긴장되기는 하는데 엄청 가볍다고 할까? 내 말 무슨 말인지 알겠어?"

미스 우유 거품 양은 공중화장실에서 제일 첫 타자로 가든파티 의상을 갈아입었다. 파리의 공중화장실은 시골 길가 휴게소에서처럼 변기에 똥 덩어리가 수북한 그런 화장실과는 달랐다. 파리의 화장실은 사람이 나오면 알아서 물대포가 나와 깨끗하게 청소되었다. 물론, 우리는 그 사실을 전혀 모르고 있었기 때문에, 아스트리드는 나와 하키마가 입을 드레스를 화장실 칸막이에 걸어 놓았고, 당연히 물에 다 젖어서 화장실 세제 냄새가 났다.

물기를 짜내고 손 건조기에 30분 정도 옷을 말렸다.

"미레유, 무료로 드레스 빌려주겠다고 했었던 그 사람한테 진짜, 정말, 절대로 전화 안 할 거야?"

"응."

우리는 옷을 갈아입었다. 클루니에서처럼 어딘가 모자라 보이고, 옷에 주름도 많이 있었지만 그래도 새까맣게 탄 얼굴 덕에 조금 갸름해 보였다.

선샤인이 옷을 갈아입는 동안 하키마가 옆에서 거들었다.("카데르, 하키마한테 좀 버거울 것 같은데 내가 도와줄까요?", "아니, 괜찮아 미레유." 선샤인이 웃었다.) 엄청 비싼 호텔 입구 근처에 앉아 화장하고 머리를 정리하니, 호텔 문지기가 일그러진 얼굴로 우리를 아래위로 훑어봤다.

뭐, 저 사람의 마음이 충분히 이해되기는 했다. 아스트리드가 내게 분명히 '옅은 메이크업'을 해 준다고 했는데, 거울을 보니 서커스 공연을 앞둔 피에로처럼 거의 분장을 해 놨다. 하키마는 짧아서 올라가지도 않는 머리카락을 가지고 올림머리를 하겠다고 아등바등했다.

마침내 선샤인이 동생이 밀어주는 휠체어를 타고 바람에 펄럭이는 바지를 입고 밖으로 나왔다. 우리는 천천히 걸어서 엘리제 궁으로 향했다.

솔직히 말해서, 우리가 지금 여기서 뭘 하고 있는지 모르겠다.

하지만 어쨌든 우리는 지금 이곳에 있다.

우리 앞으로 잘 차려입은 사람들과 기자들이 쭉 늘어져 있었다. 저길 지나 안으로 들어가야 한다.

"그래, 뭐, 들어가자!"

24

엘리제 궁 앞의 계단은 TV에서 본 적이 있다. 자갈 위로는 레드 카펫이 깔려 있고, 계단의 다른 쪽에는 장난감 병정처럼 경호대가 미동도 없이 서 있었다. 그 앞으로 버락 오바메트 대통령은 딱 맞게 재단된 구김 하나 없는 드레스를 입고, 검은 머리카락 사이사이로 보이는 희끗한 흰머리까지 깔끔하게 손질한 머리를 하고 외국의 다른 대통령들을 맞이하며 궁 안으로 들어가기 전 악수를 나누는 그런 장면 말이다.

이번에는 계단 맨 위에서 빨간 옷을 입은 버락 오바메트가 그녀 인생의 네 남자와 함께 등장했다. 오른쪽에는 조엘, 노엘, 시트로엥이 검은색 턱시도를 똑같이 입고 사이즈만 다른 세 마리 펭귄처럼 서 있었고, 왼쪽에는(나의 친부) 클라우스 폰 슈트루델이 그의 머리카락과 눈동자 색깔과 같은 밝은 회색 정장을 입고 있었다. 내 눈동자 색깔과 같은 회색이다.

그들 앞으로, 그리고 우리들 앞으로 기다리는 초대 손님들의 행렬이 쭉 이어졌다. 꼭 신데렐라의 한 장면 같았다. 모든 공주들이 줄을 지어 쫄쫄이 타이즈 입은 왕자에게 자기소개를 하는 것 같았다.

"미레유, 지금 여기서 시작할 거야?"

하키마가 귓속말로 속삭였다.

심장이 터질 것처럼 두근거리다 못해 입 밖으로 튀어나올 것 같았다.

"글쎄, 일단은 안으로 들어가는 게 나을 것 같은데……."

줄은 빠르게 줄어들었다. 악수회 진행이 아주 빨랐다. 인사하고, 자기소개하고, 악수하고, 들어갔다. 클라우스와 세 아들들은 가볍게 목례하며 인사만 했다. 막내 시트로엥은 전혀 관심이 없어 보였다. 하긴, 고작 여덟 살이니까.

"이제 괜찮아 보이지 않아? 살이 좀 빠지긴 했네. 차도가 좀 있어야 할 텐데."

우리 앞에 서 있던 뚱뚱한 여자가 남편에게 속삭였다.

"음, 몹쓸 병은 소리도 없이 찾아온다잖아. 아직 나이도 어린데……."

남편이 말했다.

"그렇게 어리지도 않아! 쉰다섯이잖아 벌써. 그나저나 당신도 전립선암 검진 좀 받아 봐."

"안 세실, 목소리 좀 낮춰……."

대체 누구 이야기를 하고 있는 거지, 저 사람들은?

머릿속 생각이 나도 모르게 입 밖으로 튀어나왔다.

"누구 말하는 거예요?"

안 세실과 그녀를 힐끔 째려본 남편이 뒤를 돌아봤다.

"대통령 남편 말이야. 얼마 전에 전립선암에 걸렸다고 하더라고."

안 세실이 속삭였다.

놀라서 한 마디도 못하고 있는 나를 본 선샤인이 말을 받아쳤다.

"이상하네요, 그런 얘기는 한 번도 들어본 적이 없는데……."

"그래서 아내 보고 목소리 좀 낮추라고 한 겁니다. 마담피가로 같은 가십거리 좋아하는 잡지사 기자들이 듣기라도 하면……."

"아줌마 아저씨가 보기에 우리가 잡지사 기자들 같아요? 우린 그냥 돼지들인데요."

아스트리드가 끼어들었다.

"어머, 맞네! 너무 웃긴다. 얘, 너희 TV에 나오는 애들 아니니?"

"심각하대요?"

맥 빠진 목소리로 내가 물었다.

"아니, 그냥 아주 작은 암세포였다나 봐! 호호호!(이 아줌마는 아무 이유 없이 웃는 것 같다.) 뭐, 그래도 암이니까 심각하긴 했겠지. 몇 개월 동안 항암 치료 받았다고 하더라구. 그래서 왜, 지난번에 영국 왕하고 여왕이 방문했을 때 대통령 남편은 화면에 안 나왔잖아. 불쌍하지. 머리카락도 다 빠지고, 약이 세서 맨날 토하니까 뼈만 앙상하게 남고."

"오 이런, 안 세실, 조용히 좀 해."

두 사람의 차례가 됐다. 계단 위로 올라가 버럭 오바메트와 악수를 하고 궁 안으로 들어갔다.

우리 차례다.

"이제 우리 차례야."

아스트리드가 소곤거렸다.

내가 앞으로 움직이지를 않으니, 아스트리드는 내 오른팔을, 하키마는 내 왼팔을 잡고 끌고 갔다. 기운 없이 펼쳐진 종이 인형처럼 두 사람 손에 붙들려 터덜터덜 걸어갔다. 엘리제 궁 경호원 한 명이 내려와 오른쪽에 있는 장애인용 경사면을 타고 선샤인의 휠체어를 밀고 올라갔다.

드디어 우리가 이곳에 왔다. 버락 오바메트는 하얀 이빨을 환히 드러내 보이며 웃고 있었지만 눈은 그렇지 않았다. 클라우스도 마찬가지였다. 세 아들의 표정도 멍해 보였다.

이제 이 계단을 걸어 올라가야 한다.

나는 재빨리 즐겁고 행복한 표정으로 마음을 숨겼다.

@lepoint
#가든파티 #엘리제 궁 계단에 손잡고 오르는 #올해의돼지들 기사 사진

"미레유 라플랑슈, 아스트리드 브롬발, 하키마 이드리스 양."

버락 오바메트의 손은 앞에 여러 사람과 이미 악수를 해서인지 온기가 있었다.

"오늘 이곳에 자리해 주어서 정말 고마워요."

30분 전부터 대체 저 말을 몇 번이나 하는 건지!

오늘 이곳에 자리해 주어서 정말 고마워요.

"카데르 이드리스 군."

오늘 이곳에 자리해 주어서 정말 고마워요.

절망적인 상태로 왼쪽을, 클라우스가 있는 쪽으로 얼굴을 돌렸다. 클라우스가 고개를 숙였고, 나도 따라 고개를 숙였다. 그의 눈동자는 텅 비어 보였다. 하지만 그는 내가 누군지 안다. 알고 있다. 내 편지를 받았고 우리 세 사람의 여행도 알고 있을 테니까!

우리의 서로 닮은 모습이 사람들의 눈에 띄겠지!

아니, 내 눈앞이 뿌옇게 흐려졌다. 여행의 모든 피로가 몰려왔다. 여기 왜 왔을까, 엘리제 궁 계단 위에 서 있는 나에게 짜증이 났다. 아스트리드와 하키마가 다시 내 손을 잡았다.

"괜찮아요, 라플랑슈 양?"

조엘, 나의 이복형제가 물었다.

내 두 눈에서 눈물이 흘러내렸다. 세 사람은 나를 데리고 정원으로 갔다. 말하고 싶었다. 아니, 소리치고 싶었다. 대통령과 그녀의 남편에게 다 퍼붓고 싶었다. 하지만 꿀 먹은 벙어리처럼 아무 말도 못하고 울기만 했다. 숨을 내쉴 때마다 고장 난 수도꼭지처럼 눈물이 펑펑 쏟아졌다.

"이따가 다시 만나러 가자. 이따 가서 다 말하면 돼."

아스트리드가 다독이며 말했다.

"날 못 알아봤어……."

똑바로 말하려고 하는데 개구리 울음소리처럼 목소리가 이상했다.

정원 벤치 한쪽에 걸터앉아 먹고 마실 것을 가지러 간 하키마와 아스트리드를 기다렸다.

나는 칵테일 소시지 여섯 개, 파르마 햄으로 싼 푸룬 네 덩이, 아몬드 열네 개, 캐비어 카나페 세 개, 연어 크레프 세 개, 푸아그라 올린 미니 토스트 다섯 개, 페퍼가루를 뿌린 아보카도 크림 한 숟갈, 프로슈토 햄을 올린 멜론 두 조각, 방울토마토 카프레제 세 입을 먹었다.

그러고 나서 코카콜라 한 잔, 파인애플 주스 한 잔, 탄산수 한 잔, 키르 루아얄 한 잔, 화이트 와인 한 잔을 마셨다.

그래도 성에 차지 않았다.

"그냥 울어. 울어도 돼."

선샤인이 말했다.

"나 안 울어요!"

내가 흐느끼며 소리쳤다.

"그래? 그렇다면 말이지……."

그러더니 선샤인은 갑자기 부드러운 비누 거품처럼 나를 사르륵 녹아내리게 만들었다. 오른팔로 내 어깨를 감싸고, 굳은살이 잔뜩 밴 왼손으로는 냅킨을 들고 내 볼을 닦아 주는 것이었다. 코도 풀어 주었다.

기분 좋은데? 선샤인이 내 코를 풀어 주다니. 내 기관지 깊숙이 고여 있던 콧물이 선샤인의 냅킨에 '흥' 하고 쏟아지다니, 이보다 더 섹시한 장면은 없을 거다.

"아스트리드한테서 감기 옮았나 봐요."

"응, 그런가 보네."

"마스카라 다 번졌어요?"

"응. 다 번졌어. 근데 괜찮아. 너구리 눈처럼 돼서 귀여워."

"이런, 엘리제 궁 가든파티에 숲속 동물 분장하고 오는 사람들은 거의 없을 텐데."

"거 참 아쉽네."

"내가 아이라이너 빌려줄 테니까 얼룩말 분장하고 말 울음소리 내면서 우리 여기저기 막 뛰어다닐까요?"

"눈이 참 예쁘다. 매번 앞머리로 가리고 있어서 몰랐네."

선샤인이 내 머리카락을 넘기며 말했다.

좋아, 좋아. 선샤인이 내 눈이 참 예쁘다네? 좋네, 좋아. 이제부터 내 인생에 더 이상의 행복은 없겠군.

"머리핀이라도 사서 꽂을까 봐요."

"그거 좋은 생각인데?"

"하지만 머리카락으로 얼굴을 가리지 않으면, 홍조 띤 뺨을 사람들이 다 보게 될지도 몰라요."

"그래서 머리로 그렇게 가리고 다니는 거야?"

"어느 정도는요? 에이, 솔직히 말하면 얼굴이 진짜 못생겼잖아요. 그래서 그렇죠."

"아, 됐어. 그러지 마. 너 하나도 안 못생겼어. 그리고 무엇보다 네 눈은 말이야. 너의 눈은 한없이 깊은 심연, 내가 마시려 몸을 굽히면 이 세상 모든 태양들이 그 속에 와 비추이네."

"네?"

선샤인은 다시 천천히 말했다.

"너의 눈은 한없이 깊은 심연, 내가 마시려 몸을 굽히면 이 세상 모든 태양들이 그 속에 와 비추이네. 루이 아라공의 '엘자의 눈'이라는 시야. 시 좋아하지? 말하다 보니 갑자기 떠올랐네."

"내게 와서 비춘다고요?"

"이 세상 모든 태양들이 그 속에 와서 비추이네. 그러니까 네 눈이……. 야, 미레유! 왜 그렇게 음흉하게 쳐다봐! 그냥 시야. 시. 너 기분 좋아지라고 말한 거야."

"아니 그러니까, 모든 태양들이 내 눈 속에 들어와 비춘다는 게 무슨 말이에요? 뭐 거울 같다 그런 의미인가?"

"맞아, 그렇지. 그 다음 구절은 이거야. 눈물 속에 돋는 해는 더욱 가슴을 찌르고, 검은 점이 박힌 눈동자는 상처를 입어 더욱 푸르다."

"그게 무슨 말이에요?"

"그러니까, 물기 어린 두 눈이 그 어느 때보다 더 아름답다는 소리야."

"아, 참나. 우는데 아름답다니 진짜 이상하네요."

"그건 그래. 네 말대로 진짜 이상하지?"

선샤인은 휠체어에 앉아 상체를 일으켰다.

"하지만 걱정 마. 네 눈은 네가 즐거워 할 때도 아름다우니까. 하키마도 그렇고 아스트리드도 마찬가지야. 여섯 개의 태양이 빛나고 있지. 지난 며칠 동안 너희들이 해 온 것들을 생각해 봐. 얼마나 빛이 났는데. 사람들의 마음을 따뜻하게 해 주었잖아. 예쁘건, 못생기건, 그런 건 아무 상관없어."

"에이, 조금은 있죠."

"그럴 수야 있지. 이제 눈물이 좀 멈춘 것 같은데? 감기도 다 낫고 말이야."

"아, 감기 기운은 아주 조금 있었죠 뭐. 근데 피곤하기는 해요. 호텔로 돌아가거나, 부르캉브레스로 돌아가거나, 아님 그냥 엄마 뱃속으로 다시 돌아가면 좋겠네요."

"커피 한 잔 마셔."

몇 미터 떨어진 곳에서 펭귄 같은 턱시도를 입은 남자가 휴대용 커피머신을 등에 매고 알록달록한 일회용 컵에 담긴 에스프레소를 팔레트 같은 쟁반 위에 올려서 손님들에게 나누어 주고 있었다. 아무거나 집었는데, 금색 컵이었다.

원샷!

커피가 목구멍을 타고 내려갔다.

"좀 나아?"

선샤인이 물었다.

"응, 좀 낫네요."

진짜로 기분이 좀 나아졌다. 20분 전쯤 내가 흡입한 여러 가지 음료들이 뒤섞여서, 칵테일을 마셨다고 내 뇌가 착각하는 것 같았다. 기분이 훨씬 좋아졌다.

"아스트리드는 어디 있어요?"

"저기, 엄청 신났네."

단언컨대, 오늘은 아스트리드 인생 통틀어 최고의 날일 것이다. 파프리카처럼 새빨간 긴 드레스를 입고 서서 소닉 더 헤지호그 캐릭터 같은 헤어스타일의 깡마르고 나이든 남자들과 한껏 흥겹게 수다를 떨고 있었다.

"저 사람이 엥도신 보컬이야."

선샤인이 가리켰다.

"응, 그런 것 같네요. 같이 사진 좀 찍었대요?"

"한 열두 장쯤? 티셔츠에 사인도 받았어."

"저 남자 불쌍하네."

하지만 생각보다 엥도신 보컬은 그리 귀찮아 보이지는 않았다. 열여섯 살짜리 매니악한 팬이 찰거머리처럼 가든파티 내내 달라붙어서 재잘거리는데도 말이다.

오히려, 아스트리드에게 말을 걸고 있었다. 웃어 주기도 했다. 심지어 다른 사람들에게 소개하기도 했다. 아마 밴드 멤버들인 것 같았다. 더 놀라운 것은, 아스트리드가 그 자리에서 기절하지 않았다는 것이다! 인사도 건네고 계속 대화를 이어갔다. 금발 머리가 햇빛에 그을리고 얼굴은 새빨간 채로 말이다.

만약 그녀의 스웨덴 아빠가 갑자기 이 자리에 나타난대도, 아스트리드는 눈 하나 깜짝 안 할 것 같았다.

"한 명이라도 즐거운 시간을 보내고 있다니 다행이네요."

"음……."

"어때요? 그 사람 찾아봤어요?"

"응."

선샤인은 꽤 한참 전에 그 사람이 어디 있는지 알고 있었던 것 같다. 저기, 군복을 입고 아내와 함께 수풀 근처에 서 있었다. 먹고 마시며 다른 군인들을 비롯해서 아마도 어떤 부서의 장관으로 보이는 사람과 이야기를 나누고 있었다. 군복에 달린 장식들이 번쩍번쩍했다.

"어떻게 할 거예요?"

선샤인에게 속삭였다.

"어떻게 할 거냐고? 재밌는 질문이네."

"가서 말할 거예요?"

"가서 뭐라고 말했으면 좋겠어?"

"음, 가서 저 훈장을 뺏어 올까요?"

선샤인은 고개를 들어 하늘을 봤다.

"가서 훈장을 뺏는다니! 바보 같은 짓이야. 어린 애들 장난밖에 안 돼. 부르캉브레스의 너희 집 거실에서라면 그래도 될지 모르겠지만, 여긴 엘리제 궁이야."

뭐라고 대답을 하려는 순간, 말문이 턱 막혔다. 클라우스가 옆에 나타난 것이다. 사람들 사이에 섞여 인사를 나눴다. 사신 장군 일행과 합류하더니, 두 사람이 웃고 떠들었다. 함께 웃고 있었다. 클라우스가 레지옹도뇌르 훈장을 떼어 내려고 하자, 사신 장군은 클라우스의 관자놀이에 손가락으로 총을 겨누는 흉내를 냈다. 두 사람은 즐거워 보였다. 두 사람 다! 정말 즐거워 보였다.

"하키마는 어딨지?"

당황한 선샤인이 말했다.

주위를 둘러봤지만 하키마는 보이지 않았다.

그러다 갑자기 저쪽에서 하키마가 나타났다.

그러니까, 사신 장군의 일행들 사이에서 하키마의 모습이 보였다.

"쟤 지금 뭐하는 거야?!"

선샤인이 다급히 소리쳤다.

우리는 가만히 하키마를 바라보았다. 무성 영화의 한 장면처럼 소리는 들리지 않았지만, 하키마는 클라우스에게, 사신 장군과 그의 아내에게, 그리고 장관과 다른 일행들에게 인사를 하고 있었다.

"쟤 지금 뭐하는 거야?"

선샤인이 넋이 나간 채 중얼거렸다.

"이제 치료 받을 필요 없겠어요."

하키마가 우리를 손가락으로 가리켰다. 클라우스와 사신 장군이 우리를 발견했고 고개를 끄덕이더니 웃어 보였다. 일행들에게 잠시 실례한다며 가벼운 눈인사를 나누고는 우리 쪽으로 성큼성큼 걸어왔다.

"토할 것 같아요."

선샤인의 귀에 대고 벌벌 떨며 말했다.

"나도."

하지만 진짜 토하지는 않았다. 그 대신 선샤인과 손가락 마디가 부러질 정도로 손을 꼭 붙잡고 하키마와 사신 장군과 클라우스가 우리를 향해 걸어오는 것을 보았다.

사신 장군이 먼저 입을 열었다.

"카데르! 여기서 자네를 만나다니 정말 반갑구만."

"안녕하십니까, 장군님."

"오귀스트라고 부르게. 만나서 반가워요 아가씨."

사신 장군이 정중하게 내게 인사를 건넸다.

멍하니 고개를 끄덕이다가, 사신 장군의 군복에 달린 레지옹 도뇌르 훈장에 시선을 멈췄다가, 클라우스가 나를 쳐다보고 있다는 생각에 얼어버렸다.

"친애하는 카데르, 방송에서 자네와 여기 이 친구들의 프랑스 여행을 지켜봤다네. 이렇게 자네를 다시 보니, 뭐랄까……. 이렇게 다시 일어난 자네의 모습을 보니 기쁘다네."

선샤인의 얼굴을 쳐다봤다. 심장이 콩닥거렸다. 지금이야 카데르! 그런 입에 발린 말들 다 필요 없습니다. 당신은 내 동료들을 죽음으로 내몰고 내 다리를 빼앗았습니다. 그때 당신은 어디 있었죠? 왜 당신은 멀쩡하죠? 분명 당신은 알고 있었습니다. 어떻게 몰랐을 수 있겠습니까! 당신은 살인자입니다. 사신, 대체 어디에 있었습니까, 대체 어디에!

하지만 선샤인은 고개만 끄덕일 뿐이었다.

"여기 있는 어린 친구들이 절 많이 도와주었습니다."

사신 장군은 조심스런 말투로 선샤인에게 말했다.

"이곳에 왔다는 것은, 자네가 드디어 나와 대통령님의 제안을 승낙한 것이라고 생각해도 되겠는가?"

선샤인은 고개를 떨궜다. 클라우스가 사신 장군을 바라보며 물었다.

"어떤 제안?"

"음, 이 친구가 일 년 전에 레지옹도뇌르 훈장을 거부한 바 있습니다. 이 친구야말로 훈장이 가장 어울리는데도 말이죠. 오늘 어쩌면 대통령님께 말씀드려서……."

선샤인은 숨을 크게 뱉었다.

"아뇨, 아닙니다. 그것 때문에 여기 온 게 아닙니다. 전 그저 제 동생을 따라 왔습니다. 하키마를 돌보기 위해서요."

나와 하키마는 꼼짝 않고 서서, 정신이 혼미해서 턱이 빠질 것 같았다.

"이보게, 카데르! 지나간 일을 받아들일 시간이 됐네. 그 당시 자네는 용맹했고 모두가 인정했더랬지.(클라우스를 바라보며) 총알이 날아와 다리에 박혔는데도, 임무를 수행 중이던 다른 부대원들에게 무전을 보내 함정에 빠졌다는 것을 알렸습니다. 이 친구가 없었다면 수십 명의 희생자가 더 발생했을 겁니다."

"열 명이 죽었습니다."

나지막한 목소리로 선샤인이 말했다.

"알고 있네. 그래서 비록 사망했지만 그들의 공로를 인정하고 유공 훈장을 수여했지. 카데르, 자네는 어떤가? 처음에는 나도 자네에게 시간이 조금 필요하다고 생각했네. 하지만 이제는……."

"조사가 끝나기를 기다릴 뿐입니다."

선샤인은 분노를 억누르고 냉랭한 목소리로 대답했다.

"조사 결과는 분명 자네에게 그 어떤 죄도 없다고 나올 걸세. 잘못은 윗사람들에게 있지. 솔직히 말해서, 자네도 알겠지만 나의 잘못이 가장 크지 않겠나? 하루도 그 생각을 하지 않는 날이 없다네."

"장군님 잘못이 아닙니다. 장군님도 모르셨지 않습니까."

선샤인은 두 눈이 떨리고 있었다.

"내가 예측했어야 했어. 카데르, 자네도 알다시피 난 그저 자네가 받아야만 하는 표창을 받는 모습을 보고 싶을 뿐이네. 내 편지를 받았지 않는가. 내 입장을 이해해 주게. 그날, 비극적인 사건이 벌어진 그날, 자네는 자네가 해야 할 임무를 정확히 수행했네."

그 자리에 돌처럼 굳어 버린 선샤인을 바라보며 사신 장군은 손을 건넸다.

"자, 이리 와서 함께 이야기 나누세."

두 사람이 조금씩 멀어졌다. 넋이 나간 하키마는 나와 클라우스와 함께 잠깐 동안 말없이 있었다.

그러다 문득 '아빠와 딸' 사이에 눈치 없이 껴 있다는 생각이 들었는지 "아, 죄송해요. 자리 비켜 드릴게요."라며 어색한 미소를 지으며 사라졌다.

대통령의 남편은 한 손을 주머니에 넣고 다른 한 손은 샴페인 한 잔을 움켜쥐고는 상냥해 보이는 미소를 띠고 있었다.

"미레유 라플랑슈 양, 맞지요?"

고개를 끄덕였다.

"사려가 아주 깊군요."

"그건 아니고⋯⋯, 놀랐어요. 왜냐하면 우리는 모두 선샤인이, 그러니까 카데르가 희생당한 거라고만 생각했거든요. 그런데 버락 오바메트⋯⋯ 가 아니고, 그러니까 대통령님이 카데르에게 레지옹도뇌르를 제안했었다니 조금 놀랐어요. 우린 장군님이 나쁜 사람이라고만 생각했는데⋯⋯. 아무튼 조금 놀랐어요."

클라우스는 고개를 끄덕이며 샴페인을 홀짝였다. 주위를 두리번거리는 게, 마치 나한테 말을 걸지 않을 핑계를 찾고 있는 것 같았다.

"라플랑슈 양, 혹시 부모님 중에 철학자가 있나요?"

머리가 땅하고 울렸다.

"철학자라니요?"

"장 라플랑슈라고 저명한 프랑스 철학자이자 정신 분석가이자 작가인 사람이 있습니다. 그 분의 자제가 아닙니까?"

"아닌데요."

"아, 그렇군요."

뇌가 어서 빨리 말을 하라며 입에게 소리쳤다. 자, 지금이야. 타이밍 좋잖아! 으휴, 입이 크기만 크면 뭐하니, 쓸모가 없는데! 클라우스가 고개를 돌리는 게 보였다. 이대로라면 그가 자리를 옮길 것 같았다. 젠장, 어떻게든 말을 꺼내야 해!

"그, 저랑 닮은 철학자는 있는데……."

나는 필사적으로 대화를 이어 갔다.

"아 그래요? 누구죠?"

클라우스는 내 얼굴을 뚫어져라 쳐다봤다.

당신이요, 이 멍청한 아저씨야.

"장 폴 사르트르요."

클라우스는 박장대소했다.

"하하하! 장 폴 사르트르라니! 왜, 소크라테스도 있지 않나요? 하하하. 누가 그런 소릴 하던가요?"

"친구들이요."

"오, 그 친구들과는 친하게 지내지 않는 편이 좋겠네요. 얼핏 들었는데, 학생과 아까 그 두 친구들이 그, 뭐라고 하더라, 돼지라고 놀림 받는 것 같던데, 참 이상하군요. 이렇게 귀엽고 매력적인 사람들한테⋯⋯."

"아저씨, 제 엄마가 누군지 아실 거예요. 아, 말을 끊어서 죄송해요. 제 엄마가 누군지 알고 계실 거예요."

"음, 글쎄요. 어머님 성함이 어떻게 되나요?"

"파트리시아 라플랑슈요."

좋아, 움찔했다. 클라우스의 두 눈이 아주 미세하게 커졌다. 미간에 주름이 지고 볼이 살짝 떨리고 있었다.

클라우스는 잠깐 동안 말이 없더니 샴페인을 다시 한 모금 마셨다.

"그래, 파트리시아. 연락이 끊긴 지 꽤 됐군요. 니콜라스 그리말디 철학에서 시간의 개념에 대해 다룬 그녀의 훌륭한 논문을 지도했었지요. 아주 오래 전 일이에요. 한⋯⋯."

"16년하고 6개월 전이요."

"음, 그 정도 됐을 거예요. 그래, 파트리시아. 그렇군."

클라우스는 잔에 담겨 있던 남은 샴페인을 비웠다.

"그래서 지금은 어떻게 지내고 있죠? 그, 학생의 어머니 말이에요. 논문 심사 이후에 한 번도 보지 못했던 것 같아요. 두세 번 편지를 주고받기는 했었지만 그 이후엔 연락이 끊겼어요."

"부르캉브레스에서 철학을 가르치세요."

"대학에서?"

"아뇨, 고등학교에서요."

클라우스는 의외라는 반응이었다.

"아, 그렇군요. 재능이 아주 많은 친구였는데……. 창의적이고 열정도 넘쳤죠. 철학자가 되겠다고 했었지요. 혹시, 형제자매가 있나요?"

"없어요. 근데 곧 남동생이 생겨요. 엄마가 임신했거든요."

"아, 그렇군요."

클라우스는 희끗한 회색 머리카락 위로 튀어나와 있는 귀를 만지작거렸다.

"동생하고는 그럼 나이 차이가 꽤 나겠군요! 지금 나이가 어떻게 되죠?"

"열다섯 살이요."

왠지 서글퍼진 목소리로 대답했다.

"아, 그렇군요."

난 더 이상 할 말이 없었다. 클라우스는 내 나이를 계산해 보지도 않았다. 철학을 공부하는 사람이지 계산기를 두드려대는 사람은 아니니 그럴 만도 하다. 아니나 다를까, 그는 자신이 가장 좋아하는 주제로 대화를 이어 나갔다.

"그럼 학생도 철학에 흥미가 있나요?"

아까 마신 에스프레소가 뇌를 자극하며 얼른 대답하라고 자극했다. 그럼요, 관심 많죠. 아마 유전인 것 같아요. 부모님 두 분 다 철학을 공부하셨거든요. 하지만 차마 그렇게는 말하지 못하겠다.

"그럼요, 관심 많아요. 아저씨 책도 다 읽었는걸요."

"뭐라고? 내 책을 전부 읽었다고요? 전부 다?"

"네. 엄마가 다 사 놔서 읽었어요."

"하하, 대단한데! 그래서, 이해가 조금 되던가요?"

"참고 문헌 같은 건 건너뛰었지만, 그래도 칸트하고 헤겔은 다 읽었어요."

클라우스는 웃으면서 자기 뒤통수를 쓸어내렸다.

"학생, 아주 심상치 않군요! 아들들에게 내 책을 읽히고 싶었지만 우리 애들은 만화책만 좋아하죠."

"저도 만화책 좋아해요."

"그래요, 좋네요."

"사실, 아저씨한테 편지 보냈었어요. 여러 번이요. 정확히 세 번이에요. 아저씨한테 총 세 번 편지를 썼었죠. 못 받으셨어요?"

"아뇨, 받은 적 없는 것 같은데요. 어디로 편지를 부쳤죠?"

"몇 년 전에 맨 처음 보낼 때는 소르본으로 보냈고, 그 다음에는 엘리제 궁으로 보냈어요."

"이거 미안해서 어쩌죠? 기억이 나질 않네요. 이곳 엘리제 궁에서는 비서들이 편지를 걸러 내기 때문에 거의 본 적이 없는 것 같아요. 워낙 많은 사람들이 편지를 보내니까……. 편지에 뭐라고 썼었는데요?"

"그러니까 편지에……."

아, 머리가 핑 돌았다.

"그러니까 편지에. 아저씨 책들이 너무 좋다고 썼었어요."

"아, 그래요? 그것 참 고마워요. 편지를 받았더라면 정말 기뻤을 겁니다."

클라우스는 샴페인 잔에 남아 있는 한 방울까지 입에 털어 넣었다.

"그럼 학생의 아버지는 무슨 일을 하시나요?"

나는 말없이 클라우스를 바라봤다. 정말 닮았다고는 생각하지 못하는 걸까? 무미건조한 그의 회색 눈동자가 내 눈에 들어와 박혔다. 정말 내 편지를 받지 않은 걸까? 내가 대답을 못하고 있자, 클라우스가 다시 입을 열었다.

"미안해요, 너무 민감한 질문을 했네요."

"아뇨, 아니에요. 제 아빠는……. 유명한 사람이에요. 필립이라고, 부르캉브레스에서 아주 유명해요."

"그래요? 아하. 학생의 아버지도 철학에 관심이 많군요?"

탁구공을 받아치듯 얼른 대꾸했다.

"아뇨, 철학은 별로 안 좋아하세요."

"다른 특기가 있으신가 보군요."

"네……. 그, 설탕 크레이프를 아주 잘 만드세요."

"하하, 그렇죠. 설탕 크레이프를 맛있게 만드는 법이 참 중요하죠."

클라우스가 웃으며 말했다.

나도 웃음이 났다. 진짜 웃음이 튀어나왔다.

"맞아요, 중요해요. 그리고 화도 안 내고 숙제를 도와주세요. 엄마랑은 달라요. 전시회도 데려가 주고 숲에 산책도 같이 가요. 와인을 맛보는 법도 가르쳐 주셨어요. 라자냐 만드는 법을 알려 준 것도 필립이에요. 엄마가 일하는 시간은 거의 고정되어 있어서, 초등학교 때 내가 몸이 아프면 언제나 필립이 돌봐줬어요. 나랑 테니스를 치면 꼭 일부러 져 줘요. 나보다 훨씬 잘하면서……. 영화관에도 데려가 주세요. 작년에는 방에 페인트칠도 다시 해 주셨어요. 이케아에도 같이 가고, 램프 전구도 색깔별로 다 사 줬어요. 여섯 살 때는 새끼 고양이 한 마리를 선물 받았는데, 지금은 엄청 컸어요. 이름은 뭉치예요. 일 년 동안 매주 토요일마다 수영장에 데리고 가서 평영이랑 자유영이랑 배영이랑 접영이랑 다 가르쳐 줬어요. 아홉 살 때, 새로 산 BMW 자동차 시트에 초콜릿 아이스크림을 엎었는데도 화를 안 냈어요."

클라우스가 고개를 끄덕이며 말했다.

"학생은 복이 많군요. 아버지가 아주 좋은 분이시네요."

"맞아요, 제가 복이 좀 많아요."

계속 고개를 끄덕였지만 생각에 잠긴 것 같았다.

"자, 나는 이제 내 가족들에게 돌아가……."

"잠깐만요."

내 손이 빠르게 클라우스의 팔을 붙잡았다.

"잠깐만요, 제가 말씀드리고 싶은 게 있어요."

"오. 얘기해 보세요!"

클라우스의 미소는 솔직하고 상냥했다. 그는 모른다. 정말 아무것도 모른다. 장담하는데, 지금 저 사람은 아무것도 모르고 있다. 의심조차 하지 않고 있다.

"저, 저는……."

"네, 부끄러워 말고 말해 보세요."

"저는……. 엄마가 쓴 철학 에세이 원고를 가지고 왔어요."

"아, 정말요?"

"저는 아저씨처럼 철학자는 아니지만, 엄마는, 엄마는 맞거든요. 여기 있어요. 솔직히 저도 다 읽었는데 진짜 멋있어요. 그러니까 멋있다기보다 뭐랄까, 철학적 용어로 어떻게 설명해야 될지 모르겠네요. 드려도 될까요? 부탁드려요, 읽어봐 주세요."

"당연히 읽고말고요! 분명 완벽한 책일 거라고 생각합니다. 이리 줘 봐요. 〈존재와 경이로움: 지금까지 없던 새로운 철학 이야기〉라……."

클라우스는 입가에 활짝 미소를 지었지만 이내 곧 두 눈이 일렁거렸다.

"여기에 담겨 있는 내용이 뭔지 알 것 같네요. 그래, 기억납니다. 우리가 자주 이야기 나누던 주제였죠."

감정이 조금 올라왔는지 목소리가 떨리고 있었다. 클라우스가 원고의 첫 장을 넘겼고, 내 딸 미레유에게 라고 쓰인 문구에서 시선을 멈췄다.

클라우스는 나를 바라보며 말했다.

"어떻게 말해야 할까……. 그녀와 나는 아주 가까운 사이였어요."

"그런 것 같아요."

그가 휴지로 입을 막고 잔기침을 했다. 찡그린 얼굴이 늙고 지쳐 보였다.

"아주 드문 경우였어요. 정말 유능한 학생을 발견했을 때, 나와 같은 생각을 할 뿐만 아니라 학문적으로도 나와 어깨를 견줄 수 있는 그런 사람을 만난 것 같은……."

페이지를 넘겼다.

"바로 이거예요. 모든 것은 예상치 못하게 변한다. 그러니 예기치 못한 일에 우리는 항상 반응을 해야 한다……. 맞아요, 기억나네요."

클라우스는 넋이 나간 사람처럼 웃으며 고개를 끄덕였다. 슬픈 추억에 잠긴 것 같았다.

"어서 읽어 보고 싶네요. 어서 읽어 보고 싶어요."

클라우스가 나를 바라봤고, 그의 뒤로 버락 오바메트가 의전을 받으며 초대 손님들에게 다가가는 것이 보였다. 시트로엥은 우울한 표정으로 땅바닥에 앉아 있었다. 조엘과 노엘은 앞머리가 있는 금발의 쌍둥이 여자애들을 발견하고는 다가가 말을 걸었다.

클라우스는 주름진 그의 손을 내 어깨에 얹었다.

"인생이라는 게 참 웃기지요. 사람들이 북적거리는 이 피곤하고 지루한 행사 중에, 잊고 있었던 내 존재의 일부를 다시 만나

게 되리라고는 생각하지 못했으니까요. 하지만 파트리시아는
언제나 그랬듯이 내가 기대했던 순간에 나타나는군요. 그건 아
주 기분 좋은 일입니다. 때로는 놀랍기도 하지요."

클라우스는 고개를 끄덕이며 그의 아내가 있는 쪽을 바라보
고는 손짓했다. 그리고 내게 마지막 인사를 했다.

"그녀의 말이 맞아요. 학생의 엄마 말입니다. 이 모든 것은 전
혀 예상하지 못한 일이에요. 왠지……. 그래, 그녀가 옳아요. 왠
지 내가 조금은 더 인간이 된 것 같은 기분이 듭니다."

어색하고 당황한 것 같은 표정으로 내 어깨를 두드렸다.

그리고 그는 그의 자리로, 나는 나의 자리로 갔다.

***

20XX 7월 15일 부르캉브레스일보

'올해의 돼지들', 드디어 입 열다!

미레유 라플랑슈, 아스트리드 브롬발, 하키마 이드리스가 마침내 약속

했던 대로 소시지를 팔며 프랑스 횡단 여행을 펼친 진짜 이유를 밝혔다. 미레유 라플랑슈는 "여행의 목적은 돈을 모아서 우리의 마음을 움직인 자선 단체에 기부를 하기 위해서였다."고 말했다.

소시지를 팔아서 남긴 모든 수익금은 재향 군인회, 학교 폭력 예방 단체, 여성 스포츠 발전 기금에 전달될 예정이다. 여행 기간 동안 세 사람의 트레이드마크가 된 소시지 푸드 트럭은 eBay에서 경매에 오를 예정이며 약 1천 유로까지 경매가가 상승할 것으로 예상된다. 어젯밤 '올해의 돼지들'이 위 자선단체들에게 수익금을 기부할 것이라고 밝히자 모금액이 증가한 것으로 나타났다. 수익금 기부 소식에 네티즌들의 반응은 놀라움과 허무함으로 갈렸다. 더 획기적인 이유를 기대했다는 네티즌들도 있었다. 한편, 지난 7월 8일부터 '올해의 돼지들'을 지지해 왔던 페미니스트 블로거 '기지배시몬'은 세 명의 십대 여학생들이 "개인주의가 판치고 더 자극적인 것을 원하는 사회에 나눔과 배려의 가치와 더 나은 세상을 만들 수 있다는 희망의 꽃다발을 안겨 주었다."며 그녀들의 행보에 박수를 보냈다. '올해의 돼지들'의 여행은 꽤 괜찮은 해피엔딩으로 막을 내렸다.

H.V.

***

7월 14일 밤, 우리는 에펠탑이 보이는 트로카데로 광장에서 불꽃놀이를 끝까지 지켜봤다. 마지막에 흰색, 빨간색, 파란색의 화려한 불꽃이 깜깜한 밤하늘을 반짝이며 수놓을 때 손바닥에 불이 나도록 박수를 치며 불꽃놀이를 즐기는 사람들과 끌어안고 환호했다.

그러고 나서 호텔로 돌아왔다. 아스트리드는 티셔츠에 그려진 엥도신의 사인을 하염없이 매만졌다. 카데르와 하키마는 부모님께 전화를 걸어, 카데르가 레지옹도뇌르 훈장을 받게 될지도 모른다는 소식을 전했다. 나는 졸음이 쏟아져서 그냥 잠들었다.

그런데 꿈을 꿨다. 페달을 돌리는 꿈이었다.

다음 날, 우리는 TGV를 타고 부르캉브레스로 돌아갔다. 가는 길 내내, 다음 자전거 여행에 대해 이야기했다. 이번에는 부르캉브레스에서 출발해서 보르도로 가자, 소시지는 빼고!

부르캉브레스에 도착해서 각자 집으로 돌아갈 때가 되니 하키마가 울음을 터뜨렸다.(다음 날 또 만날 텐데 말이다.) 아스트리드의 눈에도 눈물이 그렁그렁했다. 스마일! 나는 미소를 활짝 지으며 내 안의 진짜 감정을 그것이 있어야 할 곳에 고이 간직했다.

그리고 카데르가 나를 두 팔로 감싸 안고는 볼에 입을 맞추며 "고맙다."고 귀에다 속삭였는데, 작고 복잡한 내 귓구멍 안에서 그 말이 소용돌이처럼 뱅글뱅글 계속 맴도는 바람에 얼른 집으로 뛰어 들어갔다. 카데르의 목소리가 귓가에 아른거려 취할 것만 같았기 때문이다.

아무튼, 우리는 파리에 다시 갈 거다.

다시 파리로 가서 카데르의 레지옹도뇌르 훈장 수여식에 참석할 것이다. 사신 장군에게도 기쁜 소식이었지만, 무엇보다 카데르의 부모님에게 더없이 큰 기쁨이었다. 국가를 위한 공로를 인정받아서이기도 했지만, 카데르가 마침내(약속대로) 의족도 사고, 클럽에도 가고, 춤도 추고, 여자애들과도 어울리고, 이제는 행복해질 것이기 때문이다.

다시 파리로 가서 스타드 드 프랑스에서 열리는 엥도신의 다음 콘서트를 볼 거다. 아스트리드가 초대장 네 장을 구하는 데 성공했다.

다시 파리로 가서 파트리시아 라플랑슈의 〈존재와 경이로움: 지금까지 없던 새로운 철학 이야기〉의 출판기념식에 참석할 거다. 고상한 대화가 펼쳐지는 고상한 서점에 아주 고상한 출판기념 파티가 열릴 예정이다.

(위대한 우리의 주인공이 감사 연설을 하고 축하 샴페인을 마시며 사인회를 펼치는 동안, 과연 누가 저 코흘리개 쟈크-오헬리엉의 입에 젖

병을 물릴지 상상이 되는가? 당연히, 무료 베이비시터 미레유님이지! 15
년 터울로 애기를 낳는 건 꽤 괜찮은 계획인 것 같다.)

여름의 끝자락에서 하키마, 아스트리드, 나 우리 세 사람은 함께 솔뤼트레 바위에 올라갔다. 이 정도 경사쯤이야 한껏 단련된 우리 종아리라면 문제없지! 발아래 우둘투둘 밟히는 큰 자갈들과 우리가 지나가는 길에 짓이겨진 흙덩이와 풀들에도 꿈쩍하지 않았다. 증기기관차처럼 거친 숨을 헉헉거리며 언덕을 오르는 사람들의 모습을 보니 우스웠다. 우리는 8월의 밤, 지구가 내뿜는 먼지 가득한 후덥지근하고 무거운 공기를 들이마시고 내쉬었다.

정상에 올라, 평평한 돌 위에 자리를 잡고 앉아서 피크닉 도시락을 펼쳤다. 주위의 전원 풍경을 바라보니 석양이 져 어둑어둑한 하늘에 주황빛 노을이 타고 있었다. 다 식은 닭다리, 방울 토마토, 크로탱 드 샤비뇰, 포도, 올리브가 잔뜩 들어간 푸가스, 화산암처럼 반질반질한 피스타치오 퐁당을 먹고 병에 담긴 사과 주스도 마셨다.

먹고 떠드는 사이, 세상은 푸른 회색빛으로 변했고 밤이 찾아왔다. 땅바닥에 드러누워 하늘의 별을 셌다.

"바로 여기야."

하키마가 말했다.

"여기가 바로 원시인들이 쫓아와서 말들이 옹기종기 모여 있었던 곳! 턱 끝까지 무섭게 쫓아오니까 뛰어내릴 수밖에 없었던 거지."

"어휴, 그럼 저 아래에 뼈가 잔뜩 쌓여 있겠다!"

아스트리드가 한숨을 쉬며 말했다.

"응, 그렇겠지. 저 아래에 말뼈가 엄청 많이 있을 거야."

"저기 봐! 큰곰자리야."

나는 손가락으로 하늘에 뜬 큰곰자리를 따라 그렸다. 오리 모래주머니를 한 움큼 넣어 구울 수 있는 사이즈의 냄비처럼 생겼다. 소시지 냄비랑은 다르다! 소시지는 이제 그만 먹고 싶다.

"다른 별자리도 있어?"

하키마가 물었다.

"모르겠어. 큰곰자리는 냄비처럼 생겨서 확실히 알아."

아스트리드가 한심하다는 얼굴로 소리쳤다.

"너희 너무 교양 없다! 산에서 야영 한 번 안 해 본 티가 팍팍

난다. 자, 저게 오리온자리야. 가운데 허리띠 보이지? 그리고 저기 아래에 있는 게 페가수스자리야."

"페가수스?"

"응, 날개 달린 말!"

"날아다니는 말이야?"

하늘의 별자리를 더 가까이서 보고 싶었는지 하키마가 벌떡 몸을 일으켜 세워 앉았다.(두 눈이 별보다 더 반짝거렸다.)

"그럼 여기서 떨어져 죽은 말 이야기는 정말 너무 끔찍하다! 이렇게 높이 도망쳐 올라왔는데, 뒤에서 사람들이 돌을 던지고 있을 때 생각했을 거 아냐. 왜 우리에게는 날개가 없을까? 날개가 있다면 아래로 뛰어내리지 않아도 하늘을 날아 도망갈 수 있을 텐데!"

"그건 마이 리틀 포니에서나 그렇지, 선사 시대가 아니고."

아스트리드가 하품했다.

"어쩌면 걔네들 중에 몇 마리는 날개를 가지고 있었을지도 모르지. 누가 알겠어? 선사 시대 이야기는 신화랑 비슷하잖아. 당시에 사람들은 글을 쓰지도 않았고, 그들의 삶에 일어났던 모든 일들을 친구들한테 일일이 이야기하지도 않았을 거고, 이봐요 여러분! 말 한 마리가 땅에 뛰어내리지 않고 하늘을 날았어! 뭐 이렇게 모든 사람들한테 메시지를 보낼 수도 없었겠지. 대수롭지 않았겠지."

하키마는 입가에 미소를 띠며 다시 드러누웠다.

"좋네. 그러면 그런 다음에 그 일이 일어났다고 생각해 보자. 사람들이 쫓아왔을 때 언덕 아래로 떨어져 죽지 않고, 대신 하늘을 날았다고 말이야! 사냥꾼들이 완전 맥 빠졌겠는걸?"

나도 하품이 나왔다. 졸음이 밀려오기 시작했다. 하지만 철사 같이 가늘고 긴 다리를 가진 페가수스 같은 거대한 모기들이 윙윙거리며 내 얼굴 주위를 날아다니는 탓에 잠을 이룰 수가 없었다.

"상상해 봤는데……. 언덕 끝에서 결국에 뛰어내려야 했던 말들은……."

하키마가 졸린 눈을 하고는 웅얼거렸다.

눈을 감으니 말들의 모습이 내 머릿속에도 그려졌다. 하키마는 더 이상 속삭임이 아닌 희망찬 목소리로 말했다.

"우수수 뛰어내리는 말들 중에 허공에서 페달을 돌리고 있는 말들이 있어. 큰 말발굽으로 페달을 돌리고, 돌리고, 또 돌리니까 날개가 돋아나서 이제 저 멀리 하늘을 나는 거야!"

Cet ouvrage, publié dans le cadre du Programme d'aide à la Publication Sejong,
a bénéficié du soutien de l'Institut français de Corée du Sud.
이 책은 주한프랑스문화원 세종출판번역 지원 프로그램의 도움으로 출간되었습니다.